*Für Noah und Mia, die jeden Tag
das Beste aus mir herausholen…*

**Mehr über die Autorin erfahren sie hier:**

**www.dieselbstversorgerfamilie.com**

Nadine Haertl

# Muttimorphose

Schwangerschafts-Tagebuch

*Alle Informationen in diesem Buch sind selbst recherchiert. Dennoch ist es nicht auszuschließen, dass sich der ein oder andere sachliche Fehler eingeschlichen hat. Die Autorin und alle Mitwirkenden übernehmen keinerlei Verantwortung oder Haftung für medizinische Inhalte bzw. für Nachteile und Schäden, die dem geschätzten Leser dadurch widerfahren könnten. Dieses Buch ist selbstverständlich kein Ersatz für den Besuch beim Arzt oder einer Hebamme.*

*Bibliografische Information der Deutschen Nationalbibliothek:*
*Die Deutsche Nationalbibliothek verzeichnet diese Publikation in der Deutschen Nationalbibliografie; detaillierte bibliografische Daten sind im Internet über http://dnb.dnb.de abrufbar.*

© 2017 Nadine Haertl

Herstellung und Verlag: BoD – Books on Demand, Norderstedt

ISBN: 978-3-7431-1227-8

# September

Ob ich Kinder will? Was für eine Frage! - Ich bin 25, glücklich verheiratet und habe alles unter Kontrolle. Und ich bin im Vollbesitz meiner geistigen Kräfte! - Natürlich will ich keine Kinder. Also irgendwann vielleicht, aber ganz sicher nicht heute und nicht morgen!

Unser kleiner Resthof, den wir vor drei Jahren in einem bemitleidenswerten Zustand gekauft haben, nimmt langsam Form an. Mein Garten sieht immer aus wie aus dem Ei gepellt. Meine kleine Gärtnerei steckt zwar noch in den Kinderschuhen, läuft aber besser als ich je gedacht hätte. Meine Tiere brauchen meine ganze Aufmerksamkeit. Ich habe eine Taille und führe ein sehr erfülltes Leben! Wieso sollte ich also meine Unabhängigkeit und mein Glück opfern für so ein kleines, immer kreischendes, brüllendes, stinkendes, das gesamte Leben einnehmende Windelpaket? Da wäre ich ja verrückt. Und mal ganz ehrlich: Ich habe ja jetzt schon einen engen Zeitplan: Haus, Hof und Tiere, Arbeit, Freunde und Mann - wie soll ich denn da noch so einen Schreihals unterbringen? Einfach unmöglich, unvorstellbar. Ich bin doch noch jung. Später vielleicht einmal. Außerdem bin ich noch nicht bereit für ein Kind. Ich warte noch. Ich warte, bis ich bereit bin.

Ich mache mir zugegebenermaßen schon länger ernsthafte Gedanken darüber, wann man denn wohl bereit für ein Baby ist. Und: Woher weiß man eigentlich, dass man bzw. frau bereit dafür ist? Wacht man etwa eines Morgens auf und weiß: Aha, ab heute bin ich bereit für Nachwuchs?! Jetzt kann es losgehen... So muss es wohl sein, denn woher sollte man sonst wissen, dass man nun den Schritt wagen kann oder soll, seine Freiheit endgültig an den Nagel zu hängen und sich die Fußketten der Elternschaft anzulegen. Na gut - dann warte ich also auf den Tag, dass ich "es" weiß.

Warum ich mir überhaupt Gedanken über Kinder mache, wenn ich doch gar keine haben will? - Ganz einfach: Ich bin jetzt seit sechs Jahren mit meinem Mann zusammen, und er will eigentlich seit dem ersten Tag Kinder mit mir. Was soll ich dazu sagen? Immerhin habe ich meine Meinung geändert, dass ich kategorisch niemals Kinder haben will. Das war nämlich immer so: Ich wollte nie Kinder haben. Allerdings wollte ich auch nie heiraten, und man sieht ja, was aus diesem edlen Vorsatz geworden ist, den ich vor drei Jahren enthusiastisch über Bord geworfen und diese Entscheidung bis heute nicht bereut habe. Pläne scheinen sich also zu ändern.

Auf keinen Fall aber will ich ein Baby bekommen, nur weil mein Mann eines haben möchte. Immerhin müsste ich die meisten Konsequenzen dieser Misere ausbaden. Wer bekommt denn den dicken Bauch, die Wassereinlagerungen, überdimensionale Brüste, Schwangerschaftsstreifen, Pickel, fettige Haare und was weiß der Teufel noch? Herrje, ich bin wirklich noch nicht bereit, mich in den Dienst der biologischen Aufgabe der Menschheit zu stellen. Fortpflanzung soll unser alleiniger Sinn auf Erden sein? Da muss es doch noch andere Sachen geben. Ich fühle mich zum Beispiel sehr erfüllt damit, meine drei Pferde, die beiden Hunde und die Hühner zu versorgen, meinen Garten zu pflegen und meinem Mann ein schönes Heim zu bereiten. So ein Muttertier bin ich einfach nicht. Den ganzen Tag Windeln wechseln, Brei schaufeln und

Rasseln wegräumen - eine grausame Vorstellung. Wer würde so etwas denn bloß freiwillig tun?

# Oktober

Na wunderbar: Mein Mann und ich haben uns mal wieder gestritten, weil er befürchtet, dass ich niemals Kinder haben will. Ich habe gesagt, irgendwann bestimmt, aber sicher versprechen kann ich es ihm auch nicht. Daraufhin meinte er, dann würde er eben seinen sehnlichsten Wunsch zurückstellen, aber glücklich könnte er so nicht werden. Natürlich musste ich wieder heulen, weil ich immer das Gefühl habe, ich stehe seinem Lebenstraum im Wege, und ich bin schuld, wenn er nicht glücklich sein darf. Andererseits werde ich böse, weil ich mich dadurch unter Druck gesetzt fühle. Dass ist natürlich nicht sein Ziel, aber irgendwie bin ich ja Schuld an seinem Unglück. Einfach ihm zuliebe will ich aber kein Baby bekommen. Die ganze Situation scheint so festgefahren. Keiner will den anderen unglücklich machen, aber tut es doch. Er will unbedingt Kinder, am liebsten schon gestern. Und ich - wenn überhaupt - erst übermorgen. Manchmal frage ich mich, ob wir einander im Weg stehen und wo das auf Dauer hinführen soll. Das kann mich ehrlich zur Verzweiflung bringen.

Das Thema Kinderwunsch bzw. kein Kinderwunsch treibt mich noch in den Wahnsinn. Warum denke ich bloß unentwegt darüber nach? Nur weil mein Mann ein Baby will und ich eine diplomatische Lösung aus dieser Krise suche? Herrje, dann soll er doch schwanger werden. Weiß er überhaupt, was er da von mir verlangt? Im schlimmsten Fall werde ich 30 Kilogramm zunehmen, jegliche weibliche Form verlieren und zu einem hormongesteuerten Zickenmonster mutieren. Das kann er doch nicht wirklich wollen. Und schon gar nicht von mir verlangen!

Und wenn ich mir eine Geburt nur vorstelle, dann wird mir schon schwarz vor Augen. Ich habe mal im Internet recherchiert: Kaiserschnitt, Spinalanästhesie, PDA und Dammriss sind nur einige der Schlagwörter, die mich absolut darin bestärken, dass ich eher ein Kind adoptieren würde, als mich diesen Tortouren freiwillig auszusetzen. Von dieser Idee, ein Kind zu adoptieren, hält mein Mann übrigens gar nichts. Auf meinen zaghaften Vorschlag, was er denn von Adoption halte, hat er mich angesehen, als hätte ich nun vollends meinen Verstand verloren. Kann er denn nicht begreifen, dass ich eine höllische Angst davor habe, schwanger zu werden und dann auch noch sein zu müssen? Was, wenn ich gar nicht dafür geeignet bin, ein Kind auszutragen?

So eine Schwangerschaft und dann die Geburt sind immerhin kein Pappenstiel. Von der Verantwortung für so ein kleines Menschlein mal ganz abgesehen. Außerdem bin ich auch einfach viel zu egoistisch: Wenn ich einen Tag auf der Couch verbringen will, weil ich schlechte Laune habe, dann will ich das machen können, ohne dass ständig so ein sabberndes, schnullerndes, windelfüllendes Wesen an mir herumreißt und "Mama, Mama" schreit. Und wenn ich in Urlaub fahren will, dann ohne einen ganzen Anhänger voll mit Schnullern und Windeln.

Na gut, dem könnte man entgegen halten, dass meine Tiere auch keine Rücksicht darauf nehmen, ob ich nun Lust habe, sie zu füttern oder den Stall auszumisten. Und Verantwortung habe ich sowieso schon mehr als genug: Wer so viele Tiere hat, Haus, Hof und Garten, der kann nicht gerade von Unabhängigkeit sprechen. Und im Urlaub waren wir auch noch nie. Um ehrlich zu sein, würde sich also nicht wirklich etwas ändern...

Trotzdem: Den kleinen Rest Unabhängigkeit, den ich noch habe, werde ich auf keinen Fall aufgeben. Zumindest gehören die Nächte mir!

# Dezember

In bin die letzten Tage in mich gegangen und zu dem schockierenden Schluss gekommen, dass der Tag nicht von alleine kommen wird, an dem ich morgens aufwachen und "bereit" sein werde. Diese Tatsache lässt nur zwei Schlüsse zu:

1. Ich muss mich von meinem Mann trennen, weil wir scheinbar unterschiedliche Lebensträume haben, oder

2. ich muss den Ursachen auf den Grund gehen, warum ich mich so gegen Kinder sträube.

Da die erste Möglichkeit völlig unakzeptabel ist und absolut nicht zur Debatte steht, kommt scheinbar ein hartes Stück Arbeit und Selbstanalyse auf mich zu. Naja, im Grunde beschäftige ich mich ja seit Monaten, wenn nicht Jahren mit diesem leidigen Thema, dass streckenweise zwischen uns zu einem regelrechten Tabuthema geworden ist. Keiner traut sich mehr, seine wahren Gefühle dazu zu äußern.

Mehrere Erkenntnisse haben sich mir in den letzten Wochen verstärkt verdeutlicht:

1. Ich habe große Angst, dass mir in der Schwangerschaft oder bei der Geburt etwas passieren könnte.

2. Ich habe fürchterliche Angst, dass ich eine grauenhafte Schreckschraube werde und mein Mann es nicht mehr mit mir aushält, und dass ich am Ende schwanger und verlassen alleine da sitze.

3. Ich habe am meisten Angst davor, dass mein Kind behindert oder krank zur Welt kommen könnte.

4. Ich habe Angst, dass ich eine Rabenmutter werden und absolut unfähig sein könnte, mein Kind zu einem wohlgeratenen Menschen zu erziehen.

5. Ich habe Angst vor den "Nebenwirkungen", die so eine Schwangerschaft mit sich bringt (und bei denen es eben nicht allein hilft, seinen Arzt oder Apotheker um Rat zu fragen)

6. Ich fühle mich oftmals selber noch so klein und jung, dass ich mir absolut nicht vorstellen kann, eine Mutter zu werden.

In einem großen Schwall von Tränen und latenten hysterischen Anflügen habe ich meinen Mann gestern Abend mit all meinen Ängsten konfrontiert. Das Schlechte daran ist, dass ich kaum geschlafen habe und heute aussehe wie ein Häufchen Elend mit dick zugeschwollenen, verweinten Augen. Das Gute ist, dass ich mich irgendwie erleichtert und befreit fühle. Ich habe alles gesagt, was ich schon lange - wenn auch unterbewusst - mit mir herumschleppe.

Mein Mann konnte zum Teil sicherlich kaum glauben, was ich da aus den tiefsten Tiefen meines Ichs zum Vorschein gebracht habe, zu einem anderen Teil konnte er es möglicherweise auch nicht verstehen, weil ich so geschluchzt habe - und weil Männer bekanntlich sowieso nicht alles verstehen, was wir Frauen so von uns geben. Er war aber ganz lieb und verständnisvoll, hat mir meine Ängste so gut wie möglich versucht zu nehmen und mir versichert, dass ich so abscheulich gar nicht werden könnte, als das er mich deswegen verlassen würde. Außerdem meinte er, viel schlimmer könnte es ja ohnehin kaum mehr werden. Sehr nett.

Irgendetwas hat das Gespräch auf alle Fälle bewirkt. Ich kann es noch nicht genau sagen, was es ist, aber irgendetwas hat sich geändert.

Mir sind weitere Dinge klar geworden:

1. Ich heule bei allen Kinderfilmen.

2. Ich heule, wenn ich Babys und vor allem Geburten im Fernsehen sehe.

3. Ich habe einen Peter-Pan-Komplex und will eigentlich selber nicht erwachsen werden.

4. Ich würde wahrscheinlich eine gute Mutter sein, da ich selber eine gute Kindheit hatte und meinen Kindern viele Werte vermitteln könnte.

5. So viele Menschen bekommen Kinder, die sicherlich deutlich weniger geeignet dazu sind als wir (ich!).

6. Unsere Kinder würden ein schönes und liebevolles Zuhause bekommen.

7. Mein Mann liebt mich und würde mich nie verlassen, weder schwanger noch unschwanger.

8. Ich bin eine erwachsene Frau, die durchaus fähig ist, die Verantwortung für ein Baby zu übernehmen.

9. Frauen sind biologisch dafür gemacht, schwanger zu werden und zu sein. Wie könnte ich also ungeeignet dafür sein?

Zusammenfassend ist mir nach unserem Gespräch also bewusst geworden, dass meine meisten Ängste unbegründet sind und dass ich mir mit Horrorvorstellungen selber den Blick für die Tatsachen vernebelt habe:

Wie kann man Kinder hassen, wenn man Kinderfilme liebt?

Wie kann man bei Geburten heulen, wenn man sich nicht absolut damit identifizieren könnte?

Wer könnte eine bessere Mutter sein als ich, die sich den ganzen Tag damit beschäftigt, andere zu versorgen und darin auch noch aufgeht?

Mein Gott, ich kann es kaum glauben: Es war ein hartes Stück Arbeit. Es hat viele Stunden Grübeleien, Gespräche und Selbsteinsichten gefordert. Es sind Millionen Tränen geflossen und einige schlaflose Nächte vergangen. Aber es hat sich gelohnt. Ich will es nicht nur, weil mein Mann es will. Ich will ein Baby. Ich bin bereit! Endlich!

## Januar

Ich habe die Pille abgesetzt. Nun kann es losgehen! Bestimmt werde ich ganz schnell schwanger. Warum auch nicht?

Ich habe mich in einem Internetforum angemeldet, um mir dort das nötige Wissen für mein zukünftiges Leben als Schwangere und Mutti aneignen zu können und um Gleichgesinnte zu treffen.

## Februar

Zyklustag 2:

Wer hat jemals gesagt, dass ich keine Kinder will? Ich etwa? Pah! Was interessiert mich mein dummes Geschwätz von gestern? Was war ich nur für eine dumme Kuh? Ich habe so viel Zeit verschwendet. Wer mich kennt weiß, dass Geduld nicht gerade zu meinen Tugenden gehört. Wenn ich mir etwas in den Kopf gesetzt habe, dann will ich es auch direkt in die Tat umsetzten. Und nun will ich ein Baby! Jetzt! Sofort! Her damit!


Zyklustag 5:

Ich habe damit begonnen, einen Zykluskalender zu führen, in den ich alle körperlichen Befindlichkeiten wie Unterleibsziehen und Stimmung sowie meine morgendliche Körpertemperatur eintrage, um meinen genauen Eisprung zu ermitteln. Vertrauen ist gut, Kontrolle ist besser.

Ich bin ziemlich aufgekratzt und nehme meinen Körper genauestens unter die Lupe.

Zyklustag 14:

Heute ist mir den ganzen Tag schon etwas übel, ansonsten bin ich aber guter Laune und könnte Bäume ausreißen. Ab und zu zwackte mein rechter Eierstock so merkwürdig. - Das war sicher mein Eisprung! Juhu! Es kann losgehen! Wo ist eigentlich mein Mann?


Zyklustag 21:

Meine Güte, bin ich heute müde, obwohl ich länger geschlafen habe. Ich bin zu nichts in der Lage. Ich glaube, ich gehe wieder ins Bett.


Zyklustag 22:

Es fällt mir schwer es zuzugeben, aber ich verbringe eindeutig zu viel Zeit in meinem Internetforum und noch eindeutiger zu wenig Zeit mit meinen normalen Aufgaben. Aber ich kann mich einfach auf nichts anderes mehr konzentrieren als auf dieses Babythema.


Zyklustag 26:

Die letzten Tage waren merkwürdig. Ich hatte leichte Kopf- und Rückenschmerzen und ab und zu so ein komisches Schwindelgefühl, außerdem muss ich ständig essen, obwohl eine ständige leichte Übelkeit mich durch den Tag begleitet. Und mein Unterleib zieht die ganz Zeit. Ob es sich wohl etwa ein kleines Krümelchen in mir gemütlich macht?

**März**

Zyklustag 27:

Nachdem ich heute Morgen einen monströsen Hunger hatte, konnte ich danach den ganzen Tag nichts mehr essen vor lauter Übelkeit. Jetzt ist es früher Abend, und ich habe ein ganz komisches Körpergefühl: Ich bin zittrig, schwach, unruhig und total kribbelig. Bäh! Außerdem habe ich leichte Halsschmerzen, bin total weinerlich, meine Brüste spannen und ich habe extrem schwere, müde Beine. Ich bin extrem müde und friere.

Heute Nacht ist Vollmond.

Zyklustag 30:

Heute Morgen bin ich fast nicht aufgewacht vor Müdigkeit. Die leichte Übelkeit und dieses komische Körpergefühl mit den schweren Beinen machen mich völlig unfähig, irgendetwas Sinnvolles zu tun. Bestimmt bin ich schwanger. Woher sollten diese komischen Gefühle denn sonst kommen?

Mittags: Oh nein! Was ist denn das? Wo kommt das Blut her? Ich weigere mich entschieden, diesen Zyklus als beendet zu betrachten. Bestimmt bin ich trotzdem schwanger. Das Blut hat rein gar nichts zu bedeuten! Andere Frauen sind auch schwanger gewesen, obwohl sie noch ein- oder mehrmals ihre Tage bekommen haben. Liest man doch ständig: "Schwanger trotz Periode!" Jawohl, so wird es bei mir auch sein. Ich kann nicht *nicht* schwanger sein. Ausgeschlossen!

Zyklustag 7:

Na gut, offensichtlich bin ich vielleicht wohl doch nicht schwanger. Die Blutung allein hat mich zwar nicht überzeugt, aber dem ernüchternden Ergebnis mehrerer negativer Schwangerschaftstests muss ich mich wohl beugen. Dabei war ich mir so sicher. Ich bin ziemlich enttäuscht. Also auf in die nächste Runde. Dieses Mal wird es schon klappen...

Zyklustag 18:

Ich bin etwas verunsichert, weil mein Körper (naja, vielleicht war es auch mein Kopf) mir im letzten Zyklus schon weismachen wollte, ich wäre schwanger. Darum kann ich all den Merkwürdigkeiten, denen ich körperlich ausgeliefert bin, nicht so recht vertrauen. Darum versuche ich so gut wie möglich, die ständigen Kopfschmerzen, die Übelkeit und das ständige Bedürfnis auf die Toilette zu rennen genauso zu ignorieren wie Herzrasen, Ruhelosigkeit und Hitzewallungen. Zwar will mir das nicht so wirklich gelingen, aber ich rede mir ein, dass all dies sicherlich von der Hormonumstellung nach dem Absetzten der Pille kommt. Immerhin habe ich diese 13 Jahre lang genommen. Das mein Körper sich jetzt eventuell für die jahrelange hormonelle Verwirrung revanchiert, könnte ich ihm nicht einmal verübeln.

Zyklustag 21:

Ich bin irgendwie unzufrieden. Dieses ganze Warten und Beobachten macht mich genauso mürbe wie meine körperlichen Veränderungen. All das Zwacken und Zwicken kannte ich früher nicht. Außerdem habe ich ständig Hunger. Wo soll das denn noch hinführen?


Zyklustag 27:

Mir ist immer noch schlecht. Und ich bin sehr müde: Gestern Abend habe ich um 20.30h geschlafen, bis heute Morgen um 7.45 Uhr - fast 12 Stunden... Wow!

Heute ist der Tag der Tage, an dem es im Zuge unserer andauernden Hausrenovierung unserem Badezimmer an den Kragen geht. Die Badewanne ist schon raus. Dieser Anblick ist wahrlich nichts für schwache Nerven (für starke allerdings auch nicht...). Was wir bei dieser Gelegenheit feststellen mussten, ist, dass es ein gewisses undichtes Rohr unter der Badewanne gab, das offensichtlich seit einer gewissen unbestimmten Weile stetig in nicht geringer Intensität eine ansehnliche Menge Wasser von sich gegeben haben muss, welches sich gleichmäßig und schleichend in unsere Fundamente ergossen hat.

Kurz: Eine Tropfsteinhöhle ist eine trockene Savanne gegen das Feuchtbiotop, das sich unter unserer Badewanne gebildet hat (das macht einen bestimmten Sinn und erklärt die feuchten Wände im Keller, die also wohl nicht von aufsteigendem Grundwasser, sondern offenbar dann doch von absinkendem Abwasser herrühren müssen...). Es ist schlichtweg so, dass bei jedem Duschen, Baden oder

Waschmaschinengang eine ziemlich beachtliche Menge Wasser ihren Weg aus besagtem Rohr gefunden haben muss. Nicht mehr lange, und wir wären wahrscheinlich durch die vergammelte Decke gebrochen und mit der Wanne im Keller gelandet...

Aber mein optimistischer Mann und Handwerkerkönig sagt, so schlimm sei das alles gar nicht (wahrlich nicht schön, aber eben auch nicht so schlimm, wie es scheint, aussieht - und vor allem riecht!). Naja, wenn der Mann im Haus das sagt, muss man ihm wohl glauben! Aber im Ernst, jetzt, da das Leck beseitigt ist, wird alles gut. Nun kann alles schön austrocknen und der entstandene Schaden hätte zwar sicherlich einen Neubau zugrunde gerichtet, nicht aber echte hundertjährige nordfriesische Baukunst.

Somit war der Zeitpunkt also mehr als gut gewählt, endlich die uralte Wanne rauszureißen. Neue Kacheln und Fliesen liegen bereits vor der Tür (taubenblau und weiß - so, wie ich es wollte). Die Dusche wird komplett gefliest, ohne herkömmliche käufliche Duschwanne.

Ich bin sehr gespannt, wie das aussehen wird. Ich kann es mir noch nicht ganz vorstellen (natürlich ungefähr), aber was es dann für ein Luxus sein wird, ein richtiges Bad zu haben... Ich hatte mich ja schon fast an "Shabby Chic" à la Gipsplatte unverputzt gewöhnt, aber ich denke, mit Fliesen werde ich mich auch anfreunden können.

Ansonsten geht es mir ganz gut. Mein Unterleib zwickt noch immer, aber viel weniger. Durch die Badezimmerrenovierung mache ich mich zumindest nicht sonderlich verrückt, ich bin ja abgelenkt mit putzen und aufräumen.

Mal was ganz anderes: Obwohl ich weniger esse, seit ich die Pille abgesetzt habe, weil ich nun nach dem anfänglichen Dauerhunger auch weniger Appetit habe, nehme ich irgendwie immer mehr zu - bestimmt mindestens ein Kilogramm im Monat. Bevor ich angefangen habe, die Pille zu nehmen, war ich nur ein Strich in der Landschaft, keine Brust, keine Hüften, kein Po. Mit Pille bin ich dann immer "weiblicher" geworden, wie man so schön sagt. Nun hatte ich gehofft, dass es ohne Pille vielleicht wieder etwas weniger wird - zumindest aber gleich bleibt. Dass ich nun aber zunehme, damit hätte ich nicht gerechnet. Ich bin nun beileibe nicht fettleibig, aber einige Kilos weniger dürften es schon gerne sein! Dass ich in einer Schwangerschaft zunehmen werde, das nehme ich gerne in Kauf, aber schon vorher? So hatten wir nicht gewettet!

**April**

Zyklustag 1:

So einfach scheint es mit dem schwanger-werden wohl doch nicht zu sein. Wieder habe ich meine Periode bekommen, und das fünf Tage zu früh. Was ist denn nun los? Mein Körper scheint völlig verwirrt zu sein. Und ich bin es sowieso. Zur Ablenkung habe ich meinen Frühjahrsputz im Haus begonnen. Das bringt mich sicher auf andere Gedanken.

Zyklustag 15:

Wegen unserer chronischen Renovierungsarbeiten komme ich nicht einmal mehr dazu, in meinem geliebten Internet-Chat vorbeizuschauen. Ich hatte jetzt meinen Eisprung - aber wir haben doch tatsächlich nur einmal geherzelt in dem ganzen Umbauwahn - und das auch noch viel zu früh. Ich glaube, diesen Monat kann ich jetzt schon knicken. Das nennt man wohl vertane Liebesmüh.

Zyklustag 16:

Es ist schlichtweg unglaublich: Sobald man ein Baby bekommen möchte, sieht man überall NUR NOCH Babys - jeder ist schwanger oder schiebt einen Kinderwagen. Wo kommen die denn bloß alle plötzlich her? Die waren doch vorher nicht da! Naja, wir werden es auch noch schaffen. Aber ich werde immer ungeduldiger. Und ich kann es immer noch nicht fassen, dass das Baby meiner Freundin Inken jeden Moment kommen kann. Eben gerade hat sie mir doch erst gesagt, dass sie schwanger ist. Wie schnell die Zeit vergangen ist! - Und wie lange „üben" wir schon und sind immer noch nicht schwanger geworden. Ewig! - Endlich verstehe ich die Relativitätstheorie!

Jedenfalls sind tatsächlich momentan alle meine besten Freundinnen schwanger. Das ist teilweise nur schwer erträglich, aber mich deshalb vor Babys (und meinen Freundinnen) zu verstecken, bringt ja auch nichts. Ich gönne es den anderen ja auch, aber ich will auch endlich schwanger sein! Ich hoffe, es wirkt irgendwie ansteckend.

Zyklustag 19:

Es gibt nicht viel Neues. Das Bad ist zu ca. 98 Prozent fertig, was natürlich sehr schön ist. Ich denke immer, ich bin im falschen Haus, wenn ich zur Toilette gehe. Zu schön, um wahr zu sein. Immerhin hier gibt es Fortschritte...

Zyklustag 21:

Ich frage mich gerade folgendes: Muss eigentlich die Temperatur nach dem Eisprung immer deutlich ansteigen, damit man überhaupt schwanger werden kann oder kann es sein, dass sie erst steigt, wenn es eine Befruchtung gab? Ist das eine vom anderen abhängig? Oder könnte es sein, dass die Temperatur immer nur so rapide ansteigt, wenn eine Befruchtung bzw. Einnistung erfolgreich stattgefunden hat?

Herrje, ich bin mir selbst ein Buch mit sieben Siegeln. Was war doch mein Leben einfach und unkompliziert, als ich noch nicht mal wusste wie viele fruchtbare Tage ich überhaupt habe (oder eher gehabt haben könnte, denn ich habe ja die Pille genommen)?! Ich dachte ja, immer, wenn frau schwanger werden will, dann wird sie eben schwanger, schließlich hört man ständig von Frauen, die „aus Versehen" schwanger geworden sind - einmal die Pille vergessen und schwupp... Haha! - Das es in Wirklichkeit eine solche Wissenschaft sein kann, das hätte ich ja in meinen schlimmsten Träumen nicht erahnt. Aber vielleicht geht es ja auch nur mir so.

Kann man eigentlich zu doof sein, um schwanger zu werden?


Zyklustag 22:

Noch sechs Tage bis zum NMT, dem „Nicht-Mens-Tag", also dem Tag, an dem die Periode hoffentlich ausbleibt - und bisher habe ich keine wirklichen Anzeichen für nichts. Null Bauchweh wie sonst. Was lustig ist: Heute Morgen war die Tempi bei 36.8°C - so hoch war sie noch nie, höchstens mal 36.6°C... Das einzige was ich habe, ist andauernder Hunger - und seit heute Rückenschmerzen auf Steißbeinhöhe.

Ich glaube ja nicht, dass es geklappt hat, wir hatten ja nur einmal Sex in der fruchtbaren Zeit...


Zyklustag 23:

Heut war die Tempi wieder nur bei 36.6 - allerdings habe ich unruhig geschlafen und früher gemessen als sonst. Die höhere Temperatur gestern war sicher nur ein Ausrutscher. Ich glaube nicht, dass ich schwanger bin. Ich hatte auch gar keine Lust während der fruchtbaren Zeit. Sehr komisch. Dabei hätte ich doch meinen Mann eigentlich die ganze Zeit anspringen müssen... Naja, nächstes Mal!

Ich sage mir immer, so lange ich noch unschwanger bin, kann ich noch alles erledigen, was später nicht mehr so einfach sein wird: Renovieren, im Garten arbeiten, reiten, tanzen in meiner Bauchtanzgruppe. Und immerhin ist es doch die letzte Zeit zu zweit mit meinem Männlein. Die müssen wir doch genießen! Ich versuche, unser "Nest" bis dahin so schön wie möglich einzurichten, damit das Baby es später richtig gut hat und ich mehr Zeit habe, Mutter zu sein.

Außerdem bin ich jetzt durch meine ganzen Hobbies sowieso total abgelenkt, und das ist auch gut so. Im Winter, als ich permanent so viel im Internet-Chat war, da war ich ja schon total wahnsinnig. Das ständige Kommunizieren mit Baby-süchtigen Gleichgesinnten lässt einen alles andere um einen herum vergessen. Jetzt, wo ich wieder so viel anderes um die Ohren habe, denke ich, ehrlich gesagt, ziemlich wenig über unseren Kinderwunsch nach. Klar, im Hinterkopf ist das Thema immer präsent, aber ich bin inzwischen eigentlich ziemlich entspannt. Es wird schon klappen, wenn WIR bereit dafür sind und der Zeitpunkt stimmt. Manchmal denke ich sogar: Hoffentlich hat es dieses Mal noch nicht geklappt, ich will doch noch das und das und das vorher erledigen... (Zumindest rede ich mir ein, dass ich das denke!)

Zum Glück haben wir schon lange mit dem Rauchen aufgehört und haben den Stress nicht auch noch. Ich habe inzwischen schon so oft gelesen und gehört, dass es bei Leuten nach langer Zeit endlich geklappt hat, als sie mit dem Qualmen aufgehört haben! Und bevor man so komplizierte Fruchtbarkeits-Untersuchungen macht, sollte man doch das Naheliegende zuerst versuchen. Und eigentlich ist es gar nicht so schwer. Ich habe es ziemlich einfach geschafft. Und mein Mann hat 15 Jahre viel geraucht und hat es auch geschafft, nicht mehr zu rauchen. Für dieses Ziel lässt man es doch gerne. Wäre ich eine Eizelle, ich würde mich auch nicht in so einem "Raucherhaushalt" einnisten wollen.

Anderseits kann ich nun natürlich nicht mehr sagen: "Wenn es nicht klappt mit dem schwanger-werden, dann liegt es sicher am Rauchen. Dann können wir immer noch aufhören, und dann wird es sofort klappen." - Irgendwie auch ärgerlich, wenn man kein Alibi mehr hat. Woran könnte es denn sonst noch liegen?


Zyklustag 24:

Bei einer unserer gluckenden Hennen sind zwei Küken geschlüpft! Und das, obwohl schon der 24. oder 25. Tag der Brutzeit war. Normalerweise dauert das Ausbrüten 21 Tage. Ob wohl noch mehr Nachzügler kommen?


Zyklustag 25:

Anzeichen fürs Schwangersein habe ich eigentlich immer noch nicht so richtig - nur ab und zu mal ein leichtes Ziehen im Unterleib, aber was soll das schon bedeuten? Und die leicht erhöhte Temperatur eben, aber die wird sicher bald fallen. Wie immer.

Ich trinke jetzt täglich Apfelessigwasser, das soll entschlacken und die Fettverbrennung anregen. Seit dem ist auch meine Tempi höher. Ob das Zufall ist?!

Es ist bei den beiden Küken geblieben, und die Glucke geht nur noch zu den Eiern, wenn sie mich kommen sieht. Ansonsten spaziert sie mit den Küken draußen herum. Ich werde nun also die restlichen Eier wegnehmen. Ich finde es nach wie vor unglaublich, dass da überhaupt noch welche geschlüpft sind. Das ist fast so, als hätte eine Frau elf oder zwölf Monate ihr Baby im Bauch gehabt. Es grenzt an ein kleines Wunder und macht mir irgendwie Mut. Vielleicht ist das ja ein Zeichen, dass es bei mir auch bald klappt?!

Zyklustag 27:

Heute habe ich wieder meine Periode bekommen. Aber wenigstens nur *einen* Tag vor dem NMT, ich denke, das ist im Rahmen. Immerhin nicht wieder fünf Tage zu früh wie beim letzten Mal. Ich scheine also keine seltene Krankheit zu haben, die eine Schwangerschaft unmöglich macht. Ich habe ja eigentlich auch nicht damit gerechnet, schwanger zu sein. (Einreden kann man es sich ja zumindest...)

# Mai

Zyklustag 13:

Ich bin mal wieder total im Stress und finde nach wie vor kaum noch Zeit für meinen Chat. Ich mache im Internet nur noch mein Zyklusblatt - und ehrlich gesagt geht es mir viel besser ohne: Endlich kriege ich mal wieder einen klaren Kopf. Ich arbeite viel im Garten und beschäftige mich mit den Pferden. Bei dem schönen Frühlingswetter sollte man ja sowieso nicht vor dem Computer versauern. Die anderen Frauen im Chat können auch ohne mich schwanger oder nicht schwanger werden.

Leider habe ich aber seit gestern starkes Halsweh und bin total schlapp. - Natürlich so kurz vor dem Eisprung. Das ist ja mal wieder typisch. Es ist doch wie verhext! Wie soll denn da einer schwanger werden, wenn ich zur Brunftzeit herum kränkle?! Manchmal habe ich das Gefühl, es soll einfach noch nicht sein. Aber warum?


Zyklustag 15:

Heute haben wir unser Schlafzimmer renoviert. Vielleicht schafft ein neues Wohnklima dort ja bessere Voraussetzungen fürs schwanger werden.

Zyklustag 18:

Ich habe sonst immer so zwischen Zyklustag 13 bis 16 meinen Eisprung, aber das wird diesen Zyklus wohl nichts mehr. Ich bin heute an Tag 18, und die Temperaturkurve ist einfach völlig inakzeptabel! Ich frage mich gerade, was die Temperatur eigentlich bei einer Erkältung tut. Geht sie da rauf oder runter? Fieber hatte ich nicht. Kann die Tempi durch die Erkältung denn so verfälscht sein? Hatte ich vielleicht einen Eisprung, der aber durch die Erkältung temperatur-technisch nicht erkennbar ist? Oder hatte ich einfach noch keinen und bekomme auch keinen mehr? Oder kann der Schnupfen den Eisprung auch verzögern? Kann frau mit einer Erkältung eigentlich überhaupt schwanger werden? Fragen über Fragen. Und keine Antworten in Sicht. Und dabei waren wir doch so fleißig.
Vielleicht sollte ich mal anfangen, Frauenmanteltee zu trinken, um meinen Zyklus zu regulieren? Ich bin traurig.


Zyklustag 19:

Das Baby meiner Freundin Inken ist da. Ich war heute zum Gucken da, es ist so süß. Ich habe mein Bestes gegeben, mich mit ihr zu freuen.


Zyklustag 20:

So, nun habe ich in meinem Zyklusblatt einige Temperaturen korrigiert und meine Eisprung-Balken bekommen. Ein bisschen Schummeln kann ja wohl nicht schaden.

Allerdings zeigt das Blatt nun den Eisprung für mein Gefühl viel zu früh an. Es ist schon zum Verzweifeln: Da schummelt man mit den Werten, bis es passt, und dann passt es doch irgendwie nicht. Ich könnte schwören, dass der Eisprung gestern war. Naja, nun bleibt mir ohnehin nur noch abzuwarten. Einen Eisprung hatte ich aber wohl in jedem Fall, da die Tempi heute deutlich höher war. Oder?

Zyklustag 21:

Ich war heute mit meinen Freundinnen von der Bauchtanzgruppe zum ersten Mal beim Samba-Kurs, den wir nun zusätzlich eine Zeit lang machen wollen. Mein lieber Schwan, da werden Bewegungen von uns verlangt, die einem die Schamesröte ins Gesicht treiben. Zum Glück ist es so anstrengend, dass die roten Gesichter nicht weiter auffallen. Diese Bewegungen sind jedenfalls so eindeutig und nahezu vulgär, dass es mich nicht wundern würde, wenn ich nach diesem Kurs selbst ohne Mann schwanger bin.

Zyklustag 23:

Vatertag – hoffentlich der letzte ohne Baby!

Zyklustag 25:

Letzte Nacht hatte ich starke Hitzewallungen und tagsüber die ganze Zeit komisches Ziehen im Unterleib. Es fühlt sich an, als ob ich jeden Moment meine Periode bekomme. Was soll's? Langsam ist es mir egal. Ich wollte ja auch eigentlich sowieso keine Kinder haben. Dann ist es eben so. Jeder bekommt, was er verdient. Muss ich erwähnen, dass ich irgendwie miesepetrig und gereizt bin?

Zyklustag 27:

Gestern haben wir einen Pflanzenmarkt veranstaltet, wie jedes Jahr zu Himmelfahrt. Es waren viele Leute da, das Wetter war super und ich habe viele Kräuter und Stauden verkauft. Es lief alles viel besser, als ich es zu hoffen gewagt hätte! Ich bin immer noch ganz begeistert!

Wirklich ruhiger wird es aber nicht, da ich nächsten Monat beim "Offenen Garten" mitmachen will. Das ist eine bundesweite Veranstaltung, bei der Privatleute anderen Interessierten ihre Gärten zeigen können. Dafür muss mein Garten natürlich noch besser aussehen, und ich muss neue Pflanzen für den Verkauf vorbereiten.

Außerdem habe ich nun auch wieder den Job in meinem Pflegegarten, wo ich zweimal pro Woche halbtags den Garten einer Dame pflege. Dazu kommt, dass mein Internet-Pflanzengeschäft ebenfalls bombastisch läuft und ich dementsprechend viel Versand und Computersachen zu erledigen habe. Aber der Sommer-Stess ist auch irgendwie gut, da ich dann abgelenkt bin - und über das Geld will ich mich natürlich auch nicht beklagen.

Ansonsten ist mein Zyklus immer noch total verwirrend diesen Monat. Meinen NMT weiß ich nicht genau – irgendwann nächstes Wochenende. Seit gestern habe ich schon wieder das Gefühl, dass meine Tage jeden Moment kommen, was ja wieder viel zu früh wäre! Aber die Tempi ist heute abgestürzt, was bisher noch nie ein gutes Zeichen war. Wenn ich morgen meine Tage bekomme, muss ich wohl doch noch zum Frauenarzt. Da ist wohl scheinbar irgendwo der Wurm drin! Ich könnte heulen, wenn ich darüber nachdenke, warum ich nun auch so eine hysterische Tante mit Zyklusstörungen bin, die ich anfangs so milde belächelt habe, weil ich so sicher war, dass *ich* auf jeden Fall *sofort* schwanger werde. Wo soll das bloß noch hinführen? Sicher muss ich in einigen Monaten ins Irrenhaus, wenn das alles so weiter geht. Wer soll denn da noch die Nerven bewahren?

Da hilft nur eines: Nicht drüber nachdenken und hoffen, dass ich mich täusche mit der Mens! Aber ich habe ziemlich starkes Unterleibziehen, also wird es nicht mehr so lange dauern, bis sich die Hoffnung wieder in Blut auflöst...

Zyklustag 1:

Hurra, hurra, die Mens ist da! Ich wusste es doch.

Mein ganzer Zyklus ist durcheinander. Ich könnte gerade echt heulen!

Dass ich wieder meine Tage bekommen habe, ist ja schon schlimm genug, aber dass ich mit steigender Wahrscheinlichkeit Hormone oder Medikamente nehmen muss, damit ich jemals schwanger werde, macht mich völlig fertig. Ich will kein Hormonbaby!

Bestimmt darf ich niemals ein Baby bekommen! - Weil ich so lange gewartet habe, werde ich nun bestraft. Selber schuld!

Zyklustag 2:

Es geht mir wieder etwas besser. Ich bin schließlich absoluter Optimist, aber gestern hatte ich wirklich einen Durchhänger. Im Prinzip mache ich mich nicht verrückt mit dem Temperaturmessen, ganz sicher nicht. Ich bin auch froh, dass ich weiß, dass bei 36.3°C meine Periode kommt, dann bin ich den Tag wenigstens vorbereitet und sitze nicht plötzlich in der "Tinte". Außerdem denke ich, wenn doch etwas bei mir nicht stimmt, dann hab ich es wenigstens durch das Temperaturmessen aufgedeckt und kann auch etwas dagegen tun.

Meine zweite Zyklushälfte dauerte mindestens 12 Tage. Das ist zwar nicht sehr lang, aber bestimmt noch nicht dramatisch. Davon gehe ich jetzt mal einfach ganz gutgläubig aus.

Ich werde jetzt diesen Zyklus noch abwarten und Tee trinken (daher wird der Spruch wohl kommen) - Frauenmanteltee. Immerhin habe ich ja den ganzen Garten voll damit. Und ich werde weiterhin Tempi messen. Sicher lag es dieses Mal auch an der Erkältung, dass es nicht geklappt hat und mein Zyklusblatt so chaotisch war.

Wenn ich diesen Monat eine eindeutig zu kurze zweite Zyklushälfte feststelle, dann gehe ich zum Frauenarzt und hole mir Hilfe (und Hormone). Allerdings werde ich heute vielleicht schon mal in der Praxis anrufen und fragen, ab wann die zweite Zyklushälfte wirklich als bedenklich zu kurz gilt, wann man also etwas dagegen unternehmen muss. Und selbst, wenn etwas nicht stimmt, wird es ja wohl ziemlich leicht zu behandeln sein, was ich im Internet bisher so mitbekommen habe.

Also, ich werde heute die Sonne genießen, im Garten wühlen und zwischen Brennnesseln und Giersch meditieren. Bestimmt klappt es diesen Monat. Dann bekäme ich nämlich ein März-Baby, was schön wäre - auch ein Fischlein, genau wie ich. Das wäre doch was. Noch so ein übersensibles Nervenbündel. Ja, so wird es gemacht.

Auf in die nächste Runde!


Zyklustag 7:

Ich habe mal wieder etwas im Internet recherchiert und bin mir fast sicher: Ich habe Endometriose! Alle Symptome deuten darauf hin. Also muss ich wohl oder übel endlich mal zum Frauenarzt gehen, und wenn es nur ist, damit er mir sagen kann, dass nichts ist. Dann kann ich wenigstens aufhören zu grübeln. Und wenn was ist, dann muss man eben was dagegen tun.

Heute Abend ist wieder Samba-Kurs. Ich habe noch Muskelkater vom letzten Mal, aber ich freue mich auf diesen fröhlichen gemeinsamen Balztanz, der einem durch die Anstrengung alle trüben Gedanken aus den Eingeweiden jagt.

**Juni**

Zyklustag 13:

Ich habe morgen Abend einen Termin beim Frauenarzt. Ich will jetzt Gewissheit haben, ob alles in Ordnung ist bei mir. Mir graust es schon.

Zyklustag 15:

Der Frauenarzt-Termin war der totale Reinfall: Der Doc hat mich nicht mal untersucht, sondern meinte nur, es käme viel vom Kopf. Er wollte mir wieder Pille verschreiben, um den Zyklus zu normalisieren. So ein Quatsch! Die Pille ist doch wahrscheinlich erst schuld daran, dass bei mir alles so durcheinander ist! Zum Glück konnte ich ihm diese Schnapsidee gründlich ausreden. Nun hat er mir Mönchspfeffer gegen PMS mitgegeben. Ich fand es schon merkwürdig, dass er nicht mal geguckt hat, um etwas Offensichtliches auszuschließen. Er meinte, da wäre ja ohnehin nichts, und das wäre alles psychisch bei mir. Das glaube ich zwar nicht, aber in Ordnung, wenn er es meint. Er ist der Arzt. Er muss es wissen. Danke, dass er mich ernst genommen hat!

Ich werde jetzt also diesen Zyklus mit MöPf beobachten - was bleibt mir anderes übrig - und dann gegebenenfalls zu einer anderen Ärztin gehen, um eine zweite Meinung einzuholen. Diesen Zyklus schreibe ich allerdings schon mal ab, da der Eisprung schon wieder kurz bevor steht, und *so* schnell wird der Mönchspfeffer ja ohnehin nicht wirken können.

Zyklustag 19:

Ich fühle mich so unendlich matschig.


Zyklustag 20:

Mir geht es eigentlich gerade ganz gut. Allerdings habe ich eigentlich jeden Tag wieder so ein Ziehen im Unterleib und seit ein paar Tagen empfindliche Brustwarzen, leichte Verstopfung und gestern war mir wirklich sehr übel, was aber sicherlich am Wetter lag. Es kann also mal wieder alles oder nichts sein. (Ich tippe auf nichts.)

Tempi messe ich nicht mehr so richtig, nur mal ab und zu, um eine Tendenz zu sehen. Aber wann mein Eisprung genau war, weiß ich nicht, nur dass er stattgefunden hat, weil die Temperaturen jetzt höher sind. Aber ich hatte einfach keine Lust mehr, mir ständig diesen Stress zu machen wegen einer eventuell zu kurzen zweiten Zyklushälfte. So weiß ich wenigstens nicht, ob sie zu kurz ist. Der Strategiewechsel lautet also: Verdrängung und Verwischung der Fakten. Ich werde aber in ein bis zwei Monaten mal zu einem anderen Arzt gehen, wenn es bis dahin nicht klappt.

Meine Trauzeugin und meine Schwägerin stehen jetzt kurz vor der Entbindung. Das kann einen schon irgendwie fertig machen.

Ich bin ausgeritten, um mich von anderer Leute Babyglück abzulenken, und irgendwie waren meine Brustwarzen total empfindlich. Sicher wieder PMS! Zum krönenden Abschluss des Tages hatte ich Nasenbluten.

Zyklustag 21:

Samba, Baby!!!

Zyklustag 27:

Der Zyklus ist wieder fast zu Ende, und bisher kann ich nichts Eindeutiges sagen, außer dass meine Brüste immer noch schmerzen und ich immer noch Verstopfung habe. Die Tempi ist immer noch oben - so hoch war sie noch nie so lange, aber das muss ja nichts bedeuten, wie ich inzwischen gelernt habe. Liegt sicher am Mönchspfeffer. Ich habe heute ziemlich starke Kopfschmerzen, traue mich aber nicht so recht, eine Tablette zu nehmen, falls ich wider Erwarten schwanger sein sollte. Ich wage es jedenfalls nicht, irgendwelche Prognosen aufzustellen. Letztes Mal kam die Periode an Zyklustag 29 - in zwei Tagen kann also noch viel passieren. Und mein Brustweh kann ja auch durch den MöPf ausgelöst worden sein. Wobei meine Internetfreundinnen der Meinung sind, dass das Brustweh nicht vom Mönchspfeffer kommt, weil der ja eigentlich diese Beschwerden lindern soll. Komisch, was ist dann die Ursache?

Zyklustag 28:

Meine Tempi ist weiter angestiegen. Das Zyklusblatt sieht schon irgendwie ein bisschen schwanger aus. Ich war ganz verwundert heute Morgen - das war ein neuer Temperatur-Rekord! Aber es kann ja vielleicht doch vom MöPf kommen, dass die Temperatur so ansteigt. Ich meine - klar: Die Brustschmerzen sind schon ziemlich eindeutig, weil ich das sonst nie hatte. Aber ich verlasse mich da nicht drauf. Also, wenn meine Tage nicht vorher kommen bzw. mein Schatzi mich nicht wieder früher zum Testen zwingt, dann will ich frühestens in vier, fünf Tagen testen - wenn überhaupt. Aber vielleicht erledigt es sich ja bis dahin auch schon. Es könnte natürlich sein, dass sich etwas eingenistet hat, aber das muss ja auch noch "halten". Um ehrlich zu sein, glaube ich, ich will einfach so tun, als ob nichts ist, damit ich nicht wieder enttäuscht werde. Ich habe schon irgendwie Angst, dass ich wieder nicht schwanger bin - wie sollte ich das nur ertragen? Meine beste Freundin hat Sonntag ihr Baby bekommen, und meine Schwägerin ist auch bald dran. Einerseits bin ich schon ziemlich sicher, dass es geklappt haben könnte, aber was, wenn es nun doch wieder nicht so ist. Ich will mich einfach nicht darauf versteifen, damit ich dann nicht so traurig bin. (Aber wahrscheinlich ist es dafür zu spät, weil ich eigentlich inzwischen ziemlich sicher bin, dass es dieses Mal geklappt hat.)

Zyklustag 29:

Mein Brustweh wird kontinuierlich stärker, meine Brüste sind irgendwie größer und *sehr* schwer, und ich habe seit ein paar Tagen Blähungen und Rückenschmerzen.

Zyklustag 30, morgens:

Eine Internetfreundin ist nach Begutachtung meines Zyklusblattes der Ansicht, dass mein Eisprung am 16. Zyklustag war und somit meine Tempi heute schon den 15. Tag oben ist. Sie ist sicher, dass ich mit großer Wahrscheinlichkeit schwanger bin. Außerdem interpretiert sie auch Brustschmerzen, Verstopfung und Nasenbluten als sichere Anzeichen. Sie ist sich sicher, dass ich zu 99,9 Prozent schwanger bin. Ihr Rat: Immer locker bleiben. Ihrer Meinung nach ist mein NMT heute oder morgen, und deshalb soll ich in drei Tagen testen. Und wenn der Test positiv ausfallen sollte, was sie sehr stark vermutet, dann soll ich beim Frauenarzt anrufen und einen Termin machen. Bis dahin soll ich mich irgendwie ablenken und mich über jeden Tag freuen, an dem die Tempi oben ist und meine Periode nicht kommt. Das klingt irgendwie logisch und einleuchtend. Und einfach. - Dann werde ich es also so machen: Locker bleiben und mich ablenken. Und beten. Ich werde jetzt drei Tage lang nicht mehr darüber nachdenken, ob ich vielleicht schwanger bin oder nicht. Basta!


Zyklustag 30, nachmittags:

Und wenn ich nun doch nicht schwanger bin? Langsam kriege ich Muffensausen. Aber ich traue mich absolut nicht zu testen, obwohl es ja eigentlich fast überflüssig ist, überhaupt zu testen. Die Fakten sprechen für sich. Anderseits: Gestern Mittag hatte ich kaum Brustweh kurzzeitig, da hab ich gleich Panik bekommen. So ein Mist! Wie soll ich bloß locker bleiben - oder eher: locker werden?! Ich glaube, den Mönchspfeffer setze ich jetzt mal ab, denn in der Packungsbeilage steht, dass man den in der Schwangerschaft nicht nehmen soll. Sicher ist sicher. In der Schwangerschaft. Wie das klingt. - Ich kriege die Krise, bin ganz durch den Wind... Ich meine, ich hatte es ja bestellt für Juni (und all die Monate zuvor...), aber das sich das Universum scheinbar daran hält. Ich kann es einfach nicht glauben. Aber ich will nicht zu viel über ungelegte

Eier reden (im wahrsten Sinne!) - ich bin bestimmt gar nicht schwanger: Mein Eisprung war erst an Tag 17 oder 18, meine zweite Zyklushälfte ist dieses Mal 16 Tage lang, und meine Tage werden also in drei Tagen kommen. Genau! So wird es sein. Schade, es wäre so schön gewesen, schwanger zu sein.

Oh Gott! Ich drehe durch! Tu doch jemand etwas! HILFE!!!!


Zyklustag 30, abends:

Ich werde wohl übermorgen testen - oder eben überübermorgen spätestens. Wenn bis dahin noch meine Tage kommen, kann ich zumindest versuchen, mir einzureden, dass sich doch der Eisprung verschoben hatte oder wer weiß was, dass es am MöPf lag, dass die zweite Zyklushälfte so lang war. Dass ich doch nicht schwanger war. Dann täte es vielleicht nicht so weh. Vielleicht. Herrje: Ich bin immer so hin und hergerissen: In einem Moment bin ich total positiv - im nächsten Moment krieg ich Angst. Ich schwanke zwischen Freude, Aufregung, Angst, Verdrängung und guter Hoffnung. Es erscheint mir manchmal ganz natürlich, dass ich jetzt schwanger bin - und im nächsten Moment denke ich, dass es absolut unmöglich sein kann und was ich mir, bitte schön, überhaupt einbilde. Das ist wieder typisch für mein Sternzeichen, den Fisch in mir: Der eine schwimmt nach links, der andere nach rechts, und dann wechseln sie plötzlich gleichzeitig die Richtung. - Und so etwas habe ich als Baby bestellt?! Was tue ich meinem Kind bloß an? Und mir? Wer bestellt schon freiwillig einen Schizophrenen?

Zyklustag 31:

Meine Internetfreundin will einen Besen fressen, wenn ich nicht schwanger bin: Die Tempi ist wieder gestiegen. Ich glaube langsam auch, dass ich mir den Test sparen kann. Ich denke nicht, dass sie einen Besen fressen muss. Die Brustschmerzen sind noch da, ab und zu habe ich mens-artiges Unterleibsziehen, übel ist mir nur ganz selten mal kurz. Eigentlich geht es mir gut. Zwischendurch bin ich ganz aufgeregt, aber wenn ich mich ablenke, geht es. Mein Mann ist auch total aufgeregt: Er hat sicherheitshalber diverse Verbote aufgestellt: Ich darf nicht mehr Rasenmähen, darf die Schubkarre nicht mehr voll beladen, und ich darf keinen schweren Wäschekorb mehr tragen. Am besten soll ich jetzt neun Monate nur sitzen und brüten. Aber das kann ich nicht. Natürlich bin ich jetzt vorsichtiger, aber ich hab ja immer so viel zu tun und so viel Energie. Und außerdem *muss* ich mich ablenken, sonst komm ich wieder auf dumme Gedanken und darauf habe ich gar keine Lust.

Ach, ich kann es immer noch nicht glauben, dass es scheinbar echt geklappt hat. Hoffentlich!


Zyklustag 32:

Oh Gott! Ich bin tatsächlich schwanger!

Ich habe heute Morgen um 5.15 Uhr einen Schwangerschaftstest gemacht: Er war ganz dick und eindeutig positiv! Eigentlich bin ich ja nicht wirklich überrascht, aber irgendwie stehe ich noch total unter Schock. War es der

Mönchspfeffer oder doch der Sambakurs? Ganz egal! Wir bekommen ein Baby! Das muss ich erstmal verdauen!

## 5. Woche:

Sobald man schwanger ist, ist man rein rechnerisch plötzlich schon in der 5. Schwangerschaftswoche bzw. im zweiten Monat, was zuerst sehr verwirrend klingt. Aber irgendein kluger Kopf hat mal beschlossen, dass der vorangegangene Zyklus mitgezählt wird. Die zwei Wochen nach Eisprung könnte ich ja nachvollziehen, denn da ist ja tatsächlich die befruchtete Eizelle „anwesend" Aber gut. Es klingt auch super, sagen zu können, „ich bin im zweiten Monat schwanger!" Das hat doch etwas sehr solides an sich!

Das Internet hat mir folgendes verraten: Am Ende dieser Woche wird mein Baby bereits ein Herz haben, das schlägt! Ganze zwei bis vier Millimeter ist es groß. Ich soll am besten gleich beim Frauenarzt anrufen und einen Termin für die erste Vorsorgeuntersuchung ausmachen, damit die Schwangerschaft von Anfang an ärztlich überwacht wird. Medikamente soll ich ab jetzt auch nur noch nach Absprache mit meinem Arzt einnehmen. Alkohol, Zigaretten und Drogen sind natürlich sowieso tabu. - Na, wie schön, dass ich mich da nicht groß verändern muss, da ich ohnehin nicht rauche oder trinke und schon gar keine Drogen nehme.

Laut Internet spüre ich jetzt besonders stark die Auswirkungen der Hormonveränderung: Übelkeit, eine plötzliche Geruchsempfindlichkeit, häufigen Harndrang (auch nachts!), ein Spannungsgefühl in der Brust, Verstopfung und Blähungen - und eine unerklärbare Müdigkeit. In meinem Becken vermuten die Profis ein Gefühl von Schwere oder ein Ziehen, das durch die verstärkte Durchblutung verursacht wird.

Mein Baby entwickelt jetzt vor allem das zentrale Nervensystem: Das Neuralrohr formiert sich, aus dem später das Gehirn und das Rückenmark wird. Jede Störung oder Schädigung in dieser wichtigen Phase könnte zu einer Fehlbildung in diesem Bereich führen. Allerdings könne durch die Einnahme eines Folsäure-Präparates das Risiko für Neuralrohrdefekte deutlich gesenkt werden, und ich soll so früh wie möglich in der Schwangerschaft damit beginnen - wie gut, dass ich besagtes Präparat schon seit Monaten konsumiere.

Die Entwicklung aller größeren inneren Organe, der Knochen, Muskeln, Blutgefäße und des Blutes hat nun begonnen. Einige Blutgefäße bilden die Verbindung zwischen Embryo und Plazenta, die spätere Nabelschnur. Über das Blut werden Sauerstoff und viele wichtige Nährstoffe zum Embryo hin transportiert. Umgekehrt werden die Abfallstoffe abtransportiert, damit sie von der Mutter – also mir! - ausgeschieden werden können.

Leider können aus dem mütterlichen Kreislauf aber auch viele schädliche Substanzen über die Plazenta zum Kind gelangen. Der Embryo ist ab jetzt (von der 5. bis zur 12. Woche) in einer höchst empfindlichen Entwicklungsphase, denn die Organe werden gebildet, und eine Schädigung kann nicht mehr so einfach repariert werden.

4+4:

Irgendwie ist es doch lustig: In mir wächst ein Mensch – und keiner sieht es, keiner weiß es. Bisher haben wir es nur unseren Familien und engsten Freunden erzählt.

In mir entsteht ein neues Leben – und um mich herum läuft das normale Leben ganz unbeeindruckt weiter. In meinen Gedanken gibt es kaum noch ein anderes Thema außer meinem Baby – und die Außenwelt ahnt rein gar nichts von diesem größten aller Wunder. Ich lasse mir nichts anmerken. Heute habe ich, genau wie gestern, bei einem Pflanzenmarkt Kräuter verkauft. Äußerlich ist alles wie immer. Aber innerlich ist alles ganz neu...


4+6:

Ich habe beschlossen, dass ich wahrscheinlich ungefähr bei 6+0 das erste Mal einen Frauenarzt-Termin wahrnehmen möchte. - Vorher sieht man ja ohnehin nichts im Ultraschall, und ich würde mir nur Sorgen machen. Ab morgen bin ich schon in der 6. Woche. Ist das nicht ulkig? - Eben war ich quasi noch nicht schwanger, und nun bin ich plötzlich schon mitten im 2. Monat! Wer hat sich das bloß ausgedacht?

Ansonsten muss ich jetzt wirklich aufpassen, dass ich nicht mehr so schwer hebe. Ich trage ja hier bei uns auf dem Hof oft mal eben 20 Kilogramm oder noch mehr. Das muss jetzt vorbei sein. Aber ich muss mich erstmal daran gewöhnen und mich selber daran erinnern – nicht, dass mir die Gewohnheit zum Verhängnis wird. Wassereimer schleppen für die Pferde ist ab nun tabu!

Außerdem überlege ich, ob ich wohl noch gemütlich im Schritt reiten kann. Das stellt meiner Meinung nach eigentlich kein Risiko dar. Ich dürfte ja auch joggen, und dabei entstehen größere Erschütterungen. Mein Pferd kenne ich in- und auswendig, und ich habe einen sehr sicheren Sattel. - Runterfallen ist also zu 99,9% unmöglich. Ich schätze, die Gefahr von einem abstürzenden Flugzeug getroffen zu werden, ist größer. Andererseits bleibt ja doch ein gewisses Restrisiko.

*6. Woche:*

Mein Baby ist jetzt ungefähr sechs Millimeter groß und hat das Aussehen einer kleinen Bohne. Sein Wachstum ist rasant: Innerhalb einer Woche verdoppelt es seine Größe. Wesentliche Organe entwickeln sich bereits: Das Herz schlägt kräftig, Leber, Magen, Darm und Eingeweide formen sich, der Grundstein für das Gehirn wird gelegt, das Rückenmark ist vorhanden. Arme und Beine zeigen sich als feine Gliederknospen.

Wenn ich in mich hineinsehen könnte, würde ich laut Internet angeblich feststellen, dass der Fötus proportional zu seinem Körper einen überdimensional großen Kopf zu haben scheint. Die Gesichtszüge des Embryos beginnen sich zu formen, mit großen, dunklen Punkten an den Stellen, an denen sich die Augen befinden, Öffnungen, die die Nasenlöcher bilden und kleinen Vertiefungen, welche die Position der Ohren markieren.

Das kleine Herzchen schlägt 150 Mal in der Minute - doppelt so schnell wie meines.

Nach ungefähr der Hälfte dieser Woche wird mein Embryo-Baby die ersten Bewegungen machen. Leider werde ich aber erst im zweiten Drittel der Schwangerschaft diese Turnübungen meines Babys eindeutig fühlen können. Die ersten unangenehmen Begleiterscheinungen der Schwangerschaft wie Übelkeit, Erschöpfung, Appetitverlust, Verstopfung, häufigen Harndrang, Schlafstörungen usw. soll ich positiv deuten: Es seien die Zeichen für eine ganz normale hormonelle Veränderung meines Körpers, also für eine gesunde Schwangerschaft. Und in den meisten Fällen könne man etwas dagegen tun!

Ich soll immer daran denken: Eine Schwangerschaft verlangt meinem Körper viel ab, aber sie ist keine Krankheit! Ich soll jetzt noch mehr auf meinen Körper hören, der mir schon sagen würde, wann ich mich schonen soll oder belasten kann. Auch wird mir geraten, häufiger ein Nickerchen zu machen und abends früh ins Bett zu gehen. (Kein Problem!)

Wenn ich mich aber fit fühle, bräuchte ich auf meine gewohnten Aktivitäten nicht zu verzichten, regelmäßige körperliche Bewegung bessere sogar die Sauerstoffversorgung der Gebärmutter und komme damit auch meinem Baby zugute. Bei einer Ultraschalluntersuchung müsste jetzt noch kein Embryo zu sehen sein. Mitunter liege er wohl so versteckt, dass er einfach nicht auffindbar ist. Laut Internet wäre das kein Grund, sich Sorgen zu machen.

5+1:

Der Sambakurs ist vorbei. Zum Glück! Angehende Muttis tanzen nicht Samba. Das gehört sich einfach nicht. Und von schonender Bewegung kann man da nun wirklich nicht sprechen! Trotzdem: Wer weiß, ob Samba nicht doch den Ausschlag gegeben hat, dass ich schwanger geworden bin. Das rhythmische Schütteln und Rütteln des Unterleibes muss wirklich pure Stimulation für jede Ei- und Samenzelle sein. Jetzt machen meine Freundinnen und ich jedenfalls wieder in alter Gewohnheit Bauchtanz. Es war ein komisches Gefühl heute beim Tanzen zu wissen, dass gerade in diesem Teil meines Körpers meine kleine Kaulquappe wohnt und in den sanften Bewegungen hin und her gewiegt wurde. Ob Bauchtanz dem Baby wohl gefällt? Ob es überhaupt schon etwas davon merkt? Oder kann es ihm womöglich schaden?


5+4:

Ich bin so müde. Ich kriege nichts mehr zustande gebracht. Ich glaube, ich gehe gleich wieder ins Bett. (Sogar das Internet hat es immerhin offiziell gut geheißen, dass ich mich tagsüber hinlege!) Heute werde ich auf keinen Fall reiten, da ich auch etwas Bauchweh habe. Vielleicht morgen, aber dann auch nur eine kleine Schrittrunde. Bisher habe ich noch nicht wieder auf dem Pferd gesessen. Es fühlt sich einfach nicht richtig an.

5+5:

Ich habe eben einen Termin beim Frauenarzt für in gut einer Woche geholt. Da bin ich bei 6+6, und man sollte dann wohl auch etwas im Ultraschall sehen.

Die Sprechstundenhilfe wollte mir doch tatsächlich am Freitag, den 13. einen Termin geben - das habe ich dankend abgelehnt. Ich bin zwar im Grunde nicht abergläubisch, aber man soll ja sein Glück nicht überstrapazieren. Ansonsten geht es mir ganz gut, allerdings habe ich ab und zu Bauchweh und Brustziehen, aber das ist wohl normal. Das Schlimmste ist für mich, dass ich mich so einschränken muss, hier irgendwas zu tun - gerade im Garten und bei den Pferden. Aber ich werde mich wohl zwangsläufig daran gewöhnen (müssen). Zum Glück hilft mein lieber Mann mir beim Pferdeäpfelsammeln und Schubkarre-Ausleeren. Ab und zu habe ich etwas Angst, dass etwas schiefgehen könnte (und vorgestern einen ganz fiesen Alptraum!), aber die meiste Zeit fühle ich mich wohl


*7. Woche:*

Rund 14 Millimeter ist das Baby nun groß und hat die Größe einer kleinen Traube. Die ersten Zeichen von Nase, Ohren und Mund werden sichtbar. Arme und Beine sind zwar noch sehr kurz, aber Hände und Füße nehmen bereits Formen an. Arme und Hände entwickeln sich schneller als Beine und Füße. Auch nach der Geburt wird mein Kind zuerst greifen können, lange bevor es laufen lernt. Die erhöhten Hormonspiegel in der Frühschwangerschaft bewirken laut Internet, dass ich jetzt einen seltsamen Geschmack im Mund haben könnte. Auch mein Geruchssinn könne sich verändern, und manche Lebensmittel könnte ich jetzt überhaupt nicht mehr riechen mögen. Vielleicht hätte ich jetzt auch manchmal Heißhunger auf bestimmte Dinge, sogar solche, die eigentlich nicht essbar sind. Mir kann immer noch übel sein. Sogar die Fremden im Internet wissen, wie sich meine Brust jetzt anfühlt: Schwer, empfindlich und schmerzhaft. Das liege daran, dass sich der Drüsenkörper schon jetzt auf die Milchproduktion vorbereite. Bereits kurz nach der Einnistung der befruchteten Eizelle in die Gebärmutterschleimhaut habe diese Entwicklung begonnen. Für mein Kind ist die 7. Woche ein wichtiger Entwicklungsabschnitt: Es wächst jetzt sehr schnell, und bis zur 10. Woche sind alle wichtigen Organsysteme fertig angelegt. Sie müssen danach nur noch ausreifen.

6+0:

Wie zur Bestätigung des Wunders, das in mir heranreift, haben mein Mann und ich heute einen Tornado gesehen! Vom Küchenfenster aus habe ich ihn entdeckt wie er über eine benachbarte Wiese zog. Natürlich sind wir gleich ins Auto gesprungen, um hinterher zu fahren. Dass ich als Schwangere nun zu einer echten Sturmjägerin werde, hätte ich auch nicht gedacht. Wahrscheinlich wird unser Baby ein echter Wirbelwind!

## Juli

6+4:

Ich habe eine eindeutig positive Nebenwirkung meiner Schwangerschaft zu verbuchen: Mein Mann sammelt nicht nur die Pferdeäpfel – er mäht ab jetzt auch den Rasen!

6+5:

Mir geht es recht gut, aber gerade morgens ist mir ganz schön schlecht, besonders wenn ich etwas essen soll. Ansonsten bekomme ich langsam Herzklopfen wegen des Termins beim Frauenarzt morgen. Einerseits freue ich mich total, andererseits habe ich aber auch ziemliche Angst. Ob wir das Herzchen schlagen sehen werden? Wird alles in Ordnung sein mit unserem kleinen Baby? Und was, wenn nicht? Mein Mann meint ja, wir werden sogar zwei Herzen sehen. Das muss nun wirklich nicht sein! Typisch Mann – kann einfach nicht genug kriegen! Zwillinge – also das wäre nun wirklich ein Ding!

6+6:
Wir waren gerade beim Frauenarzt, und siehe da: Man konnte ein (!) kleines helles Ding in der großen schwarzen Fruchthülle sehen: Unser Baby!

Der Frauenarzt hat uns sogar schon beglückwünscht und gesagt, alles sei bestens.

Ich bin ja so erleichtert! Zur Feier des Tages sind wir nach dem Arztbesuch zum Chinesen essen gegangen.

## 8. Woche:

Mein Baby bringt mittlerweile etwa 1,5 Gramm auf die Waage und ist jetzt so groß wie eine Weintraube. Der Kopf wird immer größer und scheint den Rest des Körpers an Größe bald überholen zu wollen. Der Sehnerv beginnt sich zu entwickeln, und es bilden sich Wirbel um das Rückenmark: Die Wirbelsäule entsteht. Die äußeren Geschlechtsorgane sind sichtbar, und Oberlippe und Nasenspitze sind bereits geformt. Im Mund gibt es schon eine kleine Zunge. Der Embryo in mir wird jetzt Fötus genannt, das bedeutet "das Kleine". Meine Gebärmutter weitet sich, um sich dem neuen Bewohner anzupassen. Diese Woche geschehen einige Veränderungen: Alle Organe, Muskeln und Nerven beginnen zu arbeiten. Die Hände biegen sich am Handgelenk, und die Füße verlieren langsam Ihre Schwimmhäute. Augenlider bedecken die Augen.

Ich soll mich nicht übernehmen und größere körperliche Anstrengungen vermeiden. Auf der anderen Seite soll ich wieder bedenken: *Ich bin nicht krank!* Allerdings seien starke Gefühlsschwankungen in diesem Stadium völlig normal. Ich soll mich mit dem Gedanken abfinden, dass ich mich gelegentlich schwach und zerbrechlich fühlen werde.

Vor der Schwangerschaft hatte meine Gebärmutter die Größe einer geballten Faust. Jetzt hat sie etwa die Größe einer Pampelmuse. Das Gebärmutterwachstum kann der

Grund für Krämpfe oder leichte Stiche in meinem Unterleib sein. Beim Zähneputzen könnte ich nun häufiger Zahnfleischbluten haben. Durch die Hormonveränderungen werde nämlich das Zahnfleisch aufgelockert und stärker durchblutet. Ich soll mir einen Termin beim Zahnarzt holen. Eine Schwangerschaft müsse heutzutage nicht mehr „einen Zahn kosten".

7+1:

Hilfe! Ich habe seit gestern solche Kopfschmerzen - auch über Nacht sind sie nicht weg gegangen sondern haben sich so richtig schön "eingefressen". Tabletten darf ich ja keine nehmen. Was mach ich bloß? Da hilft wohl nur Augen zu und durch.

7+2:

Heute hat meine Schwägerin Sarah per Kaiserschnitt ihre kleine Tochter Zoe Noel zur Welt gebracht. Obwohl heute Freitag der 13. ist, ist alles gut gegangen: Mutter und Tochter sind relativ wohl auf. Natürlich sind wir sofort ins etwa 250 Kilometer entfernte Krankenhaus gefahren, um die beiden zu sehen. Knapp drei Stunden Fahrt konnten uns nicht schrecken. Wir mussten unbedingt unsere kleine Nichte auf dieser Welt begrüßen.

Das lange Sitzen war zwar nicht gerade sehr angenehm für mich, aber all die Leckereien, die wir schnell vorher noch eingekauft haben, haben mir die Autofahrt buchstäblich versüßt. Ganz zu schweigen vom Anblick der süßen

Zoe: 2600 Gramm leicht, 49 Zentimeter klein und schlafend trafen wir sie an. Was für ein Wunder so ein winziger Mensch doch ist! - Noch 32 Wochen und 4 Tage, dann werden wir auch so ein Wunderwesen von Baby in unseren Armen halten...

## 9. Woche:

Mein Baby ist zwischen 17 und 22 Millimeter groß, etwa so groß wie eine Erdbeere und wiegt ungefähr zwei Gramm. Sein Kopf nimmt dabei den meisten Platz ein. Der Hals entsteht und trennt den voluminösen Kopf vom restlichen Körper. Auch das Gesicht formt sich weiter: Augen und Lider sind schon ausgebildet, die Lippen und die Anlagen für die Zähne finden ihren Platz. Und es bewegt sich! Es schlägt Salto und dreht sich um sich selbst.

Nun sind nicht nur alle Organsysteme angelegt, sondern zum Teil schon in Funktion. Am schnellsten wächst das Gehirn mit 100.000 neuen Nervenzellen pro Minute. Meine kleine Erdbeere hat deutlich sichtbare Arme und Hände, Beine und Füße. Die Finger und Zehen sind allerdings noch durch Hautfalten miteinander verbunden. Bei einem Jungen entwickeln sich nach Angaben im Internet jetzt die Hoden. Eine Unterscheidung zwischen Sohn oder Tochter sei aber im Ultraschallbild noch nicht möglich. Noch könne ich diese reflexartigen Bewegungen nicht spüren, auf dem Ultraschall könne man die "Turnübungen" jedoch schon erkennen. Die erste der drei großen Ultraschalluntersuchungen findet statt (zwischen der 9. und 12. Woche). Dabei wird kontrolliert, wo der Embryo sitzt, ob es einer oder mehrere sind, ob er sich bewegt, ob die Herzaktion erkennbar ist und wie groß er ist. Weil der

Embryo gekrümmt liegt, misst man den Abstand zwischen Kopf und Po: Die Scheitel-Steiss-Länge. Der errechnete Geburtstermin wird mit der Größe des Embryos verglichen und eventuell korrigiert. Danach soll aber bis zur Geburt keine Korrektur mehr erfolgen. Auf dieses Datum soll ich mich aber nicht zu sehr festlegen: Nur eines von 25 Babys werde genau an seinem Geburtstermin geboren. Eine gesunde und ausgewogene Ernährung versorge den Embryo optimal. Ich soll daher keine Mahlzeit auslassen, gesunde, leicht verdauliche Produkte essen und für genügend Vitaminzufuhr und Mineralstoffe sorgen. Auf keinen Fall soll ich aber für zwei essen. Die Begierden bei Schwangeren reichen angeblich von sauren Gurken bis zu süßen Leckereien. Es gibt aber auch Nahrungsmittel, bei denen ich vorsichtig sein soll: Rohe oder sehr weichgekochte Eier, rohes Fleisch und Milcherzeugnisse aus Rohmilch können Stoffe und Keime enthalten, die mein Kind schädigen können. Ich soll viel trinken, denn immerhin muss mein Blutvolumen um 35 Prozent zulegen und Fruchtwasser produziert werden.

8+0:

Ab heute bin ich im 3. Monat - Juhu! Mir ist ab und zu ganz ordentlich übel, und der Unterleib zieht und dehnt sich, aber sonst ist alles im Rahmen des Erträglichen.

8+3:

Kann es sein, dass mein Bauch schon gewachsen ist?

Manchmal habe ich das Gefühl, dass es bereits angenehmer ist, den obersten Knopf der Hose offen zu lassen, dabei habe ich bisher sogar ein Kilogramm abgenommen. Fettleibigkeit kann also nicht die Ursache sein... Aber in der 9. Woche ist es doch eher ungewöhnlich und sehr früh, oder? Ich kann kaum den nächsten Frauenarzt-Termin übernächste Woche abwarten: Ich will endlich das Herz schlagen sehen!

8+5:

Herrje: Ich bin so ungeduldig, weil der nächste Termin noch so lange hin ist. Die Zeit vergeht ja gar nicht. Andererseits bin ich jetzt schon im 3. Monat, fast schon in der 10. Woche! Also vergeht die Zeit wohl doch. Aber eben nicht schnell genug. Schon gar nicht, wenn man so ungeduldig ist, wie ich.

8+6:

Mir geht es eigentlich gut, aber ich sterbe vor Ungeduld: Noch genau eine Woche bis zum nächsten Termin!

Ansonsten komme ich nicht mehr so recht hinterher mit meinem Garten und den ganzen Arbeiten, die hier so anfallen - ich soll mich ja auch nicht übernehmen und viele Pausen machen. Grauenhaft! Mit dem Namen für unser Kind haben wir zwar noch Zeit, aber wir überlegen und sammeln schon mal. Das ist ganz schön schwierig. Mein favorisierter Mädchenname, nämlich Joy, war ja eigentlich immer klar gewesen. Allerdings ist mir meine Freundin Christin sowohl mit dem Kinderkriegen, als auch mit der Namensgebung eindeutig zuvor gekommen: Ihre kleine Tochter hört auf den wunderschönen Namen Joy Lena.

Natürlich könnte ich mein Kind, sollte es denn ein Mädchen werden, trotzdem Joy nennen, immerhin wohnen wir mehrere hundert Kilometer voneinander entfernt, und die Mädchen würden sich so gut wie nie sehen, aber ich finde es irgendwie blöd, wenn unsere Kinder gleich heißen. Aber so ganz habe ich mich trotzdem noch nicht von dem Namen verabschiedet. Abgesehen von Joy kommen noch folgende Namen in Frage: Lotta, Maja, Lilly, Jona und noch ein paar - und für Jungs: Noah, Oskar oder Emil.

### 10. Woche:

Bei meinem Baby wachsen jetzt Ohren und die Nasenspitze. Daumen und Zeigefinger entwickeln sich langsam auseinander, die Augen sind weit geöffnet und noch nicht von den Lidern bedeckt. Das Herz ist vollständig und in eine rechte und linke Herzhälfte unterteilt. Rund drei bis dreieinhalb Zentimeter misst es und wiegt etwa 13 Gramm. Mein Baby ist nun ein vollständiger Mensch, alle Organe sind angelegt. Ab jetzt muss dieser kleine Mensch "nur noch" reifen und wachsen.

Die Experten warnen mich und andere vor meinem Gemütszustand: Ich sei mal himmelhoch jauchzend, mal zu Tode betrübt. Schwangere könnten bekanntlich ihre Laune von einer Stunde auf die andere (oder schneller!) ändern: Gerade noch vor Glück strahlend, dann schon wieder in Tränen aufgelöst. Das sei aber alles ganz normal und vor allem den Schwangerschaftshormonen zuzuschreiben, die jetzt genauso schwanken können wie meine Gefühle! Ich soll mich damit trösten, dass die Hormonspiegel im zweiten Drittel der Schwangerschaft ausgeglichener sein werden, und dass ich mich dann viel besser fühlen werde. Mein Uterus habe nun die Größe einer Grapefruit. Mit Hilfe eines Stethoskops könnte ich den schnellen Herzschlag des Babys hören - ähnlich dem Geräusch eines galoppierenden Pferdes. Laut Internet ist es sehr unwahrscheinlich, dass ich bereits schwanger aussehe. Aber ich sei vermutlich sehr müde. Also soll ich mich verwöhnen. Manche Frauen leiden angeblich unter starken Kopfschmerzen oder an Rückenproblemen, zum Beispiel Schmerzen am Ischias-Nerv. Um eine vermutlich gesündere Schwangerschaft zu erleben und mich später schneller von der Geburt zu erholen, soll ich aktiv bleiben, es aber nicht übertreiben.


9+0:

Meine Freundin Inken hat mir einen Karton Umstandskleidung vorbeigebracht, die ich günstig abkaufen kann. Da sind so tolle Sachen dabei, ich bin ganz aus dem Häuschen! Denn schwanger oder nicht, Frau bleibt Frau, und über Klamotten freuen wir Mädels uns doch immer!

Zwar sehe ich ja noch nicht so wirklich schwanger aus, aber es wird bereits unangenehm, wenn einige Hosen am Bauch eng anliegen. Irgendwie drückt und zwickt und zwackt es dort bereits. Ich kann es kaum erwarten, dass mein Bauch wächst! Ich will endlich auch schwanger *aussehen* – und ich will, dass es jeder sehen kann, dass ein Baby in mir wächst!

9+4, vormittags:

Meine Freundin Christin, die Medizin studiert, findet, dass mein Ultraschall-Bild nach Zwillingen aussieht. Ich bin schockiert! - Zwillinge – Gott bewahre. Ich habe gestern zudem noch erfahren, dass wir sogar Zwillinge in der Familie haben: Nämlich die Töchter der Schwester der Mutter meiner Mutter. Mit dem Zweig der Familie haben wir seit Ewigkeiten überhaupt nichts zu tun, darum wusste ich das nicht. Meine Mama hatte auch gleich zwei passende Namen parat: Sie fände Leon und Leonie gut, hat sie spontan gesagt - für die Zwillinge. Aber so heißen ja alle. Leonie heißt zum Beispiel auch die Tochter einer Freundin, und Leon mag ich gar nicht. Leonie ist ja noch ganz süß, aber eben schon im dichten Umfeld sowieso vergeben. Mir gefällt der Name Noah immer besser (außerdem werden es keine Zwillinge!).

Oh, noch so lange bis zum nächsten Termin im Baby-Kino! Wie soll ich das bloß aushalten?


9+1, abends:

Da ich vor Ungeduld, Neugier und Nervosität fast geplatzt bin und es einfach nicht mehr aushalten konnte, sind wir heute schon zum Frauenarzt gegangen statt erst in fünf Tagen:

Wir haben unser Baby gesehen: 2,7 Zentimeter lebender Zwerg mit Herzschlag. Und es hat gewinkt! So ein winziger Teddybär. Unser Baby!!! Natürlich habe ich geheult!

Ich bin jetzt so unglaublich glücklich und beruhigt! Der nächste Termin ist heute in zwei Wochen. Mein Mann, der sich jetzt Papa nennen darf, war auch ganz begeistert, fasziniert und gerührt - und so stolz! Und: Eigentlich bin ich heute ja bei 9+1 (9 Wochen / 1 Tag), aber das Baby ist sogar schon bei 9+4, also 3 Tage besser entwickelt.


9+2:

Seit gestern, als wir das Baby mit schlagendem Herz gesehen haben, bin ich ziemlich ruhig und freue mich einfach. Vorher war ich doch oft noch sehr unsicher und hatte etwas Angst. Aber nun sind es nur noch 2,5 Wochen, dann sind die ersten kritischen zwölf Wochen auch schon um. Es wird bestimmt alles gut gehen!


9+5:

Da ich wider Erwarten Toxoplasmose negativ bin, wie sich nach meiner Blutuntersuchung beim Frauenarzt herausgestellt hat, mache ich mir doch einmal genauere Gedanken über meine Ernährung. Man hört ja immer, dass man in der Schwangerschaft keine Salami essen sollte, schon gar nicht, wenn man vorher keine Toxoplasmose hatte. Natürlich habe ich plötzlich unstillbares Verlangen nach Salami. Im Internet habe ich jetzt folgendes gelesen: *"Salami zählt zu den „ungefährlichen" Fleischerzeugnissen, denn sie zählt zu den Rohwürsten mit langer Reifezeit, was auch für Cervelatwurst gilt. Sie können Salami und Cervelatwurst also auch während der Schwangerschaft genießen. Toxoplasmose-Erreger werden aus-*

*schließlich durch rohes Fleisch und durch direkten Kontakt mit Katzenkot übertragen. Sie gelangen nicht in Milch und Eier, wodurch diese bedenkenlos essbar sind."*

Wem glaubt man denn nun? Dem Internet, Ärzten oder Hebammen? Nun bin ich noch verwirrter als ohnehin schon. - Und mein unbändiger Wunsch nach einem Salami-Toast ist kaum noch zu kontrollieren! Außerdem frage ich mich auch, ob ich fertige Salate wie Nudel- und Kartoffelsalat bzw. Krabbensalat essen darf. Sind in der Mayo nicht rohe Eier? Wahrscheinlich nicht.

Ich habe gerade das ungute Gefühl, dass ich gar nichts mehr essen darf: Keinen Camembert, kaum Aufschnitt, keinen Räucherlachs, keine Rohmilchprodukte, kein dies und kein das. Wie furchtbar! Ich dachte immer, eine Schwangerschaft wäre die Zeit der ungebremsten Gelüste und Genüsse?! Aber wie soll ich denn meine Gelüste ausleben, wenn ich theoretisch nur trockenes Brot essen darf, weil in allen anderen Lebensmitteln Listerien, Toxoplasmen und Salmonellen lauern, um mein Baby zu schädigen?
Andererseits denke ich ja, wenn ich nach 26 Jahren Fleischgenuss, Katzenpflege und Gartenarbeit keine Toxoplasmose bekommen habe, warum dann genau jetzt? Aber ich will einfach kein Risiko eingehen, also werde ich eben auf alles verzichten, was auch nur in Ansätzen gefährlich sein *könnte*. Es sind ja nur neun Monate. Das werde ich schon überleben. Eventuell.

9+6:

Wirklich wachsen tut mein Bauch ja noch nicht. Ich habe zum Glück auch noch nicht zugenommen. Aber manchmal ist da, doch schon so ein Drücken am Unterbauch, zum Beispiel, wenn die Mutterbänder ziehen. In solchen Momenten könnte ich manchmal schon gut eine Umstandshose anziehen, weil es unangenehm ist, wenn der Hosenknopf drückt. Die Versuchung ist natürlich auch groß, schon Umstandssachen anzuziehen, wenn man sie bereits im Schrank hat, aber irgendwie ist es ja albern: Ich sehe noch überhaupt kein bisschen schwanger aus, da mache ich mich doch lächerlich, wenn ich schon Umstandskleidung trage. Ich versuche, zumindest noch bis Ende der 12. Woche keine anzuziehen. Ab dem vierten Monat *klingt* es ja dann zumindest plausibel, welche zu tragen. Wirklich wachsen tut der Bauch wohl erst so um die 20 Woche herum. Es kann also noch zwei bis drei Monate dauern, bis man einen echten Babybauch sieht. Das ist noch so schrecklich lange hin, warum dauert das denn bloß so lange? Ich will endlich meinen Babybauch!

Gestern hatte ich plötzlich eine kreative Phase: Ich habe den ganzen Tag an einem Bild gemalt. Früher habe ich sehr viel gemalt, aber dann etwa zehn Jahre nicht mehr - und gestern hat es mich quasi überwältigt, und ich *musste* malen! Das Resultat gefällt mir sogar richtig gut: Es ist so etwas abstrakt-expressionistisch und hat eine total schöne Ausstrahlung, finde ich. Irgendwie hat das Malen total gut getan und Spaß gemacht. Vielleicht sollte ich das mal wieder häufiger machen. Glücklicherweise kann ich ja bald anfangen, die Deko und Bilder fürs Kinderzimmer zu malen und basteln.

Ich gehe jetzt auf den Dachboden und gucke mir die Babyklamotten an, die ich schon so habe. Es hat sich irgendwie schon einiges angesammelt, obwohl ich noch nie etwas gekauft habe. Es sind noch viele Sachen von mir dabei, mal sehen, ob auch etwas für einen Jungen dabei wäre.

*11. Woche:*

Laut Internet misst der Embryo nun etwa 4 Zentimeter. Vor allem die weitere Entwicklung des Gesichtes lässt mein Baby nun nicht mehr wie ein kleines Tier der Urzeit aussehen. Die Augen, die anfänglich an der Seite des Kopfes lagen, haben nun ihre Position vorne im Gesicht erreicht, und auch die Ohren sitzen am richtigen Platz. Nase und Mund entwickeln sich weiter, Arme und Beine werden länger. Lider bedecken nun die Augen, und im Verborgenen reift der Augapfel heran.

Babys Körper hat sich ein wenig in die Länge gezogen, und die Muskeln werden fast ständig bewegt. Auf äußere Reize durch die Bauchdecke reagiert es mit verstärkter Bewegung. An den winzigen Fingern und Zehen wachsen Nägel im Nagelbett. An den Finger- und Zehenkuppen bilden sich die für jeden Menschen individuell einzigartigen Hautlinien aus. In den nächsten drei Wochen wird mein kleiner Bauchbewohner um das Doppelte wachsen. Er kann nun schlucken und treten. Es könne sein, dass ich nun schneller aus der Puste komme, weil mein Herz jetzt schneller schlägt, meine Blutmenge zunimmt und mein Herz eine größere Leistung erbringen muss (etwa ein Viertel meines Blutes werden direkt von der Plazenta benötigt).

Die Experten glauben zu wissen, dass ich immer noch nicht richtig schwanger aussehe, aber mein Hosenbund vielleicht schon nicht mehr zugeht (Wie recht sie doch haben!). Außerdem wird gemutmaßt, dass mein Busen deutlich größer geworden ist. Und es könne sein, dass ich schon einiges an Gewicht zugenommen habe. Bis zum Ende des ersten Drittels der Schwangerschaft hat die durchschnittliche Schwangere wohl zwischen ein und zwei Kilogramm zugenommen, etwa zehn Prozent der gesamten Gewichtszunahme in der Schwangerschaft. Den geringsten Anteil hat daran das Baby. Die wachsende Gebärmutter, die Plazenta und das Fruchtwasser, aber auch die Vergrößerung der Brust trügen viel mehr dazu bei. Ich nähere mich dem Ende des ersten Schwangerschaftsdrittels. Bald liegt nun die kritische Entwicklungsphase des Babys hinter mir, und schon bald ist die Gefahr einer Fehlgeburt gebannt.

10+1:

Mein Baby will jeden Tag Königsberger Klopse essen. Sehr merkwürdig. Darauf hatte ich seit Jahren keinen Appetit – und nun täglich! Und Salami möchte es auch immer noch, aber das traue ich mich nach wie vor nicht wegen der Toxoplasmose- und Listeriose-Gefahr. Tut mir leid, Baby: Leider gibt es keine Salami für uns!

# August

10+6:

Übermorgen ist das nächste Mal Babykino, und der angehende Papa und ich sind schon sehr gespannt, wie sich unser Küken inzwischen entwickelt hat. Dann bin ich auch schon in der zwölften Schwangerschaftswoche. Ich bin so erleichtert: Bald ist die schlimmste Zeit überstanden! Der Papi in spe hat gerade zwei Wochen Urlaub, und es ist so schön, ihn hier zu haben. Ich komme mir so behütet und sicher vor, wenn ich ihn in meiner Nähe weiß. Und außerdem kommen wir auch mal in Haus und Hof etwas weiter.

## *12. Woche:*

Das Internet hat mir diese Woche folgendes verraten: Die Muskeln meines Babys ermöglichen es ihm nun, Arme und Beine zu bewegen, den Kopf zu drehen und Fäustchen zu machen. Das Gehirn sei noch nicht weit genug entwickelt, um diese Bewegungen zu steuern, die Reflexe kämen direkt aus dem Rückenmark. Selbst nach der Geburt sei das Gehirn noch nicht in der Lage, die Steuerungsfunktion zu übernehmen.

Unter den bereits angelegten Milchzähnen bilden sich bereits die zweiten, bleibenden Zähne. Diese werden dort solange ruhen, bis sie rund sechs Jahre später an die Oberfläche kommen und für das süße Zahnlücken-Lächeln des Kindes verantwortlich sind. Der Fuß des Babys misst nun schon rund 9 Millimeter, und sein Gesicht sieht schon fast wie bei einem richtigen Baby aus, auch wenn die Augenlider noch geschlossen sind. Es besitzt ein deutliches Profil mit hoher Stirn und einer kleinen Stupsnase. Sein Köpfchen hat einen Durchmesser von 15 bis 20 Millimetern. Die Muskulatur ist am Körper sichtbar, und die Arme können im Ellenbogen- und Handgelenk gebeugt werden. Auch am Daumen kann es nun lutschen. Der Saugreflex beim Berühren der Lippen ist ebenfalls schon vorhanden. Fruchtwasser wird ständig geschluckt und über die Blase wieder ausgeschieden. Dem Druck des Ultraschallkopfes auf die Bauchdecke weicht es aus. Mein Kind ist jetzt etwa so groß wie eine kleine Zitrone. Von Kopf bis zum Steiß misst es circa 5,4 Zentimeter und wiegt etwa 14 Gramm.

Angeblich verschwinden nun bei mir Übelkeit und Müdigkeit, und auch das Auf und Ab der Gefühle soll sich wieder dem "unschwangeren" Zustand annähern. Es sei aber auch normal, falls ich weiter "nah am Wasser gebaut" bin. Schwangeren Frauen werde außerdem eine verstärkte Vergesslichkeit nachgesagt - von Terminen bis hin zum täglichen Einkauf der Milch. Die Gefahr einer Fehlgeburt ist ab jetzt deutlich geringer.


11+1:

Heute waren wir wieder im Babykino: Das Baby hat wieder gezappelt und ist jetzt ca. 4,5 Zentimeter groß, also etwa doppelt so groß wie vor zwei Wochen! Die Nackenfaltenmessung war ohne Befund - unser Baby ist gesund!

Ich bin so glücklich. Der nächste Termin ist nun erst wieder in vier Wochen.


11+3:

Ich warte nach wie vor auf die überall beschriebenen typischen Gelüste einer Schwangeren: Saure Gurken finde ich nach wie vor eklig. (- Allerdings liebe ich zugegebenermaßen frischen Gurkensalat mit Kräuterdressing. Wenn das als "Gurkenfressanfälle" gilt - ja, dann habe ich welche!). Auch nach merkwürdigen Kombinationen aus süß und deftig oder scharf und sauer gelüstet es mich nicht. Ich habe auch keine unkontrollierbaren Fressattacken, von denen man immer und überall hört. - Bin ich etwa eine gänzlich untypische Schwangere? Oder sollten all diese Ess-Klischees reine Erfindung sein? Oder kommt all das erst noch auf mich zu? Mein Bauch wächst noch immer nicht wirklich. Ich habe bisher auch erst knapp ein Kilogramm zugenommen (Übelkeit und Appetitlosigkeit sei Dank!). Allerdings kommt der Appetit jetzt wohl doch so langsam zurück, aber bisher ist alles im Rahmen. Ich merke aber doch, dass mein Bauch sich irgendwie anders anfühlt und vielleicht etwas aufwölbt, aber einen richtigen Babybauch habe ich natürlich noch nicht. Ich denke, das wird leider, leider noch ein bis zwei Monate dauern. Immer noch! Ich glaube manchmal, ich werde nie einen Babybauch bekommen...

*13. Woche:*

Die ersten Knochen des Babys haben sich laut Internet aus dem Knorpelgewebe entwickelt. Bein- und Beckenknochen sind erkennbar, die Rippen formen sich heraus. Und auch die ersten Haare sind als feiner Flaum im Bereich der Oberlippe und der Wimpern vorhanden. Das Gesicht nimmt immer mehr menschliche Züge an, der Kopf ist aber immer noch unverhältnismäßig groß. Im Vergleich zum restlichen Körper des Babys macht er rund ein Drittel der Körperlänge aus. Mein Baby kann jetzt schon gähnen, die Stirn runzeln, am Daumen lutschen und die Lippen bewegen. Es benutzt kräftig seine Arm- und Beinmuskeln, auch wenn ich es noch nicht spüren kann. Es hat jetzt vom Schädel bis zum Steißbein eine Größe von etwa 7,5 Zentimetern und wiegt circa 23 Gramm - ungefähr die Hälfte einer Banane. Seine Fingerabdrücke sind bereits vorhanden, und die Plazenta hat nun ihre volle Funktion erreicht: Sie sorgt dafür, dass Sauerstoff und Nährstoffe aus meinem Kreislauf zum Kind transportiert werden, welches seine Abfallprodukte über die Nabelschnur wieder zurückliefert. Die Plazenta wirkt auch wie eine Schranke gegenüber schädlichen Substanzen – aber leider nicht gegen alle. Ich soll also vorsichtig sein mit dem was ich esse, trinke und einatme.

Wenn ich Glück habe, geht es für mich von nun an bergauf, denn die Nebenwirkungen der frühen Schwangerschaft nehmen im zweiten Drittel angeblich ab. Meine Gebärmutter sei mittlerweile groß genug, damit auch Außenstehende meine Schwangerschaft bemerken. Aber mein Bauch sei noch nicht so groß, dass er mich beeinträchtige. Übelkeit und Müdigkeit können nun nachlassen, und meine Energie kehrt vielleicht zurück. Das Risiko einer Fehlgeburt hat sich nun extrem verringert.

12+1:

Gestern war meine Schwägerin mit der kleinen Zoe hier: Fünf Wochen alt ist meine kleine Nichte nun - und so unfassbar süß. Ich hätte sie am liebsten hier behalten. Nun kann ich mir noch besser vorstellen, wie es mit eigenem Baby sein wird: Einfach nur himmlisch und gemütlich!

Unsere beiden Hunde fanden sie auch ganz toll: Keine Spur von Eifersucht oder Missgunst. Da brauche ich mir keine Sorgen machen...


12+3:

Heute hat meine Schwieger-Oma ihren 90. Geburtstag gefeiert. Wir sind eben erst wieder Zuhause angekommen - die Feier war nett, aber die Heimfahrt war der blanke Horror: Ich musste mich sage und schreibe die ganze Zeit haltlos übergeben - und unser Auto ist kaputt: Die Bremsen haben blockiert. Einfach so, ohne erkennbaren Grund (es sei denn, Magensäure kann Bremsen zerstören, dann kenne ich die Ursache...).

Wir mussten ewig auf den Pannendienst warten und sind dann letztendlich mit dem Auto meines Schwiegervaters nach Hause gefahren. (Zum "Glück" musste ich schon rechtzeitig das opulente und sündige Festtagsmenü in Form von Räucherlachs und Käseplatte wieder von mir geben, so dass wir das Brems-Problem noch in Schwiegervaters Nähe bemerkt haben...). Es rächt sich eben unmittelbar, wenn man die Regeln der strengen Ernährung einer Schwangeren einmal leichtfertig missachtet und einfach alles isst, was zwar kulinarischen Höchstgenuss verspricht, einem aber doch eigentlich nicht gestattet ist. - Wie konnte ich nur denken, dass all die Listerien und Toxoplasmen mir gut bekommen würden?! Nun muss mein armer Mann jedenfalls morgen wieder nach Hamburg fahren und sehen, ob er unser Auto selber reparieren kann, ansonsten muss er auch noch dort übernachten und unser Auto in die Werkstatt schaffen.

So ärgerlich auch alles ist, so froh bin ich doch, dass ich diesen Horror-Trip überstanden habe und wieder Zuhause bin. Zwar geht es mir immer noch nicht wirklich gut, aber ich bin am Leben. Was machen da schon die Überbleibsel von Übelkeit und das neu aufkommende Kopfweh von gestern...?

Zwei Dinge stehen jedenfalls fest: Ich steige bis zum Ende meiner Schwangerschaft in kein Auto mehr. Und ich esse nie wieder Lachs!


12+5:

Eine Bekannte hat für mich mal ein paar Dinge zusammen geschrieben, die man ihrer Meinung nach als Eltern unbedingt haben sollte. Das sei zwar letztlich immer Geschmackssache, aber sie wisse noch von sich selber, dass sie mit Tonnen von Katalogen daheim gesessen und überhaupt nicht gewusst habe, was nützlich, was notwendig und was einfach nur Quatsch ist. Die Liste soll mir jedenfalls helfen, ein paar Dinge zu sondieren, wenn es soweit ist. Kinderbett und Wickeltisch würde sie uns sogar schenken. Wie lieb von ihr!

Hier also die Liste:

· Babybett mit anständiger Matratze und Nestchen (so ein Rundum-Polsterteil als Kopfschutz, damit sich die Kinder nicht dauernd beim Umdrehen den Kopf anhauen), schön sei auch ein Himmel und/oder Mobile, damit die Zwerge was zum Gucken haben

· Bettzeug in anständiger Qualität oder Schlafsack, wenn das Baby das mag

· Wickelkommode in angenehmer Höhe, darüber unbedingt einen „Babygrill" (Heizstrahler), weil die Frischlinge ohne Ende frieren, wenn sie ausgezogen werden! (Gerade bei Winterkindern wichtig, aber selbst im Sommer habe sie ihn für ihre kleine Tochter ewig gebraucht)

· Stubenwagen für tagsüber (fand sie hilfreich), kann man herumfahren und hat ihn immer dabei, natürlich ginge auch der Kinderwagen, wenn das Kind darin liegen mag (ihre Tochter hat ihn gehasst und sofort gebrüllt, sobald sie da hineingelegt wurde! – ihr Rat: Also besser vorher keinen neuen kaufen - die kosten so viel wie ein Kleinwagen - sondern erst mal probieren, ob das Kind überhaupt einen mag!)

· ein Tragetuch habe sie Klasse gefunden. Mit ihrer Tochter im Tragetuch habe sie alles machen können, was zu tun war (sogar Pferde-Boxen ausmisten!) und das Baby sei sofort ruhig und zufrieden gewesen. Im Tragetuch habe man das Kind direkt am Körper, das schone die eigenen Knochen und tue dem Baby gut)

· Stillkissen (mache schon in der Schwangerschaft Sinn, um in den letzten Wochen beim Schlafen den Bauch irgendwie abzustützen). Selbst wenn man nicht stillen wolle, könne man das Teil zum „Parken" des Babys gut gebrauchen

· Wenn ich stillen will und kann: Stilleinlagen (sie fand die aus Baumwolle am angenehmsten) sowie Still-BHs (erst kaufen, wenn das "Milchwerk" voll ausgebildet ist, sonst würden sie womöglich am Ende nicht passen), falls nicht und für die Zeit nach dem Stillen: Fläschchen, Fläschchenwärmer und Sterilisator

· Baby-Autositz (TÜV-Zertifikat und Baujahr beachten bei gebrauchten, aber hier mache es Sinn, einen neuen anzuschaffen wegen der garantierten Unfallfreiheit)

· Keine Wippe! (fördere Passivität und Haltungsschäden), lieber eine dicke warme Krabbel- und Spieldecke mit Knisterecken oder Laufstall mit Einlage (praktisch auch für draußen, da werde nicht jedes Stück Gras usw. gleich gefuttert...)

· Baby-Phon (strahlungsarm, auf die Reichweite achten!)

· ausreichend Klamotten (auch und vor allem in kleinen Größen) für die erste Zeit. Hier seien Sachen praktisch, die am Hals geknöpft oder gebunden werden.

· Baby-Badewanne (z.B. Aufsatz für die große Badewanne), die ersten Wochen ginge es zwar noch in der Küchenspüle, aber die werde schnell zu klein und dann seit so ein Teil echt praktisch, weil rückenfreundlich

· eine CD mit Meditationsmusik

Wow! Ich habe auch schon beschriebene Flut von Katalogen Zuhause, in denen ich ab und an stöbere. Natürlich macht das Spaß, aber zum Teil bin ich schon etwas reizüberflutet und weiß gar nicht mehr, was nun wirklich nötig ist. Wenn ich überlege, dass ich als Baby während des langen Amerika-Aufenthaltes meiner Eltern meine ersten Wochen in verschiedenen Schubladen und Kartons in diversen Hotels geschlummert habe oder eben an Mamas Brust im Auto, dann denkt man: Eigentlich ist tatsächlich fast alles überflüssig - andererseits sieht man ja, was aus mir geworden ist... Und es macht ja auch irgendwie genauso viel Spaß, Babysachen anzugucken und zu kaufen, es muss nur eben im finanziellen Rahmen bleiben. Kinderbett und Wickeltisch sind auf jeden Fall nötig, denke ich. Und ein Stubenwagen sowie eine Babyschale fürs Auto. Und Klamotten natürlich. Einen Kinderwagen will uns unbedingt meine Schwiegermutter schenken, vielleicht wartet sie ja aber noch, bis ich Baby irgendwo mal Probegefahren habe. Dass es Kinder gibt, die prinzipiell keinen Kinderwagen mögen, habe ich vorher noch nie gehört und mir auch noch keine Gedanken darüber gemacht. Prinzipiell möchte ich auch ein Tuch oder eine andere Tragehilfe (wie eine Art Rucksack), aber für draußen stelle ich mir einen Kinderwagen schon optimal vor, wenn ich im Garten bin oder bei den Pferden, damit ich meinen Nachwuchs dort mit herumschieben kann. Und irgendwann wird so ein Baby ja auch zu schwer zum Tragen. Also, ich denke, Baby *muss* irgendwie einen Kinderwagen haben und mögen. So eine Krabbeldecke mit "Auslauf" stelle ich mir auch gut vor. Ein Stillkissen hat meine Mama schon besorgt.

Ich möchte natürlich unbedingt stillen. Wenn ich jetzt sehe, wie schrecklich alles bei meiner Schwägerin gelaufen ist, die nach ihrem Kaiserschnitt nicht stillt, werde ich wohl eher ertragen, dass mir die Brüste abfallen, bevor ich es nicht versuche. Na klar gibt es Gründe, die das Stillen unmöglich machen, aber ich wünsche es mir sehr und werde alles tun, dass ich es machen kann - vor allem fürs Baby, aber auch für mich. Und es hat ja auch klare finanzielle Vorteile. Außerdem will ich nicht nachts immer aufstehen müssen, um Fläschchen warm zu machen - nein, nein - das will ich nicht. Wozu habe ich denn meine Brüste? Vor allem ist die "echte" Milch ja nun mal die beste. Das Baby bekommt alles, was es braucht und kann kein Übergewicht bekommen. Und frau nimmt nach der Schwangerschaft schneller ab und baut eine bessere Bindung zu ihrem Baby auf.

Ich finde das klingt alles toll, und ich mache mir da auch keine Sorgen, dass es nicht klappen könnte. Ich glaube, es ist teilweise sicher eine Sache der Erwartungshaltung: Wenn man Probleme erwartet, dann bekommt man sie vielleicht auch eher, als wenn man es locker angeht. - Was nicht heißen soll, dass jede Frau, die Probleme hat, selber schuld ist. Aber ich glaube schon, dass die Psyche Einfluss darauf hat und dass man mit frohem Mut besser da steht.

Aber was weiß ich schon? Im Augenblick ist das Alles graue Theorie. Oder blühende Fantasie. - Mal sehen, was ich von all dem halte, wenn es erst mal soweit ist. Vorher klugscheißen ist natürlich einfach. Aber ich sage mir immer, wir Frauen sind doch dafür gemacht, Kinder zu kriegen, zu stillen, Schmerzen auszuhalten... Oder etwa nicht? Das ist doch biologisch gesehen unser Job!

Vor allem hoffe ich aber natürlich auch, dass das Stillen mir dabei hilft, eventuelle Pfunde schnell wieder los zu werden. Bisher habe ich zwar noch kaum zugenommen, aber bis dato hatte ich auch keine furiosen Fress-Attacken. Eher steht mir der Sinn ständig nach kleinen Snacks. Große Portionen vertrage ich momentan eher gar nicht. Ich bin gespannt, ob das so bleibt. - Ob es dazu Statistiken gibt? So nach dem Motto: Wenn man bis dann und dann noch nicht zugenommen hat, dann wird man auch nicht so sehr dick bis zum Ende der Schwangerschaft. - Also, der Babybauch ist natürlich herzlichst willkommen, aber der Rest soll bitte unter Kontrolle bleiben. Ich weiß: Die Hoffnung stirbt zuletzt.

Morgen beginnt die 14. Woche - da habe ich es ja schon *fast* geschafft. - Kein Wunder, dass Schwangere immer so müde sind: Die wollen alle nur dauernd schlafen, damit die Zeit schneller vergeht...

## *14. Woche:*

Das Baby wiegt laut den Angaben im Netz nun rund 45 Gramm und ist von Kopf bis Fuß etwa zehn Zentimeter groß - in etwa so groß wie eine halbe Banane. Falls es ein Junge wird, habe es nun schon einen kleinen Penis. Sollte es ein Mädchen werden, wandern die Eierstöcke jetzt in den Unterleib. Auch starten die Geschlechtsdrüsen jetzt mit der Produktion von Hormonen, die für das Ausreifen der äußeren Geschlechtsorgane notwendig seien. In dieser Woche wird sich die zarte Baby-Haut mit Flaumhaar bedecken (ganz feines, flaumiges Haar, das normalerweise bis zur Geburt wieder verschwunden ist). Auch die Augenbrauen und das Kopfhaar werden zu wachsen beginnen. Struktur und Farbe der Haare entwickeln sich wohl erst nach der Geburt. Von jetzt an kann mein kleiner Fötus greifen, blinzeln, die Stirn runzeln und das Gesicht verziehen. Er ist sogar in der Lage, an seinem Daumen zu lutschen. Forscher glauben, dass diese und andere Bewegungen wahrscheinlich der Entwicklung der Gehirnimpulse entsprechen.

Mein Baby wachse immer noch recht schnell und gleiche immer mehr einem Neugeborenen, so die Experten. Alle Organsysteme seien fertig ausgebildet und funktionierten schon – allerdings nur im Mutterleib! Die Lungenfunktion übe sich auch ohne Luft am Fruchtwasser, es werde sozusagen ein- und ausgeatmet. Diese „Atembewegungen" kann man angeblich sehr gut im Ultraschallbild sehen, sie seien ein wichtiges Training für die Zeit nach der Geburt. Bis dahin werde die Sauerstoffversorgung noch über die Plazenta sichergestellt. Die Sinnesorgane, zum Beispiel der Tast-, Gleichgewichts- und Geschmackssinn, seien auch schon recht gut entwickelt. Reize würden aufgenommen und an das Gehirn weitergeleitet. Angeblich ist mein Bauch nun schon so groß, dass alle Welt meine Schwangerschaft bemerken müsse. Des Weiteren würde ich von nun an aufblühen und voller Energie sein.

13+0:

Meine Freundin Inken war eben hier und hat entzückt in die Hände klatschend aufgeschrien, als sie mich sah: "Oh: Ein Babybauch!" Ich habe daraufhin etwas verlegen, jedoch hoch erfreut an mir hinuntergeschaut und gefragt: "Wo denn?" Woraufhin Inken begeistert auf meinen sich leicht wölbenden Bauch zeigte. - Scheinbar sieht zumindest das geübte Auge der zweifachen Mutter doch schon etwas. Ich war so glücklich und stolz!

## 13+2:

Also, ich wundere mich schon sehr: Ich hatte ja bisher nicht wirklich zugenommen. Mein Bauch war immer noch recht normal, nur eben druckempfindlich. Aber seit etwa drei oder vier Tagen habe ich nun plötzlich einen richtigen Bauch bekommen und etwa ein bis zwei Kilogramm zugenommen. Auf einen Schlag passt keine meiner normalen Hosen mehr! Ich meine: Natürlich muss ich irgendwann mal zunehmen, aber das es quasi so über Nacht passiert, hätte ich nicht gedacht. Vor allem habe ich ja nach meinen Internet-Recherchen und Umfragen bei Freundinnen erst viel später mit "Bauchi" gerechnet, frühestens in vier Wochen. Einen Blähbauch kann ich übrigens ausschließen, das ist es definitiv nicht. Ansonsten geht es mir nach den überstandenen 12 Wochen keinesfalls besser, wie man so oft hört und wie meine Internet-Experten mir versprochen haben (Ich zitiere: "Sie werden von nun an aufblühen und voller Energie sein!"). Ich bin natürlich psychisch entspannter, aber körperlich plagen mich zahlreiche Wehwehchen: Ich habe ständig Kopfweh, dann das mehrmalige Übergeben nach Omas 90. Geburtstag. Dazu gesellen sich immer häufiger Rücken- und Unterleibsschmerzen sowie vermehrte, niederschmetternde Müdigkeit. Ich komme eigentlich zu nichts mehr. - Das finde ich furchtbar, denn im Grunde würde ich so gerne ganz viel machen und bin doch morgens schon zu müde zum Aufstehen. Aber eigentlich bin ich trotzdem ganz froh und glücklich und kann den Februar und damit den errechneten Geburtstermin immer weniger erwarten. Manchmal habe ich das Gefühl, ich könnte mein Fischlein schon spüren, obwohl das doch sicher noch etwas früh ist, oder? Aber es sind so feine Berührungen wie Seifenblasen oder Schmetterlingsflügel, die von innen an den Bauch "klopfen".

Ob das möglich ist? - Blähungen kann ich, wie gesagt, sicher ausschließen. Aber ich hatte noch nie zuvor solche Empfindungen - und Einbildung ist es auch nicht!

13+3:

Ich bin total süchtig nach Kartoffelsuppe! Ich habe vorhin einen riesigen Topf voll davon gekocht - und was soll ich sagen: Besagter Topf wird heute sicherlich noch leer! Ich schäme mich etwas für meinen plötzlichen Heißhunger darauf, aber wenn die Möglichkeit bestünde, würde ich mir die Kartoffelsuppe auch intravenös zuführen. Jedenfalls habe ich jetzt neben meinem völlig illegalen, verfrühten Babybauch auch noch einen Kartoffelsuppenbauch. - Und wer muss nun alle zehn Minuten pinkeln? Ich komme jedenfalls mal wieder zu nichts: Kartoffelsuppe kochen, essen und wegbringen ist sehr zeit- und energieaufwändig. Ich muss mich, glaube ich, etwas hinlegen und ausruhen.

*15. Woche:*

Mein Kindchen trinkt laut Internet jetzt ein wenig Fruchtwasser. Es ist nun nämlich in der Lage, seinen Mund zu öffnen, zu schließen und Saugbewegungen zu vollführen. Außerdem entwickelt sich das Skelett immer weiter. Mit Hilfe des Ultraschalls kann der Kopf vermessen und daraus der Kopfumfang (KU) errechnet werden, der nun etwa elf Zentimeter beträgt. Mein Baby nimmt gewaltig an Gewicht zu, derzeit wiegt es etwa 70 Gramm. Seine Beinchen sind länger als die Arme, die Fingernägel sind fertig ausgebildet, und alle Gelenke und Glieder sind beweglich. Anhand eines Ultraschalles könnte man nun das Geschlecht meines Babys herausfinden. Denn nun sind die äußeren Geschlechtsorgane genügend entwickelt, um sie zu erkennen. Mein winziger "Bewohner" bekommt häufig Schluckauf, etwas, das Babys schon vor dem Atmen können. Babys machen dabei keine Geräusche, da ihre Luftröhre mit Flüssigkeit statt mit Luft gefüllt ist.

Meine Taille verschwinde bis auf weiteres, mein Bauch werde runder, langsam passten Hosen und Röcke nicht mehr. Ich soll nicht enttäuscht sein, wenn ich dem Werbebild der "schönen Schwangeren" mit dem makellosen Bauch und Busen, der schönen Haut und den tollen Haaren nicht entspreche. Haut und Haare könnten sich in der Schwangerschaft zum Guten, aber eben leider auch zum Schlechten verändern.

Auch wenn es scheint, als würde es bis zur Geburt noch Lichtjahre dauern, fühlt sich angeblich nichts realer an, als zum ersten Mal die Bewegungen des Babys zu spüren. Einige werdende Mütter nehmen Bewegungen (erstes Strampeln) laut Internet zwischen der 16. und 20. Woche wahr.


14+2:

Heute kam meine Hufpflegerin vorbei, um die monatliche Futterlieferung für meine Pferde vorbeizubringen. Bis heute wusste sie weder von meiner Schwangerschaft, noch dass ich überhaupt einen Kinderwunsch hatte. Da sie sich in meinen Augen offensichtlich nicht für Kinder interessiert, da sie über 40 ist und keine eigenen hat, sondern ausschließlich für und mit ihren Gnadenhoftieren lebt, habe ich es ihr bisher nicht einfach so erzählt, da ich der Meinung war, es würde sie ohnehin nicht interessieren.

Als sie nun heute mit den schweren Futtersäcken kam, habe ich gesagt, dass ich leider nicht mit anfassen kann, da ich momentan nicht so schwer heben darf. Sie guckte mich logischerweise etwas verdutzt an und hat mich nach dem Grund gefragt. Also habe ich ihr sozusagen gestanden, dass ich Nachwuchs ausbrüte.

Ich habe nun nicht erwartet, dass sie in überschwängliche Freudenstürme ausbrechen oder mir gerührt gratulieren würde. Hat sie auch nicht: Alles was sie völlig nüchtern über die Lippen brachte, war ein eiskaltes, halb mitleidiges, halb schockiertes "Ach herrje!" Wie gesagt: Ich habe nichts weltbewegend Herzliches von ihr erwartet, da wir uns nun auch nicht unbedingt im herkömmlichen Sinne nahe stehen, aber dieses "Ach herrje" fand ich schon etwas befremdlich. Nun gut, ich bin ja dankbar, dass sie mir keine Freude vorgeheuchelt hat.

Jedenfalls hat sie mich dann gefragt, warum ich nur wegen einer Schwangerschaft nicht mehr schwer hebe, immerhin würden sich die Frauen der Urvölker auch nicht schonen, und schließlich sei ich ja nur schwanger und nicht krank. Da musste ich schon etwas schlucken, denn ich bin nun wirklich nicht zimperlich und schone mich auch nicht über die Maßen. Immerhin versorge ich nach wie vor meine Pferde und halte Haus und Hof in Schach. Das würden andere nicht einmal schaffen, wenn sie nicht schwanger sind. Es ist ja auch nicht gerade so, als würde ich den ganzen Tag auf der Couch liegen und mein Bäuchlein tätscheln. Das kommt zwar vor, aber das muss *sie* ja nicht unbedingt erfahren.

Dass ich *nur* schwanger und nicht krank bin, ist mir also durchaus bewusst - mal mehr, mal weniger. Allerdings tragen die meisten gesunden und nicht schwangeren Frauen auch keine 20 oder 30 Kilogramm, ob in Form von Pferdefutter oder sonst irgendwie. Bin ich nun eine zimperliche Mimose, weil ich in meiner Schwangerschaft nicht mehr so schwer heben möchte wie davor?

Ich finde nicht.


14+3:

Mir hat die gestrige Futtermittellieferung eines sehr deutlich vor Augen geführt: Es gibt nicht nur all die besorgten Freunde und Verwandten einschließlich Ehemann, die einen ab dem Zeitpunkt der sich rot verfärbenden zweiten Linie im Kontrollfeld eines Schwangerschaftstestes mit den besten Wünschen und Ratschlägen bedenken und einen außerdem mehrfach täglich ermahnen, man solle sich bloß schonen, oft genug die Beine hochlegen und ja nicht zu schwer heben - auch nicht mehr als zwei Teller gleichzeitig, wenn man den Abendbrottisch abräumt.

Nein, es gibt auch jene andere Menschen: Das sind einerseits diejenigen wenigen Frauen, die eine vollkommen unkomplizierte Schwangerschaft hatten, die sie angeblich eigentlich gar nicht wirklich bemerkt haben, und die bis zum Schluss alles ganz normal weiter gemacht haben, als wären sie gar nicht schwanger. Diese Frauen, die meiner Meinung nach eine Erfindung ihrer selbst sind, haben selbstverständlich nur herablassende Blicke für jene übrig, die von Anfang bis Ende der Schwangerschaft oder auch nur ab und zu mit Übelkeit, Brechreiz und Dehnungsschmerz zu kämpfen haben und sich und ihrer Umwelt eine gewisse Schwäche eingestehen. Immerhin hatten diese selbsterklärten symptomlos Schwangeren das nicht, dann können die anderen sich diese Symptome schließlich nur einbilden.

Dann sind da noch sehr wenige Männer, die behaupten, eine Schwangerschaft sei keine Krankheit (sie werden es immerhin am besten wissen). Ich bin mir nicht ganz sicher, woher diese Exemplare des so genannten starken Geschlechtes ihre scheinbar wissenschaftlich fundierten Informationen haben, die sie mit nachdrücklicher Gewissheit ihrer Umwelt verkünden, aber es gibt sie. Mein Frauenarzt gehört übrigens dazu.

Hauptsächlich aber sind es die Frauen, von denen eine Schwangere keinerlei Verständnis, Rücksicht, Unterstützung oder Anteilnahme, geschweige denn Mitleid erwarten darf, die - aus welchen Gründen auch immer - selber keine Kinder haben und nie schwanger waren. Diese Frauen scheinen sich darauf spezialisiert zu haben, in abschätzigster Überheblichkeit mit der Geschwängerten umzugehen, die keinerlei Gnade zulässt und die Ekel sehr nahe kommt. Diese Frauen lassen einen deutlich fühlen, was sie von uns Gebärmaschinen halten. Ungeplant Schwangeren lassen sie im besten Fall noch etwas Mitleid entgegenkommen, aber diejenige, die geplant schwanger und darüber womöglich auch noch glücklich ist, trifft das volle Unverständnis der Kinderlosen. Immerhin hat man es sich ja so ausgesucht, die Sache quasi selber eingebrockt, wie kann man da noch Rücksicht oder Unterstützung erwarten?

Zwischen diesen verschiedensten Vorstellungen von und Ansprüchen an eine Schwangere die goldene Mitte zu finden, scheint eine der leidvollsten Beschwerden dieser vielbesprochenen neun oder - je nach Definition - zehn Monate zu sein. Die überfürsorglichen und allzu besorgten Mitmenschen möchte man manchmal zum Teufel wünschen, wenn sie einen wieder einmal angsterfüllt, den Vorwurf des Leichtsinns schon auf den Lippen, anstarren, weil man einen nur halbgefüllten Wäschekorb von einem Zimmer ins nächste getragen hat. Etwas allein gelassen fühlt man sich, wenn man auf die Frage, was man in der Schwangerschaft überhaupt essen dürfe, ohne seinem Baby damit zu schaden, von seinem Frauenarzt gesagt bekommt, eine Schwangerschaft sei keine Krankheit. Und wie soll man reagieren, wenn die Kinderlose einen verurteilt, weil man keine 30 Kilogramm mehr tragen möchte?

Und dann heißt es immer, Schwangere seien so kompliziert und launisch. Vielleicht stimmt das, vielleicht kann man es uns einfach nicht recht machen. Aber vielleicht haben wir es auch nicht immer so ganz leicht - weder mit uns selbst, noch mit unseren Mitmenschen.


## *16. Woche:*

Etwa 14 Zentimeter groß und ungefähr 110 Gramm schwer ist mein Baby, und es wird immer aktiver: Es runzelt die Stirn, rudert unkontrolliert mit Armen und Beinen, lutscht am Daumen und schneidet angeblich sogar Grimassen. In dieser Woche fängt laut Experten die Schilddrüse an, ihr Hormon zu produzieren. Es sichert wohl unter anderem das Wachstum des Babys. Sehr gerne spiele das Baby nun mit seiner Nabelschnur.

Sex in der Schwangerschaft sei übrigens vollkommen in Ordnung. Es bestehe kein Grund zur Sorge, dem ungeborenen Kind zu schaden, solange die Schwangerschaft normal verläuft. Das Baby schwimme schließlich zufrieden in der Fruchtblase und sei in der Mitte der Gebärmutter bestens geschützt. Die Lust auf Liebesspiele könne allerdings in den ersten Monaten der Schwangerschaft durch Müdigkeit und Unwohlsein auf der Strecke bleiben. In den letzten Wochen vor der Geburt wiederum könne der Liebesakt allein durch den Bauchumfang ein schwierigeres Unterfangen werden. Erlaubt sei, was gefällt.

Die Internet-Experten scheinen mich übrigens zu verhöhnen: Ich würde es sicher schon bemerkt haben: Ich befände mich jetzt in der schönsten Zeit der Schwangerschaft! Auch während der nächsten Wochen würde ich nur so vor Energie und Optimismus sprudeln und die kleinen schwangerschaftsbedingten Wehwehchen würden sich jetzt am allerwenigsten bemerkbar machen. Kurzum: Ich soll diese Zeit genießen.

Wenn ich in den Spiegel blicke, würde ich wahrscheinlich sehen, dass meine Gesichtszüge weicher geworden sind. Wassereinlagerungen unter der Haut verwischten feine Fältchen und machten die Haut glatt und prall. Aber auch Hautunreinheiten gäbe es in der Schwangerschaft. Und anstatt toller Haare bekämen manche Schwangere Haarausfall. Diese neun Monate brächten halt immer wieder Überraschungen!

Mein Baby hat laut Internet jetzt ungefähr die Größe einer Avocado (circa 11,6 Zentimeter Länge vom Scheitel bis zum Steiß und ein Gewicht von ungefähr 100 Gramm). In den nächsten drei Wochen mache es einen enormen Wachstumsschub. Es wird sein Gewicht verdoppeln und einige Zentimeter länger werden. Der Kreislauf und die Harnwege sind voll funktionsfähig, und das Baby atmet Fruchtwasser durch seine Lungen ein und aus. Manchmal könnte ich, wenn ich mich plötzlich bewege, einen leichten Schmerz in der Seite spüren. Das liege daran, dass sich die Mutterbänder auf jeder Seite meiner Gebärmutter und den Beckenwänden dehnen, während mein Baby wächst.

Durch die Schwangerschaft sei mein Immunsystem leicht geschwächt. Ich sei also eventuell häufiger erkältet als sonst. Das möge zwar ermüdend und lästig sein, meinem Baby aber könne ein Schnupfen nichts anhaben. Andere Krankheiten wie Ringelröteln, Windpocken oder Röteln könnten allerdings, abhängig vom Stadium der Schwangerschaft, ernsthafte Probleme beim ungeborenen Baby verursachen. Es sei aber sehr wahrscheinlich, dass ich diese Krankheiten bereits während meiner eigenen Kindheit hatte, oder dass ich, wie auch bei Masern üblich, dagegen geimpft worden und nun immun sei.

# September

15+0:

Gestern war endlich wieder Baby-Kino: Es ist alles in bester Ordnung! Ich bin ab heute in der 16. Woche - nächste Woche schon im 5. Monat. In fünf Wochen ist schon Halbzeit! Der Frauenarzt hat gestern das erste Mal Ultraschall überm Bauch gemacht, also von außen - das war natürlich sehr viel angenehmer als von innen. Was es wird, konnten wir leider nicht sehen, da das Baby für so eine Prognose höchst unglücklich saß: Seitlich und mit überkreuzten Beinen. Aber für ein Outing war es auch wirklich noch sehr früh. Mit Glück sehen wir es nächstes oder übernächstes Mal, aber eben nur, wenn Baby günstig liegt und einen Einblick auf das entscheidende Detail gewährt...
Jedenfalls meinte der zukünftige Herr Papa, er hätte kurz genau die Konturen des Gesichtes gesehen, was seiner Meinung sehr nach einem Jungen ausgesehen hätte... Ich habe das nicht gesehen, da ich so genital-fixiert war, allerdings ist dieses schüchterne Beine übereinanderschlagen und verschämt nach unten schauen doch eher mädchenhaft, oder?! Jungs zeigen doch immer, was sie haben. Es wird bestimmt ein Mädchen! Die genaue Größe konnte der Doc auch nicht vermessen, eben weil Baby so krumm da hockte. Aber so ca. 10 bis 12 Zentimeter groß wird es wohl sein. Laut Kopfdurchmesser könnte der Entbindungstermin sogar einen Tag früher sein, aber welches Baby kommt schon pünktlich? Nur mein Blutdruck ist nicht so gut: 140/90. Höher darf er nicht werden! Aber was tut man denn dagegen??? Und wodurch kommt

das? So ein Ärger! Darum bin ich auch ständig so schlapp, kurzatmig und meine Arme schlafen nachts ein.

15+1:

Letzte Nacht lag ich mal wieder wach und hatte plötzlich etwas Angst davor, wie mein Leben weitergehen wird. Ob ich jemals wieder alles unter Kontrolle kriege und dem Ganzen tatsächlich gewachsen bin? Natürlich freue ich mich riesig auf mein Kind, aber manchmal kriege ich richtig Muffensausen. Immerhin weiß ich ja gar nicht, was wirklich auf mich zukommt.

Es wird nie wieder so sein, wie es einmal war... Nie wieder! Das wird mir langsam immer klarer. Das Baby wird irgendwie immer realer. Wie eingeschränkt ich bereits manchmal bin, nervt mich ja jetzt schon. Wie wird es bloß erst mit Baby sein? Diese unklare Zukunft ist manchmal schon etwas einschüchternd. Es ist eben nicht alles planbar. Da ich aber zugegebenermaßen ein kleiner Kontrollfreak bin, macht mir das Ungewisse und Unplanbare manchmal Angst.

Eine Bekannte, die seit über einem Jahr versucht, schwanger zu werden, meinte kürzlich, sie hätte sich da auch schon mal Gedanken gemacht, aber sie denkt, man würde doch in die Rolle hineinwachsen und am Ende sei alles Gewohnheit. Sie denkt doch tatsächlich, ein Baby sei ja bestimmt noch nicht so viel Arbeit. Es werde schon alles werden, wenn es erstmal da ist. Na, also - die Frau hat Nerven! Ich denke *allerdings*, dass gerade ein Baby schon sehr viel Arbeit macht. Zum Beispiel meine drei Freundinnen, die nacheinander diesen Sommer entbunden haben: Alle drei sind rund um die Uhr nur mit ihren Sprösslingen beschäftigt: Füttern, Stillen, Wickeln, Schaukeln, Trösten - das scheint locker 18 bis 20 Stunden am Tag (und in der Nacht!) zu dauern. Kaum vorstellbar, aber scheinbar dennoch nötig! Die kommen zu rein gar nichts mehr. Sie sind zu wahren Muttertieren mutiert! Und das, obwohl sie in kleinen Wohnungen oder bei Mutti wohnen. Die haben nicht mal einen Garten.

Man muss da wohl hinein wachsen, und das Baby gibt einem bestimmt auch viel zurück, aber im Moment habe ich eben manchmal Zweifel, ob ich alles schaffen kann, was ich sonst noch so zu tun habe - immerhin habe *ich* auch noch zwei Hunde, vier Pferde, zwei Kaninchen, acht Hühner, 3000 Quadratmeter Garten, 7000 Quadratmeter Weideland, ein Gewerbe, ein großes Haus und einen Mann - wie soll ich das bloß alles unter einen Hut bekommen? Herrje, ich bekomme Schweißausbrüche. Kalter Angstschweiß.

15+2:

Gestern wurde ich das erste Mal Opfer eines körperinternen Hormonangriffs: Mein lieber Mann hatte Geburtstag, und ich wollte alles ganz besonders schön und perfekt machen. Immerhin wird er ja nicht jeden Tag 30. Er allerdings wollte den Tag scheinbar am liebsten schnellstmöglich hinter sich bringen und so selten wie möglich daran erinnert werden, dass er nun "zum alten" Eisen gehört.

Ich hatte jedenfalls Kuchen gebacken und wollte seinen Feierabend gemütlich mit ihm gemeinsam auf der Couch verbringen. In meiner Vorstellung würden wir einen wunderschönen Abend im Kerzenschein verbringen.

Nun zur Realität: Mein Liebster kam abends von der Arbeit, bepackt mit Leisten, Schrauben, Heizungsrohren und diversen Kleinstteilen, die eindeutig dafür bestimmt waren, noch heute verbaut zu werden. Natürlich hat er sich über den Kuchen gefreut und auch sofort höflich ein Stück davon verzehrt. Noch bevor allerdings die letzten Krümel von seinem Teller und in seinem Mund verschwunden waren, verkündete er freudestrahlend, dass er nun gleich noch ein Stündchen auf dem Dachboden verschwinden und ein paar Heizungsrohre verlöten wolle.

Da mir nicht so viel dazu einfiel und ich mir auch still sagte, dass er an seinem Geburtstag ja immerhin tun und lassen könne, was er wollte, lächelte ich verständnisvoll und sah ihn auch schon frohen Mutes gen Dachboden verschwinden.

Um es kurz zu machen: Als wir um 20.30 Uhr immer noch nicht meinen Plänen entsprechend gemütlich mit Abendessen und Kerzenschein gemeinsam auf der Couch saßen, offerierte ich meinem Gatten ein ganz besonderes Präsent zu seinem Ehrentag: Ein großes Paket schwangerschaftsverseuchter weiblicher Hormone, verpackt in einem Schwall Tränen und einigen impulsiv schnell zusammengegriffenen, an den Haaren herbeigezogenen Vorwürfen über einen nicht gemeinsam verbrachten 30. Geburtstag und ein nicht vorhandenes Abendessen.

Kurz bevor es leidenschaftlich und verzweifelt aus mir herausbrach, dachte ich noch: Nein, reiß dich zusammen! Es ist sein Geburtstag. Beherrsche dich, schluck es runter. Aber mein altes, rationales Ich konnte diese Gedanken in meinem Kopf noch nicht einmal zu Ende denken, da hörte ich mich schon laut heulend auf meinen armen Mann ein schimpfen. Dabei wusste ich nicht genau, was ich in dem Moment nun erschreckender fand: Dass ich trotz absoluter Vorurteile gegen hormongebeutelte, sich nicht mehr selbst unter Kontrolle habende und hysterische Schwangere scheinbar gerade in diesem Moment selber zu einer solchen geworden war oder dass meinem Mann buchstäblich das Lächeln verging, das er bis eben noch auf seinen Lippen gehabt hatte, als er mir stolz erzählte, dass seine Installation nun für heute erfolgreich abgeschlossen sei und er uns nun ein leckeres Geburtstagsessen kochen werde.

Ich denke, es war beides zu gleichen Teilen schockierend! Ich hatte nicht nur die Kontrolle über mich verloren und war eine jener fürchterlichen Hormonzicken geworden. Nein, ich hatte auch noch meinen fleißigen, lieben, gut gelaunten Mann an seinem 30. Geburtstag dafür angepöbelt, dass er uns - insbesondere mir und unserem Baby - ein schönes behagliches Familiennest schaffen wollte - nach einem 12-Stunden-Tag und bevor er *mich* bekochen wollte. Was hätte ich Schlimmeres tun können?

Ich bin zu einem Monster geworden. Zu einem dicken Monster!


15+3:

Zum Glück ist mein Mann wirklich ein Engel. Natürlich hat er mich nach meinem kleinen Ausraster in den Arm genommen, mich getröstet und meine Tränen getrocknet.

Er hat lecker gekocht und war kein bisschen böse auf mich. Jedenfalls hat er es nicht gezeigt.

Zu meiner Verteidigung möchte ich aber noch kurz anführen, dass solche Ausbrüche früher eine meiner größten Ängste und ein langjähriger Grund dafür waren, dass ich nicht schwanger werden wollte! Und genau darauf, nämlich, dass ich Angst vor mir selber hatte und nicht wusste, was mit mir passieren und was aus mir werden könnte, habe ich meinen Mann ausdrücklich und mehrfach hingewiesen, bevor ich mich dann doch dazu entschloss, die Pille ab zu setzten und das Abenteuer Familienplanung zu wagen. Ich möchte daran erinnern, dass mein Mann damals milde lächelnd behauptet hat, es könne ja nicht schlimmer werden! Ob er zu dieser Behauptung heute noch immer steht, wage ich leise zu bezweifeln.

Jedenfalls trage ich nicht alleine die Schuld für mein übles Verhalten: Er hat sich freudestrahlend und mutig darauf eingelassen, mich zu schwängern und ist somit bei vollem Bewusstsein das Risiko eingegangen, mich mit schwangerschaftlichen Hormonschüben zu vergiften. Bitteschön: Nun muss er die Rechnung auch bezahlen!

Allerdings habe ich heute das Gefühl, dass dieser Ausbruch meiner Gefühle mich irgendwie befreit hat. Ich fühle mich viel besser: Körperlich und seelisch scheine ich durch diesen kleinen Aussetzter eine Menge negativer Energien von mir genommen zu haben. Ob sie nun also berechtigt oder hormonell bedingt war, scheint meine Hysterie auch ihre guten Seiten gehabt zu haben. Allerdings möchte ich noch einmal eindeutig darauf hinweisen, dass ich nach wie vor keinesfalls an die Macht der Hormone glaube und dass dies nur ein Vorwand einer

Schwangeren sein kann, sich auf Kosten anderer total daneben zu benehmen!

Dieser Art von Freifahrtschein werde ich mich auf gar keinen Fall, weder jetzt noch in Zukunft, bedienen, um auf anderer Leute Gefühle herum zu trampeln. Ich glaube an die Selbstbestimmung des Tuns und nicht an Hormone!


15+5:

Seit ein paar Tagen geht es mir endlich wieder zusehends besser: Kopf-, Bauch- und Rückenschmerzen sind so gut wie weg, und ich freue mich wieder ganz und gar auf mein Baby. Natürlich muss ich Abstriche in meinem perfektionistischen Streben nach vollendeter Häuslichkeit machen, aber das werde ich schon schaffen. Ich trainiere täglich, liegengebliebene Dinge als nicht so tragisch zu empfinden. Meistens gelingt es mir sogar!

Wir haben am Wochenende schön den 30. Geburtstag meines Mannes und unseren vierten Hochzeitstag gefeiert und hatten viel Spaß mit unseren Gästen. Was mir seit einigen Tagen extrem auffällt: Jeder spricht zuerst mit meinem Bauch, bevor er mir auch nur in die Augen gesehen oder "Hallo" gesagt hat. Und jeder *muss* ihn anfassen. Aber ich habe mich irgendwie schnell daran gewöhnt, dass Besucher, bevor sie mich nur eines Blickes gewürdigt haben, sofort in die Knie gehen, meinen kleinen Bauchansatz liebevoll betätscheln und ihm leise beschwörende Liebkosungen entgegen tuscheln, die *ich* nicht hören kann oder soll, da sie ausschließlich für meinen kleinen Bauchbewohner gedacht sind. Ich finde es ja irgendwie niedlich. Mal sehen, wie lange es dauert, bis es mir auf die Nerven geht, dass ich nur noch auf meinen Bauch reduziert werde...

## *17. Woche:*

Etwa 16 Zentimeter misst mein Baby laut Internet von Kopf bis Fuß, und es wiegt rund 135 Gramm, so viel wie eine kleine Orange. Sauerstoff bekommt es weiter über mein Blut, und auch Atembewegungen finden weiterhin statt. Das Fruchtwasser stellt dabei ein prima Terrain dar, das komplizierte Zusammenspiel von Atmen und Schlucken auszuprobieren.

Angeblich komme ich leicht ins Schwitzen. Das hänge mit dem natürlichen Anstieg der Körpertemperatur während der Schwangerschaft zusammen. Für die tägliche Dusche (besser als ein Vollbad) sollte ein Duschzusatz benutzt werden, der den natürlichen Fettgehalt der Haut nicht stört. Ansonsten drohten Infektionsgefahr und Juckreiz. Nach der Dusche soll ich Brust und Bauch, aber auch Hüften und Oberschenkel leicht massieren. Besonders wird mir die Zupfmassage ans Herz gelegt. Das soll helfen, die Haut geschmeidig zu halten. Inzwischen würde ich mich sicher manchmal fragen, ob ich mit all diesen Veränderungen in meinem Leben zurechtkommen werde. Die Antwort sei ganz eindeutig: Natürlich werde ich das schaffen!

Meine Taille sei wahrscheinlich schon fast verschwunden, und ich hätte wahrscheinlich mindestens 2 Kilo zugenommen, vielleicht auch mehr. Mein Baby fühle sich im Fruchtwasser wohl wie ein Fisch im Wasser. Es sei vor

Stößen geschützt und gleichmäßig warm. Aber es lebe keinesfalls in einer stillen Welt: Mein Pulsschlag, meine Darmgeräusche, meine Stimme und alle Außengeräusche drängen ein, würden von ihm wahrgenommen und bereiteten es auf das Leben außerhalb der Gebärmutter vor. Ich soll bei meiner Lieblingsmusik entspannen oder meinem Baby etwas vorsingen. Es beginne langsam, sich ein einfaches Immunsystem aufzubauen, mit dem es sich selbst gegen Infektionen schützen könne.

Mit Hilfe eines speziellen Stethoskops könnte ich nun das Herz meines Bauchzwerges klopfen hören. Ein aufregender Moment - aber auch sehr beruhigend. Meine wachsende Gebärmutter habe meinen Körperschwerpunkt verändert und ich fühle mich wahrscheinlich ein wenig aus dem Gleichgewicht. Ich soll vorsichtig sein und flache Schuhe tragen.

Viele Paare würden sich Sorgen im Hinblick auf die bevorstehenden Wehen und ihre neue Rolle als Eltern machen. Wir sollen mit anderen Paaren, die Kinder haben, Kontakt aufnehmen, um zu erfahren, wie diese sich in unserer Situation gefühlt haben. Außerdem wird uns empfohlen, jetzt einen Last-Minute-Urlaub zu buchen, denn inzwischen seien für gewöhnlich die frühen Schwangerschaftssymptome - Übelkeit und Schwindel - überstanden, zugleich sei die Schwangerschaft aber noch nicht so weit fortgeschritten, als dass ich Probleme mit Frühwehen oder der Größe des Bauches bekommen könnte.

16+0:

Juhu! Ab heute bin ich im fünften Monat. In vier Wochen ist schon Halbzeit.

Ich kann es gar nicht fassen, wie schnell die Zeit vergeht. Und wie langsam andererseits: Immerhin liegen noch etwas sechs Monate vor mir, und genau genommen habe ich ja auch erst drei Monate überstanden, denn die ersten vier Wochen werden zwar zur Schwangerschaft gezählt, aber da weiß man es ja noch gar nicht, wenn man nicht gerade so übersensibel und feinfühlig ist wie ich. Also habe ich, wenn man es genau nimmt, noch zwei Drittel vor mir. Oh weh!

Mein Mann hatte heute seinen freien Tag, und wir haben gemeinsam auf dem Dachboden herumgewühlt: Er hat sich weiter dem Badezimmerausbau gewidmet, und ich habe meine bereits vorhandenen Babyschätze gesichtet und sortiert. Es ist der Wahnsinn, was sich da schon angesammelt hat: Diverse Strampler, Hemdchen, Höschen, Mützchen und Kleidchen in diversen Größen und einige Spielsachen. Sogar Windeln und Stilleinlagen habe ich schon! Und das, obwohl ich noch rein gar nichts gekauft habe. Zum Teil stammen die Sachen noch aus meiner eigenen Babygarderobe, einiges habe ich aus Flohmarktkisten übrigbehalten, einiges von Familie und Freunden bekommen. Das meiste stammt natürlich von meiner Schwägerin. Es scheint, als bräuchten wir kaum noch etwas selber kaufen. Mein Mann ist manchmal schon ganz beleidigt, weil er doch auch noch das eine oder andere Teil besorgen möchte.

16+1:

Ich hatte zum ersten Mal Besuch von meiner Hebamme. Hilke ist mir wirklich äußerst sympathisch: Ungeschminkt und mit dickem Wollpulli hat sie sich gleich gemütlich auf meiner Couch eingekuschelt und meinen selbstgemachten Kräutertee geschlürft. Völlig offen haben wir über alles geredet und uns miteinander bekannt gemacht. Sie macht viel mit Reiki und Homöopathie, und sie mag unsere Hunde. Zweites ist mir schon äußerst wichtig, denn immerhin wird sie ja nach der Geburt jeden Tag bei uns sein - da wäre jemand mit einer Hundephobie schon eher ungeeignet. Ich habe jedenfalls das Gefühl, das Hilke ein Volltreffer ist! Das nächste Mal kommt sie planmäßig in etwa sechs Wochen. Dann soll auch der zukünftige Papa Zuhause sein. Sie hat versprochen, dass sie dann ihr Hörrohr mitbringen wird, so dass wir dann die Herztöne unseres Sprosses werden hören können.

Was mir am besten gefallen hat: Hilke hatte keinerlei Zweifel, dass dieses leise Blubbern und Klopfen in meinem Bauchinneren, das in den letzten Tagen zunehmend stärker wird, die Bewegungen meines Babys sind. Jetzt habe ich also eine Bestätigung von kompetenter Seite: Ich spüre mein Baby. Wie wunderbar!


16+2:

Gestern Nachmittag hatte ich das erste Mal nach Wochen wieder Bauchtanz. Darauf habe ich mich schon lange gefreut, da ich die anderen Frauen schon sehr vermisst hatte. Außerdem wollte ich endlich wieder meine kaum noch vorhandenen Hüften zu orientalischen Klängen schwingen und richtig Spaß haben. Soweit der Plan.

Allerdings zeigte die Realität wieder einmal, dass Schwangere nicht allzu sehr davon ausgehen sollten, noch voll einsatzbereite Mitglieder dieser Gesellschaft zu sein bzw. als solche betrachtet und behandelt zu werden: Meine Bauchtanzlehrerin mahnte mich bei nahezu jeder Übung, dass ich diese Bewegung aber bitte nicht mitmachen solle, da sie entweder zu sehr meine Hüfte durchschütteln oder aber meine Bauchmuskeln beanspruchen würde. Beides könne immerhin frühzeitige Wehen auslösen, wäre also für mich tabu.

Es ist wahrscheinlich fast überflüssig zu erwähnen, wie dumm und ausgegrenzt ich mir vorkam: Meine Mittänzerinnen schwangen in vollster erotischer Weiblichkeit ihre schönen Körper. Und ich? - Ich wackelte plump wie eine Mischung aus Großmutter und Walross mit meinem schwangeren Hintern. Meine erzwungenen, ungelenken und vollkommen unexotischen Bewegungen erinnerten mich eher an einen Geburtsvorbereitungskurs für Endschwangere. Mit sexy Bauchtanz hatten sie jedenfalls nicht mehr das Entfernteste zu tun. Ich hätte heulen können.

Immerhin hatte ich meine Lehrerin doch gefragt, ob ich Bauchtanz auch noch machen könnte, wenn ich schwanger werden würde. Völlig unbeschwert und selbstverständlich hatte sie dies bestätigt. So hätte ich mir in meinen kühnsten Träumen nicht vorstellen können, dass ich nun die schwangere Randgruppe unserer Bauchtanztruppe darstellen würde.

Während die anderen also schwitzend aber strahlend weiter sexy mit dem Hintern wackelten, kreiste ich deprimiert mehr schlecht als recht meine sich rundenden Hüften und erkannte mit brutaler Heftigkeit eine weitere Schattenseite einer Schwangerschaft - und eine neue Form der Weiblichkeit: Die Zeit des erotischen Balztanzes ist passé. Ich brauche und darf nicht mehr sexy sein: Ich werde bald nicht mehr Frau sein - sondern Mutter...

Glücklicherweise konnte ich meine beinahe verloren gegangene Fassung beim anschließenden Kaffetrinken wieder erlangen: Da die gesamte Bauchtanzgruppe - ich inklusive - einen recht starken spirituellen Hang hat, überraschte es mich nicht weiter, als eine meiner Mittänzerinnen einer anderen die Halskette abnahm, um mit deren Hilfe als Pendel das Geschlecht meines Babys zu ermitteln. Diese Handlung lenkte mich augenblicklich, wenn auch nur einige Minuten, von der Erkenntnis ab, das ich nicht mehr erotisch sein durfte. Teils gebannt, teils skeptisch beäugte ich also abwechselnd das schwingende Pendel und ihre Hand, um herauszufinden, ob sie nicht vielleicht doch mit kaum merklichen Fingerbewegungen der Kette die gewünschte Richtung verlieh. Zwar konnte ich keinerlei Manipulation erkennen, als das Pendel auf ihre Fragen unterschiedliche Bewegungen ausführte, skeptisch blieb ich aber trotzdem. Woher sollte das Pendel wissen können, welchem Geschlecht mein kleiner Bauchbewohner angehört? Laut Pendel war jedenfalls eines ganz klar: Wir bekommen ein Mädchen!

16+4:

Draußen versendet die Herbstsonne ihre letzten wärmenden Strahlen und taucht unseren Garten in ein warmes goldenes Licht. Wie ich diese Stimmung und Atmosphäre liebe. Jedes Jahr wieder überkommt mich in dieser Zeit ein beinahe überwältigendes Gefühlswirrwar: Eine Mischung aus Abschied und Vorfreude - wehmütige Melancholie einerseits, darüber, dass sich wieder einmal ein Jahr dem Ende neigt, und wohlige Vorfreude auf den nahenden Winter andererseits.

Dieses Jahr aber gesellen sich ganz neue Emotionen dazu. Mit der tieferstehenden Sonne wird mir immer bewusster, dass sich auch ein Lebensabschnitt unwiderruflich seinem Ende nähert. Scheinbar ist dies die Zeit des Erwachsenwerdens. Zusammen mit dem Sommer verabschiede ich innerlich meine Kindheit, Jugend und eine ganz bestimmte Art von Freiheit, deren ich mir erst jetzt bewusst werde. Aber zu diesem schmerzlichen Abschied, der unausweichlich zu sein scheint, gesellt sich ein ganz neues Gefühl: Ein wohliges Kitzeln in der Magengegend verheißt das Nahen eines großen Abenteuers. Vorfreude, Spannung und Sehnsucht nach etwas völlig Neuem schwappen in warmen Wellen durch meinen Körper. Neugier vermischt sich mit Unsicherheit, Vorfreude mit Abschiedsschmerz, Wehmut mit überschwänglicher Euphorie.

Und während ein Teil von mir nur schwer das alte Leben loslassen kann, giert ein anderer Teil in mir bereits nach den Dingen, die auf mich zukommen, kann es kaum erwarten und ist voller Ungeduld auf das ganz neue Leben. Wie innerlich zerrissen scheine ich zu sein. Und doch fügen sich all diese Gefühle stimmig wie die Teile eine Puzzles harmonisch zusammen. Ich weiß nicht, ob ich lachen oder ob ich weinen soll - und kann beides zur selben Zeit.

Wie sich draußen die Natur stetig verändert, so tut es auch mein Körper. Während sich aber Tiere und Pflanzen auf eine Winterpause vorbereiten, entsteht in meinem Bauch neues Leben. Wie die Saat einer Blume wartet mein Baby in der schützenden Wärme meines Körpers auf die ersten Sonnenstrahlen im Frühling, wartet darauf, aufzublühen, wie die Blüte einer wunderschönen Blume.

Der Winter steht fast schon vor der Tür. Und mit ihm die wohl aufregendste Zeit meines Lebens.

*18. Woche:*

Das Internet hinkt mit dieser Erkenntnis meinen Empfindungen zwar etwas hinterher, verkündet aber: Auf einmal spüre ich mein Kind (18 bis 20.Woche)! Wenn ich zum ersten Mal schwanger sei, würde ich einige Zeit brauchen, um dahinter zu kommen, dass diese leichte "Schmetterlingsberührung" der Tritt oder Schlag meines ungeborenen Sprösslings sei. Eine wundervolle Berührung, die allerdings gegen Ende der Schwangerschaft recht kräftig und manchmal auch schmerzhaft werden könne. Falls ich noch keine Kindsbewegungen gespürt habe, soll ich mir allerdings keine Sorgen machen, denn in der ersten Schwangerschaft könne es bis zur 20. Woche dauern, bis man sich ganz sicher ist, dass es sich um Kinds- und nicht um Verdauungsbewegungen handelt. Wenn die Plazenta vorne in der Gebärmutter liege (Vorderwandplazenta) oder bei sehr dicken Bauchdecken spüre man die Kindsbewegungen sogar noch später.

Ich werde laut Internet feststellen, dass es Zeiten gibt, in denen mein Kleines ganz ruhig ist. Immerhin schläft es noch bis zu 20 Stunden am Tag. Dann wieder tritt es kräftig und bewegt sich häufig. Natürlich sei das meistens der Fall, wenn ich selbst gerade eine kleine Pause einlegen wolle. Der Grund hierfür sei ganz einfach: Wenn ich mich bewege (z.B. beim Gehen), schaukele ich mein Baby sanft in den Schlaf. Wenn ich dagegen ruhig bin, ist es für das Ungeborene leichter, sich zu bewegen. Und in entspanntem Zustand könne ich natürlich auch viel besser seine Turnübungen wahrnehmen. Für den Rest der Schwangerschaft würden die Kindsbewegungen wahrscheinlich gerade in den Abendstunden (zwischen 20 und 23 Uhr) am stärksten sein. Das sei eine gute Gelegenheit, den werdenden Vater an diesem wunderbaren Erlebnis teilhaben zu lassen. Ich soll seine Hand auf meinen Bauch legen, und mit ein bisschen Geduld könne er bald seinen Nachwuchs spüren. Das sei ein wichtiger Schritt in Richtung Vaterschaft. Wir sollen dabei aber nicht zu ungeduldig sein, denn richtig deutlich würden die Tritte durch die Bauchdecke eigentlich erst ab der 25. Woche.

In dieser Phase der Schwangerschaft gehe es den meisten Frauen seelisch wie körperlich blendend. Anfängliche Beschwerden seien endgültig verschwunden, die Freude aufs Kind nähme Überhand, Energie und gute Laune kehrten zurück. Ein zusätzliches Wärmeempfinden sei normal - im Winter angenehm, im Sommer allerdings manchmal ein wenig lästig. Verstopfung könne eine mühsame Begleiterscheinung sein. Die Schwangerschaftshormone setzen den Spannungszustand der Darmmuskulatur herab und verlangsamten die Stuhlpassage. Ich soll ballaststoffreich essen und noch mehr trinken, aber nur Abführmittel nach Rücksprache mit meinem Frauenarzt einnehmen.

Vorbereitung ist laut den Online-Experten alles! Ich soll die Zeit jetzt nutzen, mir langsam Gedanken über die Geburt zu machen. Wenn ich eine Hausgeburt planen würde und mein Frauenarzt nichts dagegen einzuwenden hat, sollte ich mit meiner Hebamme darüber sprechen. Auch soll ich bereits jetzt die Möglichkeiten der Kinderbetreuung in meiner Nähe herauszufinden. Kinderkrippen-Wartelisten seien manchmal lang, und auch eine Kinderfrau für die Betreuung zu Hause zu finden, könne viel Zeit in Anspruch nehmen. Ich soll Freunde, Arbeitskollegen, Verwandte und Nachbarn fragen, ob sie mir etwas empfehlen können.

Kurzatmigkeit sei eine der typischen Schwangerschaftsbeschwerden und auch ein Zeichen, dass ich mir mehr Ruhe gönnen soll. Bei begleitenden Schmerzen in der Brust soll ich aber meinen Frauenarzt informieren. Im zweiten Trimester wird im Ultraschall die Größe des Fötus gemessen und seine Entwicklung beurteilt, es wird auf mögliche Missbildungen geachtet, die Plazenta und die Nabelschnur kontrolliert und festgestellt, ob das bisher errechnete Alter des Fötus mit seiner tatsächlichen Entwicklung übereinstimmt. Während dieses Ultraschalls kann ich mit Glück sehen, wie mein Baby tritt, sich beugt, streckt, dreht oder greift oder an seinem Daumen lutscht. Ich soll um Ultraschallbilder vom Baby in verschiedenen Positionen bitten - damit könnte ich die ganze Familie erfreuen. Die Bilder müssten wir allerdings selber bezahlen, die Krankenkasse übernehme diese Kosten nicht. Wenn wir ein Mädchen bekommen, sind ihre Vagina, Gebärmutter und Eierstöcke nun an ihrem Platz. Wenn es ein Junge wird, sind seine Geschlechtsorgane ausgeprägt und erkennbar.

Nun passiert laut meiner Internet-Recherche wirklich eine Menge: In dieser Woche schauen die Augen des Babys nicht mehr zur Seite, sondern nach vorn. Die Ohren sind fast schon an ihrem endgültigen Platz angelangt, und der gummiartige Knorpel, aus dem sich einmal das Skelett bilden wird, fängt an, sich in harte Knochen zu verwandeln.

Je weiter mein Körper in die Breite gehe, desto weniger bezaubernd werde ich mich wahrscheinlich fühlen. Ich soll mir in den nächsten Wochen die Zeit nehmen, meinen sich verändernden Körper zu akzeptieren. Selbst, wenn ich mich nicht mehr wirklich attraktiv fände, für meinen Partner sei ich wahrscheinlich noch immer überaus attraktiv - es gäbe viele Männer, die gerade auf die Rundungen von schwangeren Frauen stehen. Ich dürfe in der Schwangerschaft ohne Bedenken bis zur letzten Woche Sex haben, vorausgesetzt, es gibt keine medizinischen Gründe, die dagegen sprechen, wie zum Beispiel Blutungen. Manche Frauen würden bemerken, dass ihre Libido während der Schwangerschaft stärker wird, während andere überhaupt keine Lust mehr verspüren - beide Varianten seien völlig normal und kein Grund zur Sorge. Vielleicht hätte ich bemerkt, dass die Höfe um meine Brustwarzen im Zuge des Brustwachstums ebenfalls größer werden. Das sei eine harmlose Nebenwirkung, die aber bis zu zwölf Monate nach der Schwangerschaft andauern könne. Womöglich habe ich auch andere Hautveränderungen wie die Linea Nigra, eine dunkle Linie auf dem Bauch, oder die Schwangerschaftspigmentierung, festgestellt. Beide Effekte würden nach der Geburt des Babys nachlassen.

17+0:

Wir haben für ein paar Tage Besuch von meiner Mutter bekommen. Vollgepackt mit Tüten voller Baby-Utensilien umarmte sie mich und bestaunte gerührt meinen Bauch. Es ist schon sehr amüsant, aber auch ein wenig befremdlich, wenn die eigene Mutter einen plötzlich nur noch "Mutti", "kleine Mami" oder auch "kleine Auster" nennt. Warum kleine Auster? - Das habe ich auch gefragt. Wegen der Perle, die in mir wächst. Natürlich!

Jedenfalls nenne ich sie im Gegenzug nur noch "Oma" und "Großmütterchen". Irgendwie klingt es noch so unwirklich, beinahe ironisch, dass ich nun bald eine Mama und meine Mutter die Oma ist. Mein Vater heißt nur noch Opi, und mein Göttergatte wird bald nur noch Papa heißen. Verkehrte Welt irgendwie, und doch ganz logisch.

Ich bin gespannt, wie sich das entwickelt: Ob wir tatsächlich alle unsere Namen verlieren und im Tausch nur noch nach unseren neuen Rollen benannt werden? Werde ich meinen Mann künftig etwa auch "Papa" nennen? Und meinen Papa nur noch "Opa"? Momentan scheint es eine Art lustiges Spielchen oder ein Training für den Ernstfall zu sein, dass jeder jeden bei seinem zukünftigen Familienstatus nennt, aber wird das wirklich so bleiben? Wird meine Mama nun nur noch die Oma sein, oder kann ich weiterhin Mama zu ihr sagen, ohne dass mein Baby völlig verwirrt wird? Ich jedenfalls bin es jetzt schon.

17+1:

Meine Mama (also die Oma) hat uns freudestrahlend und stolz offenbart, dass sie und mein Vater (also der Opa) uns das Kinderzimmer schenken möchten.

Zuerst war ich etwas skeptisch, da ich ganz bestimmte Vorstellungen hatte, wie unser Kinderzimmer aussehen soll: Nämlich weiß. Das Kinderzimmer, das meine Eltern in Aussicht haben, ist allerdings aus Kiefernholz, antik gelaugt. Das ist zwar wunderschön, aber eben nicht weiß. Nachdem ich es auf einem Foto gesehen habe, war ich allerdings sofort überzeugt.

Der zukünftige Papa ist da schwieriger zu begeistern. Ursprünglich wollte er alle Möbel für seinen Sprössling selber bauen, vor allem Wickelkommode, Wiege und Bettchen. Da er aber ohnehin keine Zeit dafür haben wird, weil er mit dem Ausbau des Dachbodens und allen anderen anfallenden Arbeiten bei uns ohnehin schon hoffnungslos überfordert ist, konnte ich ihn allerdings überzeugen, dass gebraucht kaufen - zumindest teilweise - vielleicht die bessere Alternative ist. Dass nun auch dieser Plan zerstreut wurde, macht ihn offensichtlich etwas unglücklich.

Es wird nun langsam sogar mir deutlich, dass es am Ende schwierig werden könnte, überhaupt noch etwas zu finden, dass wir selber für unser Baby kaufen können, denn offensichtlich könnte es sogar zu familiären Ausschreitungen kommen, wer uns den Kinderwagen schenken darf. - Jeder, sogar entfernte Bekannte, wollen uns unbedingt etwas zur Geburt schenken, ob wir nun wollen oder nicht. "Die Ingrid, die schenkt euch einen schönen Teppich für das Kinderzimmer!" Unser Kinderzimmer soll zwar keinen Teppich bekommen, sondern Holzfußboden, aber diese Entscheidung scheint nicht in unseren Händen zu liegen. Ich finde es ja irgendwie rührend. Zwar auch etwas bedrohlich und invasiv, aber vor allem fürsorglich und amüsant.

Mein armer Mann ist da schon genervter. Das liegt wohl daran, dass er die Geschenke eher als Almosen empfindet und nicht als von Herzen kommende Willkommensgrüße an unser Baby. Er scheint zu denken, dass niemand ihm zutraut, alleine für seine Familie zu sorgen. Wenn es nach ihm ginge, bräuchte anscheinend niemand uns etwas zu schenken. Immerhin ist er der Vater. Und der Vater sorgt alleine für seine Familie! - Außerdem findet er, dass der Kinderzimmer-Schrank böse guckt und dass sein Kind sicher Alpträume bekommen wird, wenn es abends auf die beleuchteten Augen-ähnlichen Glasscheiben gucken muss, die sich im oberen Drittel der Schranktüren befinden. Wir sollten doch den Schrank bitteschön mal mit Kinderaugen betrachten.

Mit Kinderaugen gesehen könnte er eventuell Recht haben, aber in dem Fall können wir ja das Bettchen so aufstellen, dass das Baby den bösen Schrank nicht sehen kann. Für meine mütterlichen Augen jedenfalls ist der Schrank schön und gar nicht böse, sondern ein liebgemeintes und vor allem teures Geschenk meiner Eltern.

Über einige Dinge braucht man sich scheinbar gar keine Gedanken zu machen: Wir bekommen nun also weder ein selbstgebautes, noch ein weißes Kinderzimmer. Wir bekommen ein Kiefernholz-Kinderzimmer mit einem ziemlich böse glotzenden Kleiderschrank. Aber vielleicht dürfen wir ja den Himmel und die Bettwäsche aussuchen und kaufen. Aber nur vielleicht.

17+2:

Meine Mutter und ich haben beinahe den gesamten Tag damit verbracht, Babykataloge zu durchstöbern. Wieder einmal sind wir zu dem Schluss gekommen, dass man eigentlich fast nichts davon bräuchte, was einem da auf tausenden von bunt-illustrierten Seiten im Hochglanzformat schmackhaft gemacht wird. ("Immerhin bist Du in Amerika auch nur auf dem Kofferraumdeckel des Mietwagens gewickelt worden! Und, hat es Dir geschadet? - Naja...") Und wieder einmal waren wir uns ebenso sicher, dass kaum etwas so viel Spaß machen kann, wie sinnlos Babysachen zu kaufen. ("Oh, guck mal wie süß dieses Dingsda ist. Das brauchen wir auch. Was ist das eigentlich?")

17+3:

Soeben hat meine Oma Eva meine Mutter abgeholt, also die Uroma die Oma. Auch sie musste wieder einmal feststellen, wie gut mir doch so ein Bäuchlein steht und wie gut ich doch aussehe. Ich glaube, wenn es nach den meisten Leuten geht, könnte ich wohl von nun ab dauerschwanger sein. Zum Glück habe ich zumindest in dieser Angelegenheit noch ein Wörtchen mitzureden und kann versichern: Das wird nicht passieren! Natürlich freue ich mich auf mein Baby, aber ich möchte nicht auf Dauer so vorsichtig sein müssen. Eine Schwangerschaft mag ja keine Krankheit sein. Aber mit Sicherheit ist es auch keine Sache, die ich häufiger als nötig über mich ergehen lassen möchte. Eine Schwangerschaft ist nach meinen bisherigen Erfahrungen ein schönes notwendiges Übel mit vielen Risiken und Nebenwirkungen. Aber immerhin steht sie mir.

17+5:

Gestern hatten wir Besuch von der Familie meines Mannes: Mutter, Oma, Schwester und Nichte. In Zukunft also Oma, Uroma, Tante und Cousine. Herrje, das wird kompliziert! Wieder wurden wir überhäuft mit Geschenken für unser Baby: Strampler, Hemdchen, Höschen, Schnuller, Fläschchen, Deckchen, klitzekleine Strümpfe und sogar Windeln türmten sich links und rechts von mir auf der Couch, so dass ich mich kaum noch bewegen konnte. Hatte ich nicht vorsorglich vehement bereits vor der Schwangerschaft verkündet, dass unsere Verwandtschaft nicht so viel Geld für luxuriöse Kleidungsstücke ausgeben soll? Laut und deutlich habe ich gesagt, sie sollen das Geld, wenn sie es schon unbedingt mit vollen Händen ausgeben wollen, lieber in einen Bausparvertrag investieren. Dass sei doch eine sicherere Sache, von der unser Kind später einmal wirklich profitieren würde. Scheinbar aber hatte ich diesen Vorschlag (in meiner Erinnerung war es eher ein Befehl) zu leise geäußert oder aber unsere lieben Verwandten hatten ihn geflissentlich überhört, denn diese Tausendschaften von kleinen Babyklamöttchen hatten sicher ein kleines Vermögen gekostet. Natürlich freue ich mich über all die niedlichen Sachen, aber ich frage mich, ob man das wirklich alles braucht. Vor allem wenn man bedenkt, dass unser Baby noch über sechs Monate nichts von all diesem Geschmeide haben wird, denn in Gebärmutterhausen trägt man nackt! Wenn sich die Babysachen weiterhin so sprunghaft vermehren wie bisher, werden wir anbauen müssen. Und die meisten

Dinge bekommt man meines Wissens doch erst zur Geburt geschenkt...

Eines steht jedenfalls fest: Unser Baby hat bereits jetzt mehr Kleidung als seine Eltern zusammen!

17+6:

Ich glaube, so langsam beginne ich, meine Schwangerschaft zu genießen: Ich habe Freundschaft geschlossen mit den ständigen Bauch- und Rückenschmerzen, ich habe mich an den Ekel vor den meisten Lebensmitteln gewöhnt, ich liebe jedes einzelne illegal neben meinen Brustwarzen wachsende Haar, beinahe freudig gehe ich abends ins Bett im frohen Wissen, dass ich in spätestens drei Stunden wieder aufstehen werde, um meine prall gefüllte schmerzende Blase zu entleeren, um danach ein bis zwei Stunden wach zu liegen. Inzwischen sympathisiere ich sogar fast schon mit den ständigen Kopfschmerzen, mit der stärker werdenden Kurzatmigkeit und gelegentlichen Anflügen von Herzrasen, auch mag ich inzwischen meine beinahe jede Nacht einschlafenden Hände und die sich langsam entwickelnden Besenreiser an meinen schweren, von beginnenden Wassereinlagerungen geplagten Waden. Auch die Milchbollwerke, die einmal meine ohnehin schon zu großen Brüste waren, habe ich wenn auch noch nicht lieben, dann doch zumindest akzeptieren gelernt. Fast schon begierig sehne ich Hämorriden, Schwangerschaftsstreifen und Inkontinenz entgegen.

Jedes dieser von Mutter Natur liebevoll geplanten Details meiner Schwangerschaft weiß ich nun langsam zu schätzen. Denn jede dieser eigentlich doch nichtigen Kleinigkeiten, die in der Summe eindeutig belegen, dass Schwangerschaft keine Krankheit ist, sondern Schlimmeres, erinnern mich jede Minute eines jeden Tages daran, dass in mir mein kleines Baby heranwächst. Wer würde sich da nicht über jedes neue Wehwehchen freuen?

## 19. Woche:

Mein Baby wiegt jetzt rund 200 Gramm - so viel wie zwei Tafeln Schokolade! Von Kopf bis Fuß ist es auf etwa 19 Zentimeter gewachsen. Die Nervenfasern vernetzen sich zunehmend, die Muskeln werden stärker, die Bewegungen bestimmter und die Feinmotorik beginnt sich zu entwickeln. Mein Kind hat sich ein eigenes Fitnessprogramm ausgedacht, um seine Muskulatur mit Greifen, Wenden, Treten und Boxen weiter aufzubauen. Feiner Flaum bedeckt den gesamten Körper des Babys, die so genannten Lanugohaare. Langsam beginnt der Fötus nun auch Fett anzusetzen, und auf dem Ultraschall sieht man nun deutlich die Plazenta.

Die Online-Experten drücken mir die Daumen, dass ich sehe, wie mein Baby gerade am Daumen lutscht, wenn ich es per Ultraschall in seiner "Einzimmerwohnung" besuche. Und sie fragen mich, ob ich schon den ersten Besuch in der Umstandsmoden-Abteilung gewagt hätte, denn so langsam müsse nun doch das eine oder andere Teil angeschafft werden. Spätestens jetzt würde mein Bauch anfangen deutlich zu wachsen. Die Schwangerschaft werde nun vermutlich auch für andere sichtbar: Es sei jetzt Zeit für gemütliche Schwangerschaftshosen, Kleider und was sonst noch zum Wohlfühlen dazugehört.

Mein Bauch sei allerdings noch nicht so dick, dass er mich behindern würde.

Falls ich es noch nicht getan habe, soll ich bei meiner nächsten Vorsorgeuntersuchung mit meinem Frauenarzt darüber sprechen, wo ich entbinden möchte. Falls er nicht selbst Belegbetten in einem Belegkrankenhaus habe, werde er mir sicher eine Klinik empfehlen können. Ich könne mir dann auf den Elterninformations-veranstaltungen der einzelnen Kliniken selbst einen Eindruck verschaffen und eine Entscheidung treffen.

Geburtsvorbereitungskurse beginnen ab der 20. Woche. Es lohne sich, herumzufragen und einen Kurs zu suchen, der meinen Bedürfnissen am besten entspricht. Ein guter Kurs erhöhe meine Chancen auf ein rundherum positives Geburtserlebnis. Dabei würde ich noch viel mehr lernen, als nur, wie man bei der Geburt richtig hechelt. Und ich hätte die Gelegenheit, andere Schwangere kennenzulernen. Daraus hätten sich schon Freundschaften für's Leben ergeben. Ein paar Stunden soll auch mein Partner mitmachen. Die Krankenkasse übernehme in den meisten Fällen die Gebühren.

Durch die hormonellen Veränderungen sei mein Zahnfleisch wahrscheinlich angeschwollen, es sei gerötet und blute leicht. Auch könnten sich leichter Zahnbeläge bilden. Dementsprechend soll ich nicht vergessen, einen Vorsorgetermin bei meinem Zahnarzt zu vereinbaren.

Der obere Teil meiner Gebärmutter erreicht meinen Bauchnabel und wird ungefähr einen Zentimeter pro Woche wachsen. Der Fötus misst 15,3 Zentimeter vom Scheitel bis zum Steiß und wiegt um die 240 Gramm. Er hat begonnen Fruchtwasser zu schlucken, und seine Nieren produzieren Urin. Die Entwicklung der Sinne erreicht jetzt ihren Höhepunkt. Die Nervenzellen stellen die Verbindungen her: Schmecken, riechen, hören, sehen und fühlen sind jetzt in ihren speziellen Regionen des Hirns entwickelt. Wenn ich ein Mädchen erwarte, hat es annähernd sechs Millionen Eier in seinen Eierstöcken. Zum Zeitpunkt der Geburt werden es ungefähr noch eine Million sein. Ohne Zweifel werde ich nun das Treten und Purzelbaumschlagen meines wachsenden Babys spüren. Zeitweise wird es so agil sein, dass ich nicht schlafen können werde. Die nächsten zehn Wochen werden die lebhafteste und aktivste Zeit meines Babys sein, bis der Mutterleib zu eng für große Bewegungen sein wird.

Mit dieser Woche beginnt für mich offiziell der fünfte Schwangerschaftsmonat. Nur noch eine Woche, dann feiere ich "Bergfest" - die Hälfte der Schwangerschaft ist dann vorbei. Die Schwangerschaftsbetreuung werde nun sehr viel entspannter als zuvor, weshalb ich wahrscheinlich weder meine Hebamme noch meinen Arzt besonders oft sehen werde - es sei denn, ich brauche aus irgendwelchen Gründen besondere medizinische Beobachtung. Ich soll aber nicht allein vor mich hin grübeln, wenn ich wegen irgendeiner Sache besorgt bin und nicht zögern, meine Hebamme oder den Frauenarzt anzurufen. Auch soll ich mir ein Paar neue, größere Schuhe mit flachen Absetzten gönnen, denn nicht nur mein Körper, auch meine Füße würden anschwellen. - Juhu! Schuhe kaufen auf Rezept!

18+0:

Eigentlich haben wir uns ja schon vor Wochen für die Namen entschieden: Noah oder Lotta. Naja, eigentlich habe in erster Linie ich mich entschieden, und mein ehrenwerter Ehemann hat zugestimmt. Aber manchmal kommen mir Zweifel, ob das auch wirklich die richtigen Namen für unser Kind sind. Ich meine, woher soll man wissen, welcher dieser unendlich vielen handelsüblichen oder extravaganten Namen der einzige richtige ist? Immerhin wird unser Kind den Rest seines Lebens damit leben müssen. Was, wenn ihm oder ihr der von uns erwählte Name gar nicht gefallen wird?

Nach welchen Kriterien trifft man diese wirklich wichtige Entscheidung? Immerhin gilt doch nach wie vor das Sprichwort "Nomen est Omen". Der Name soll etwas Besonderes sein, aber nicht zu ausgefallen. Er sollte mindestens zwei Silben haben, da unser Nachname nur einsilbig ist. Er sollte einen schönen Spitznamen hergeben oder keines Spitznamen bedürfen, weil er an sich schon so besonders ist.

Eigentlich erfüllen sowohl Noah als auch Lotta in meinen Augen all diese Kriterien. Und dennoch: Es gibt so unzählige wunderschöne Namen, die mir gefallen würden.

Ein Doppelname kommt in meinen Augen übrigens nicht in Frage. Ich finde, mit einem Doppelnamen zeigt man nur, dass man sich entweder nicht entscheiden konnte oder aber, dass Mann und Frau sich nicht einigen konnten und jeder irgendwie auf sein Recht besteht. Ich bin der Meinung, das letzte Wort in der Namensfrage werde ich haben. Immerhin trage ich dieses kleine Wesen, um dessen Namen es hier geht, neun Monate in meinem Körper, da werde ich wohl noch entscheiden dürfen, wie es letztendlich heißen wird. Natürlich darf auch der Mann Vorschläge äußern, die ich tatsächlich auch ernsthaft überdenken werde. Ich frage ihn ja auch nach seinen Ideen. Auch werde ich keinen Namen durchsetzen, den er absolut nicht ausstehen kann. Aber wenn es am Ende darum geht, dass zwei Namen zur Wahl stehen, dann werde ich den nehmen, der mir besser gefällt. Ich denke, dagegen gibt es nichts einzuwenden.

Natürlich ist dieses selbstbestimmte Privileg gleichzeitig auch ein Fluch, denn schließlich trage ich damit auch eine große Verantwortung, aber so kann ich immerhin verhindern, dass unser Kind, sollte es ein Junge werden, John heißen muss. John ist zwar im Prinzip ein schöner Name, da gebe ich meinem Mann durchaus Recht. Aber ein Baby das John heißt? Das geht nicht. Und Johnny? Klingt grausam und irgendwie nach dem Decknamen für ein männliches Geschlechtsteil. Mein Kind soll nicht heißen müssen wie ein Geschlechtsteil. Bleiben nur noch Kosenamen wie Little John oder John-Boy, und wer würde schon sein Kind nach einem dicken Kerl aus Robin Hood benennen?

Der Mann hält dem zwar entgegen, Noah würde ihn immer an den alten weiß-haarigen, lang-bärtigen Bootsbauer aus der Bibel erinnern - womit er, natürlich nur in Ansätzen, nicht ganz unrecht hat, aber im übertragenen Sinne finde ich, dass ein boots-bauender Tierfreund besser zu uns passt als ein mittelalterlicher Bettler und Robin Hood-Freund.

Außerdem steht Noah auch für Nächstenliebe, Familienzusammenhalt, Glaube an das Unmögliche, Durchhaltevermögen und all solche schönen Dinge, die einen guten Menschen ausmachen. Darüber hinaus passt Noah sowohl zu einem Baby als auch zu einem Kind als auch zu einem erwachsenen Mann.

Trotzdem bin ich noch nicht hundertprozentig sicher, ob Noah auch tatsächlich der richtige Name für meinen Sohn wäre. Zum Glück bekommen wir aber ja sowieso ein Mädchen wie meine unzähligen Träume bisher belegen. Eine kleine Lotta. Oder Mia. Oder vielleicht sollte sie doch Lilly heißen? Oder Maja, Ronja oder Jette?

18+4:

Wir bekommen ein Mädchen! Ich habe es eindeutig im Traum gesehen: Das Ultraschallbild mit dem unstrittigen Beweis und wie der Arzt sagt: "Herzlichen Glückwunsch, es wird ein Mädchen."

Bisher habe ich nur von Mädchen geträumt, und diese Tatsache kann doch fast nur ein sicheres Indiz dafür sein, dass wir wohl tatsächlich ein Mädel bekommen. Der zukünftige Papa ist hinsichtlich all dieser Mädchen-Träume schon ganz besorgt, ich könnte womöglich enttäuscht sein, wenn sich herausstellen sollte, dass wir doch einen Jungen bekommen. So ein Quatsch! Ich werde mich über einen Jungen genauso freuen wie über ein Mädchen. Er jedenfalls musste jetzt zugeben, dass er auch das Gefühl hat, es könnte ein Mädchen werden.

Kann man sich auf diese Träume wohl verlassen? Oder ist es mehr Suggestion als Vorhersehung? Aber im Grunde ist es mir doch ganz egal, was es wird, somit kann man doch Wunschdenken eigentlich ausschließen, oder?

Ach, bestimmt werden wir es übermorgen beim Ultraschall erfahren. Nur noch zweimal schlafen! Ich bin aufgeregter als ein kleines Kind zur Weihnachtszeit!


18+5:

Heute Nacht habe ich zum allerersten Mal geträumt, dass wir einen Jungen bekommen.

Der Papi in spe fragte gleich, ob ich mich langsam mal entscheiden könne. - Als ob diese Entscheidung bei mir liegen würde!

Der kleine Junge in meinem Traum war jedenfalls zuckersüß und einfach zum Anbeißen. Ich habe ihn umarmt und geherzt, geknuddelt und geküsst. Und wie zur Bestätigung seiner Liebe, hat er mir beim Wickeln in die Nase gepinkelt...

Ob das aus traumdeuterischer Sicht irgendeine Bedeutung hat?


18+6:

Heute hatten wir unseren nächsten Frauenarzttermin. Ich war natürlich schon total aufgeregt, so sehr, dass ich schon Magenprobleme hatte. Schließlich wollte ich heute unbedingt erfahren, ob wir einen Jungen oder ein Mädchen bekommen. Mein Mann hatte sich sogar die Videokamera von seinem Vater ausgeliehen, um das große

Event eines möglichen Outings in bewegten Bildern für immer und ewig festzuhalten.

Nachdem ich also die übliche lästige Prozedur des Urinspenden-Blutdruckmessen-Gewichtmessen endlich überstanden und mit meinem Mann ins Sprechzimmer gerufen worden war, brütete der Frauenarzt schon konzentriert über meinem Mutterpass und murmelte etwas von "Na, das ist aber ärgerlich, dann können wir ja heute gar kein Ultraschall machen!" Nachdem er unsere schockierten Gesichter entdeckt hatte, versuchte er eine für den Laien plausible Erklärung abzugeben, die weder ich noch der enttäuschte Mann neben mir komplett verstanden haben. Es hatte aber scheinbar irgendetwas damit zu tun, dass der letzte Ultraschall bei 14+6 diesem bei 18+6 wohl noch zu nahe war. Ab morgen hätte er wieder Ultraschall machen dürfen, weil ich dann in der 20. Woche sei, erklärte uns der Doktor, heute wäre es aber auf keinen Fall möglich, da die Krankenkasse die Kosten dann nicht übernehmen würde. Immerhin habe er ja auch ohnehin schon häufiger Ultraschall gemacht, als vorgeschrieben. Also sollen wir übermorgen wieder kommen (morgen ist Feiertag), dann bekommen wir unseren langersehnten Ultraschall.

Sicher, wir sind erwachsene Menschen und zwei Tage länger zu warten, ist keine Katastrophe im herkömmlichen Sinne. Dennoch kam ich mir vor wie ein kleines Kind, dem gerade offenbart wurde, dass sich der Termin für Weihnachten leider um zwei Tage nach hinten verschoben hat, da sich jemand im Kalender geirrt hat.

Die Enttäuschung ins Gesicht geschrieben, versuchte ich also in einem letzten verzweifelten Versuch, den Arzt vielleicht doch noch umzustimmen. "Wir könnten doch sagen, ich habe ganz starke Bauchschmerzen, und ein

Ultraschall zur Kontrolle ist absolut notwendig", stammelte ich zaghaft. Nichts zu machen. Das einzige, was mir der Arzt heute bieten konnte, war eine Tastkontrolle meines Muttermundes, ob dieser fest und verschlossen war.

Super, das war ungefähr so, als hätte man dem Kind nun gesagt, Weihnachten falle zwar für heute aus, dafür bekäme es aber neue Socken.


*20. Woche:*

Stillen oder nicht? Die Experten des World Wide Web wollen wissen, ob ich noch unentschlossen bin. Für einige Frauen könne es sinnvoll sein, mit der Vorbereitung der Brust auf das Stillen langsam zu beginnen. Welche Methode frau auch immer wählen würde, die Flasche oder das Stillen, darin unterscheide sich nicht die gute von der schlechten Mutter. Übrigens: Ich soll nicht erschrecken, wenn aus dem Busen schon jetzt vereinzelt ein wenig Milch tropfe. Die natürliche Vorbereitung meines Körpers auch auf die Zeit nach der Geburt sei bereits in vollem Gange.

Vor Sex in der Schwangerschaft bräuchte ich weiterhin keine Angst zu haben. Normalerweise sei das Baby sehr sicher in der Gebärmutter, es werde vom Fruchtwasser wie von einem Kissen geschützt, und ein Schleimpfropf versiegle den Gebärmutterhals. Selten nur rate der Frauenarzt von Geschlechtsverkehr ab, um eine Fehlgeburt zu vermeiden. Eines aber sei wichtig: Dass es nicht unbequem oder unangenehm wird. Wenn der Bauch im Weg sei, könne frau mit anderen Positionen experimentieren.

Ob ich dazu Lust hätte, sei allerdings eine ganz andere Frage, denn die Libido (wie die Psyche insgesamt) verändere sich häufig während der Schwangerschaft. Manche Frauen würden gar nicht mehr an Sex denken, andere wiederum genössen es genauso wie vorher, und wieder andere spürten ein viel stärkeres Verlangen. Meist sei es eher so, dass die Libido im ersten und dritten Drittel schwächer und im mittleren Drittel stärker sei.

Mein Baby entwickelt sich laut Internet jetzt nicht mehr ganz so rasant wie bisher. Es legt jetzt kleine Fettpolster an, die später für die Wärmeregulierung sehr wichtig sind. Außerdem trinkt es täglich ungefähr 400 Milliliter Fruchtwasser und scheidet es über seine Harnwege wieder aus. So trainiert es sowohl den Schluckvorgang als auch seine Nieren. Das ist eine gute Übung für den Verdauungsapparat. Ein Teil des Fruchtwassers wandert in seinen großen Darmtrakt, der andere Teil wird direkt wieder ausgeschieden. Anschließend trinkt das Baby erneut - ein Kreislauf hat begonnen. Die Plazenta bildet ständig neues Fruchtwasser, weil das Kind größer wird und sein Bedarf steigt. Mein Baby ist jetzt ganz von Käseschmiere bedeckt, die seine empfindliche Haut im Fruchtwasser schützt. Die Substanz erleichtert auch die Geburt. Eine Messung der Scheitel-Steiß-Länge ist jetzt praktisch nicht mehr möglich, so gekrümmt liegt mein Bauchzwerg schon in der Fruchthöhle. Deshalb wird von nun an die Entwicklung des Kindes anhand des Kopfdurchmessers im Ultraschall beurteilt. Zur Einschätzung des fetalen Gewichts werden verschiedene Messwerte (z.B. die Länge des Oberschenkelknochens, der Bauchumfang usw.) in eine Rechenformel eingegeben. Das Gewicht des Kindes wächst kontinuierlich und dürfte derzeit bei etwa 300 Gramm liegen.

Wenn ich es nicht schon getan habe, soll ich mich jetzt nach einem Geburtsvorbereitungskurs umsehen. Perfektes Timing sei es, wenn ich bis zur 37. Woche mit dem Kurs fertig wäre, dann sei ich super vorbereitet, wenn es mit der Geburt etwas eher losgehen sollte. Außerdem soll ich besonders darauf achten, dass ich genügend Eisen zu mir nehme. Mein Baby benötige es unter anderem, um rote Blutkörperchen zu produzieren. Es sei gar nicht so einfach, allein durch Lebensmittel die nötige Menge zu sich zu nehmen, ohne sich zu überessen. Eisenhaltige Lebensmittel sind mageres rotes Fleisch, Geflügel, Fisch, Linsen, Spinat und eisenhaltiges Getreide.

Meine Gebärmutter ist laut Experten ordentlich gewachsen. Die Oberkante dürfte nun auf Höhe meines Bauchnabels sein. Von nun an werde sie ungefähr einen Zentimeter pro Woche wachsen. Viele schwangere Frauen hätten Angst, dass sie während der Wehen und der Geburt des Kindes nicht mit den Schmerzen klarkommen. Einige Frauen würden darum erwägen, sich einem so genannten Wunsch-Kaiserschnitt zu unterziehen, um dem Problem komplett aus dem Weg zu gehen, aber dies sei nicht notwendigerweise die bessere Wahl. Schließlich sei ein Kaiserschnitt mit höheren Risiken verbunden als eine normale Entbindung, und auch hier seien Schmerzen mit im Spiel, wenngleich erst nach der Geburt. In den Entbindungseinrichtungen gebe es viele effektive Methoden für die Schmerzlinderung wie zum Beispiel die Wassergeburt, die es vielen Frauen ermögliche, ohne Medikamente die Schmerzen der Wehen besser zu ertragen. Je mehr ich schon vorher über das Thema wüsste, desto besser hätte ich meine Situation unter Kontrolle, und desto weniger Sorgen würde ich mir machen. Während der Schwangerschaft nachts selig zu schlummern, könne schwierig werden, insbesondere wenn ich

Sodbrennen oder Magenverstimmungen hätte. Falls das der Fall sei, stünde essen nicht ganz oben auf meiner Wunschliste. Dennoch oder vielleicht auch deshalb wachten einige Schwangere nachts mit Hungerattacken auf und müssten erst eine Mitternachtsmahlzeit zu sich nehmen, bevor sie zurück ins Bett schlüpfen könnten. Ein anderer Grund für schlaflose Nächte könnte der Ellenbogen meines Partners sein, der mich unangenehm in die Rippen stößt. Schwangerschaft könne nämlich unglücklicherweise begünstigen, dass die Nase verstopft, und das führe oftmals – ganz undamenhaft – zu lautem Schnarchen.

19+1:

Entgegen aller Zeichen und Vermutungen hat sich heute beim Frauenarzt-Termin eines gezeigt: Wir kriegen eindeutig einen Jungen!

Alle Vorahnungen, alle Träume, das Pendel und die Intuition haben sich geirrt. Was wir da auf dem Monitor der Arztpraxis erblickten, ließ keine Zweifel zu: Das winzige Corpus Delicti hat uns quasi angesprungen! Wir freuen uns so.

Unser kleiner Junge ist gesund, mit allen Gliedmaßen und Organen ausgestattet, seinem Alter entsprechend entwickelt und super aktiv: Er hat während des gesamten Ultraschalls gezappelt, gestrampelt, gewinkt, genuckelt und sich umgedreht. Man konnte genau die kleinen Finger sehen und auch das Gesicht. Naja, und ganz deutlich hat unser Junior zweimal sein bestes Stück in die Kamera gehalten - wie Jungs eben so sind.

Ach, jetzt wo wir wissen, dass es ein Junge ist, bin ich noch aufgeregter. Es wird immer realer!

Der zukünftige Vater freut sich natürlich riesig und sieht sich schon mit seinem Sohnemann basteln, schrauben und Männersachen machen.

**Oktober**

19+2:

Nun, da wir wissen, dass wir einen Jungen bekommen, will absolut jeder von uns wissen, wie er denn nun heißen wird. Momentan sind wir noch bei Noah. Ansonsten finde ich auch Mio, Emil oder Oskar gut. Allerdings finde ich es noch immer total schwierig, fast schon unmöglich, dieser verantwortungsvollen Aufgabe gerecht zu werden, unserem Kind einen Namen zu geben. Darum habe ich momentan an jedem Namen Zweifel: Ist Noah womöglich zu biblisch? Wird er Freunden und Familie gefallen? Naja, allen recht machen kann man es wahrscheinlich ohnehin nicht. Aber mein Kind soll auf keinen Fall wegen seines Namens gehänselt werden können. Bei Mädchennamen wäre es viel einfacher gewesen, da gibt es so unfassbar viele wunderschöne Namen. Schöne Jungennamen sind, finde, ich schon seltener. Woher soll man bloß wissen, welcher Name der richtige ist?

19+4:

Heute bin ich eine fürchterliche Heulsuse: Ununterbrochen habe ich Tränen in den Augen.

Und warum? Weil wir heute sicher und endgültig beschlossen haben, dass unser kleiner Junge Noah heißen wird! Ich habe gleich im Internet eine winzig kleine weiße Mütze mit dem Namenszug "Noah" ersteigert, um die Sache dingfest zu machen. Auf einen winzigen gestreiften

Strampler mit der Arche Noah darauf biete ich derzeit. - Wehe dem, der ihn mir wegschnappen will. Dieser Anzug gehört meinem Sohn!

Nun jedenfalls bin ich so dankbar, dass wir einen Noah bekommen, dass ich ständig total gerührt und überwältigt bin und mir die Tränen kullern. Irgendwie passend, irgendwie unpassend erscheint dazu in regelmäßigen Abständen weiterhin jenes glücklich-dümmliche Grinsen in meinem Gesicht, dass mir nun schon von den letzten Tagen bekannt ist.

## *21. Woche:*

Mein Baby ist ein Langschläfer. 16 bis 20 Stunden am Tag schläft es, manchmal tief, manchmal leicht. Den Rest seines Tages verbringt er mit Purzelbaumschlagen und aktivem „Sportprogramm". Manchmal kann ich die Stöße nun auch schon an der Bauchdecke beobachten - der Bauch beult sich an einer Stelle plötzlich aus. Jetzt kann laut Internet-Experten auch mein Partner sein Baby deutlich spüren. Das Baby misst von Kopf bis Fuß rund 21,5 Zentimeter und wiegt ca. 335 Gramm.

Jede zweite Frau leide in dieser Zeit an Sodbrennen, das heißt, dass der Schließmuskel zum Magen durch den Druck der Gebärmutter manchmal offen stehen bleibe - dadurch fließe Säure zurück. Einfache Hausmittel könnten Linderung bringen. Manchmal helfe schon ein Glas Milch oder das lange Kauen von Haselnüssen oder Mandeln. Durch vermehrte Wassereinlagerungen könnten Hände und Füße leicht anschwellen. Das sei unangenehm, aber normal. In jedem Fall soll ich auch diese Beschwerde beim nächsten Arztbesuch ansprechen, gegebenenfalls werde er die Ursachen hierfür genauer untersuchen.

Die Wahrscheinlichkeit, dass ich Rückenschmerzen habe oder noch bekomme, sei recht hoch, denn je dicker der Bauch werde, umso mehr Arbeit müsse die Rückenmuskulatur leisten. Gute Haltung sei jetzt doppelt wichtig: Ich soll immer so gerade wie möglich stehen und das Becken nicht nach vorne kippen lassen. Bei längerem Sitzen soll ich mit einem kleinen Kissen meinen Rücken im unteren Bereich abstützen. Rückenschmerzen würden nachlassen, wenn ich eine Weile flach auf dem Rücken liegen und den Kopf und die Unterschenkel mit einem Kissen etwas höher lagern würde.

Dass ich eventuell immer empfindlicher auf Hitze reagiere, liege an der gesteigerten Schilddrüsenaktivität. Ändern könne ich das nicht, aber ich könne mich damit arrangieren: Ich soll luftige Kleidung tragen, möglichst in Schichten, damit ich bei Hitzewallungen schnell etwas ausziehen könne. Schwangere würden leider auch mehr schwitzen. Außerdem wird mir ans Herz gelegt, mindestens zweimal in der Woche Seefisch zu essen – das sei wichtig für die Jodversorgung.

Manche Frauen würden jetzt schon ab und zu ein schmerzloses Hartwerden der Gebärmutter spüren. Das seien Vorwehen, die eine nur harmlose Körperübung darstellten. Würden sie allerdings sehr häufig, regelmäßig und schmerzhaft, soll ich meinen Frauenarzt informieren. Es könnte sich dann um echte vorzeitige Wehen handeln.

Wenn bei einer Vorsorgeuntersuchung Zucker im Urin gefunden werde, müssten weitere Kontrollen und eventuell ein Glucose-Belastungstest durchgeführt werden. Ein

Schwangerschaftsdiabetes könne meist schon durch eine Ernährungsumstellung reguliert werden. Nur selten sei es nötig, Insulin zu spritzen.

Die Haut meines Kindes wird dicker und rötlich. Sie ist noch immer mit den Lanugohaaren bedeckt, die sowohl schützen als auch die Körpertemperatur regulieren. Diese Behaarung verschwinde normalerweise im 9. Schwangerschaftsmonat, was bei der Geburt als Reifezeichen gewertet wird. Die meisten Babys öffnen jetzt bald die Augenlider, die schon Wimpern haben. Aber weil es in der Gebärmutter so dunkel ist, wird das Sehvermögen vor der Geburt noch nicht besonders trainiert. Die Nasenlöcher sind ebenfalls schon offen. Sein kleines Herz schlägt ca. 150mal in der Minute und transportiert dabei 100 Liter Blut pro Tag. Mein Baby kann Atembewegungen ausführen, schlucken, husten und am Daumen lutschen, es wiegt jetzt um die 360 Gramm und ist circa 26,7 Zentimeter lang vom Scheitel bis zum Zeh. Die Augenbrauen und Augenlider sind vollständig entwickelt und Fingernägel bedecken die Fingerspitzen.

Wenn ich spreche, lese oder singe, kann ich laut Online-Experten davon ausgehen, dass mein Baby mich hört. Einige Studien hätten ergeben, dass Neugeborene energischer saugen, wenn ihnen aus einem Buch vorgelesen wird, das sie schon häufiger im Mutterleib gehört haben. Wenn ich es ausprobieren wolle, soll ich laut aus einem Buch vorlesen. Wenn ich es dann später meinem Kind nach der Geburt immer wieder vorlesen würde, könnte es für lange Zeit seine Lieblings-Gute-Nacht-Geschichte werden. Auch der Papa solle ruhig schon mit seinem Kind sprechen. Es sei wunderbar zu sehen, wenn der Vater sein Kind nach der Geburt auf den Arm nimmt und das Kleine sich sofort beruhigt, weil es seine vertraute Stimme hört.

Die Experten meinen außerdem zu wissen, dass ich mich in diesen Tagen wahrscheinlich sehr wohl fühle. Es soll tatsächlich die angenehmste Zeit meiner Schwangerschaft sein. Ich sei noch nicht zu dick und die üblichen Beschwerden, die eine Schwangerschaft mit sich bringe, wie Übelkeit, ständiger Blasendruck und Müdigkeit seien meist verschwunden. Ich soll mich entspannen und die Zeit genießen, wenn ich kann. Das letzte Drittel steht vor der Tür. Mit ihm kämen wieder einige kleinere Beschwerden auf mich zu.

Viele Frauen seien nun schnell außer Atem und schnauften schon nach der kleinsten Treppe wie eine Lokomotive. Leichte Atemlosigkeit sei ganz normal. Sie werde noch ein bisschen schlimmer, wenn die wachsende Gebärmutter irgendwann gegen die Lunge stößt. Es könne sein, dass ich mich in der Schwangerschaft wie eine Einzelkämpferin fühle, aber das müsse nicht so sein. Falls mein Partner bei den Wehen dabei sein wird, müsse er wissen, wie er mir helfen und meinen Willen bei der Krankenhaus-Belegschaft durchsetzen kann.

20+1:

Noah geht es, glaube ich, sehr gut: Er trampelt munter in mir herum. Die Bewegungen werden immer stärker. Das ist so schön! Noch ist es lustig, mal sehen, wann es anfängt unangenehm zu werden.

Und mein Bauch wird immer dicker. Schuhe anziehen wird schon langsam unangenehm und recht beschwerlich. Wo soll das bloß noch enden? Ich habe ja noch einiges vor mir! Manchmal fürchte ich mich etwas...

Noahs Tante Sarah und seine kleine Cousine Zoe sind für ein paar Tage bei uns eingekehrt. Es ist absolut unglaublich, wie vollgestopft Sarahs Auto war, als sie hier ankam. Als würde sie nicht nur einige Tage bleiben wollen, sondern plante auch noch heimlich auszuwandern - mit allem Hab und Gut: Klar Baby Zoe und Hund Juno nehmen schon Platz ein, dann noch der Kinderwagen - da ist so ein Kleinwagen schnell ausgelastet. Aber was sie an Kisten und Taschen sonst noch dabei hatte, war der pure Wahnsinn! Da wird einem erstmal bewusst, was so auf einen zukommt. Ich meine, mal eben spontan wegfahren können wir ja ohnehin schon nicht wegen der Tiere, aber unser Auto ist genauso groß (oder eher genauso klein) wie Sarahs. Allerdings sind wir zu zweit und unsere Hunde sind auch zu zweit - wie sollen wir das denn machen? Oh je, ich fürchte, wir brauchen tatsächlich in absehbarer Zeit ein größeres Auto. Möglicherweise einen LKW, denn wir kriegen ja jetzt gerade mal uns, die Hunde und Gepäck für einige Tage in unser Schlumpf-Auto. Gar nicht dran zu denken, wie und wo da noch ein Baby mit Zubehör reinpassen soll - geschweige denn, ein Kinderwagen!

20+2:

Vorhin waren Sarah, Zoe und ich zu Besuch bei meiner Freundin Inken und ihrem kleinen Sohn Asbjörn. Es war schon interessant zu sehen, dass Asbjörn bereits doppelt so groß und schwer ist wie Zoe, obwohl er nur gut 2 Monate älter ist als sie. Allerdings hat er auch bei der Geburt schon 1,5 Kilogramm mehr gewogen als meine winzige Nichte.

Ich bin wahnsinnig gespannt, wie groß und schwer mein Noah bei der Geburt sein wird. Ob es wohl meistens so ist, dass die Jungs größer und schwerer sind? Laut Internetumfrage kann man das wohl nicht verallgemeinern, aber ich denke schon, dass Jungs häufiger kräftiger sind als die Mädels. Außerdem ist Noah ja schon jetzt immer ein paar Tage "weiter" in seiner Entwicklung, wenn man unserem Arzt glaubt.

Oh weh! Hoffentlich bekomme ich kein Riesenbaby! Wie soll ich das denn auf die Welt bringen? Ich sage nur: Apfel will durch Knopfloch...


20+3:

Sarah und ich waren heute auf großer Babyshopping-Tour. Wir haben ganz in der Nähe zwei Second-Hand-Läden für Babyzubehör entdeckt. Ach, es war ja so schön in den Sachen herumzuwühlen und Schätze für mein Baby zu erstöbern. Allerdings habe ich mich doch sehr beherrscht. Einen kleinen hellblauen Nicki-Strampler konnte ich dann aber doch nicht liegen lassen.


20+4:

Hurra, ich glaube, ich habe Noah heute das erste Mal von außen gespürt! Zwar noch ganz leicht, aber da war etwas - eindeutig!

Nun wird auch der Papi bald seinen Sohn spüren können.

*22. Woche:*

Babys Proportionen sind nun besser auf den Kopf abgestimmt, der nicht mehr so riesig erscheint. Die Gesichtsmerkmale ähneln inzwischen schon sehr denen eines Neugeborenen. Die nächste Vorsorgeuntersuchung steht an. Der Arzt kontrolliert dabei, ob das Kind sich normal entwickelt, wie schnell sein Herz schlägt, wo die Plazenta sitzt und wie das Kind im Bauch liegt. Kopfumfang, Brustumfang und Länge des Babys werden gemessen und mit dem errechneten Geburtstermin verglichen. Geprüft wird auch, ob der Muttermund gut verschlossen ist und ob keine Scheideninfektion vorliegt.

Die Körperpflege wird laut World Wide Web nun immer wichtiger, da das Gewebe von Bauch und Brust durch das rasche Wachstum unter extremer Belastung steht. Die ersten Schwangerschaftsstreifen können auftauchen. Diese würden auch nach der Geburt nicht mehr verschwinden, aber mit der Zeit wieder verblassen. Auf jeden Fall soll ich mein Gewebe durch Massage und regelmäßiges Einreiben mit Hautöl oder Creme unterstützen.

Die sogenannte Rückbildungsgymnastik sei auch schon vor der Geburt sinnvoll. Zur Stärkung meiner Beckenbodenmuskulatur und als Vorbereitung für eine leichtere Geburt soll ich mehrmals täglich diese Muskeln anspannen und wieder entspannen. Niemand würde etwas davon merken, und ich würde damit die lästige Harninkontinenz nach der Geburt vermeiden. Eine gute Übung zur Vermeidung von Rückenschmerzen und zum Training der Bauchmuskulatur sei die Beckenwiege - das Schambein wird dabei nach vorne und oben bewegt - die man im Stehen, Liegen oder Sitzen durchführen kann.

Die Hüftgelenke würden beweglicher und der Beckenboden elastischer, wenn ich so oft es geht in der Hocke sitzen würde. Bei der Geburt werde mir das enorm helfen.

Mein Baby wiegt jetzt beinahe 430 Gramm und misst knapp 29 Zentimeter vom Scheitel bis zur Sohle. Die Lippen sind ausgeprägt und die Augen geformt. Die Bauchspeicheldrüse, unverzichtbar für die Hormonproduktion, wächst stetig. Die ersten Anzeichen der Zähne zeigen sich in Form von kleinen Zahnknospen unterhalb des Kiefers. Die klugen Köpfe im Internet mutmaßen, dass ich wahrscheinlich zwischen 5,4 und 6,8 Kilo zugenommen habe. Von jetzt an werde mein Gewicht stetig klettern, ungefähr 225 Gramm die Woche. Eventuell bekäme ich Heißhunger auf bestimmte Lebensmittel.

Es fiele schwer, elegant zu wirken, wenn man schwanger ist. Ich soll also nicht überrascht sein, wenn ich mir in diesen Tagen tollpatschig vorkomme. Außerdem würden sich aufgrund der Schwangerschaftshormone die Gelenkbänder in den Fingern und Zehen lockern. Ich soll also besonders aufpassen, wohin ich trete. Mich könnte die Frage beschäftigen, wieviel Gewicht ich am Ende der Schwangerschaft zugelegt haben werde. Die meisten Ärzte sähen das inzwischen sehr gelassen. Ich soll es genauso machen und mir selbst eine kleine Pause in Sachen schlanke Linie gönnen und bloß nicht jetzt schon über eine Diät nachdenken, die ich nach der Geburt des Babys beginnen will. Mein Körper werde in den ersten Monaten nach der Schwangerschaft alle Nährstoffe brauchen, die er bekommen kann. Trotzdem soll ich meine Hebamme oder meinen Arzt fragen, wenn mein Gewicht schlagartig nach oben oder unten schnellt. Dann werde gemessen, ob mein Bauchumfang zu meiner Schwangerschaftswoche passt.

Wenn ich runder als normal sei, dann müsste die Ursache dafür herausgefunden werden.


21+1:

Irgendwie bin ich im Entrümpelungswahn: Ich sortiere alles aus, was nicht niet- und nagelfest ist, um es im Internet zu versteigern. Ich kann mich richtig gut von allem trennen. Das kenne ich sonst nicht von mir, denn normalerweise kann ich nichts hergeben. - Das muss ein Vorbote vom Nestbautrieb sein, denn ich gedenke die aus meinen Internetverkäufen resultierenden Gewinne natürlich umgehend in den Dachbodenausbau zu investieren.

Mein Mann und ich können es wirklich kaum noch erwarten, bis der Dachausbau fertig ist und unser Baby kommt. Allerdings muss ich zugeben, dass bisher *er* den weitaus stärker ausgeprägten Nestbautrieb an den Tag legt: Nach einem 12 Stunden-Arbeitstag kommt er abends nach Hause, gibt mir einen Begrüßungskuss - und verschwindet augenblicklich in Richtung Baustelle Dachboden.

Ich kann mir nicht erklären, woher der Mann diese scheinbar unerschöpfliche Energie, Motivation und Kraft nimmt, so enorm viel zu arbeiten. Das muss wohl tatsächlich eine Art hormonbedingter Nestbautrieb sein. Dagegen komme ich mir wirklich extrem unnütz und faul vor! Noch mehr, also ohnehin schon.

Naja, immerhin erschaffe ich in der Zwischenzeit mal eben einen neuen Menschen - dann wird mein Mann wohl einen Dachboden ausbauen können. Der Unterschied ist eben nur, dass man meine Arbeit nicht so offensichtlich von außen wahrnehmen kann. Zwar macht mein Bauchwachstum auch äußerliche Fortschritte, aber im Vergleich zum Dachbodenausbau sieht das natürlich deutlich weniger anstrengend und spektakulär aus. Da ich aber abends genauso müde ins Bett falle wie mein fleißiger Ehemann, scheint der Energieaufwand für unsere Projekte etwa gleich groß zu sein. Im Grunde ist es ja auch vergleichbar - eine Art Wettlauf könnte man sagen: Wer zuerst fertig ist, hat gewonnen!

Da bin ich aber mal gespannt, was zuerst fertig sein wird: Unser Baby oder unser Dachboden.

21+3:

Oh Mann, ich habe seit gestern solche Rückenschmerzen! Ich kann weder sitzen noch stehen. Eigentlich kann ich nur liegen. Ich schätze, mein kleiner Schatzi wächst gerade wieder ganz fürchterlich, und es handelt sich um Dehnungsschmerzen. Das Magnesium, das der Frauenarzt mir empfohlen hat, scheint irgendwie nicht zu wissen, dass es meine Schmerzen lindern soll.

21+4:

Wir hatten Besuch von meinen Schwiegereltern. Irgendwie hat es mich die ganze Woche vor dem Besuch gegraust. Also natürlich nicht vor dem Besuch an sich, aber vor der Tatsache, dass wir zusammen Essen gehen wollten. Da ich ja nach wie vor nicht ganz entspannt bin, was das Essen generell und das außer-Haus-essen und Autofahren im besonderen angeht (was das letzte Mal passiert ist, ist mir leb- und vor allem schmackhaft in Erinnerung geblieben!), habe ich mir die ganze Zeit die schlimmsten Szenen vorgestellt: Wie ich im Restaurant nichts Passendes zu essen für mich finde, weil ich mich vor allem ekle. Wie mir dann im Restaurant schlecht wird, weil ich aus Höflichkeit irgendetwas bestellt habe, um nicht als Psychopathin dazustehen. Wie ich das gute Auto meines Schwiegervaters ruiniere, weil ich mich auf der Rückfahrt mehrfach unhaltbar übergeben muss, weil sein doch recht sportlicher Fahrstil meine Übelkeit noch gesteigert hat. Wie er daraufhin fürchterlich mit mir schimpft und uns spontan enterbt. Und immer so weiter.

Kurzum: Der Besuch stand mir bevor. Mein emphatischer Ehemann hatte für meine bildhaften Fantasien keinerlei Verständnis, was ich ja irgendwie sogar verstehen konnte. Aber somit hatte ich von seiner Seite her dies bezüglich keine Unterstützung zu erwarten.

Zum Glück lief aber alles gut: Mein treusorgender Begleiter ermahnte seinen Vater schon auf der Fahrt zum Restaurant, umsichtiger zu fahren. Ansonsten hätte er selber Schuld. Im Restaurant gab es zwar nicht das Essen, welches ich mir erhofft hatte, aber meine alternative Wahl hat sehr gut geschmeckt und ist mir hervorragend bekommen. Mir ist überhaupt nicht schlecht geworden, und ich war nicht gezwungen, Schwiegervaters Auto zu ruinieren. Der Tag war also nicht nur halb so schlimm sondern sogar richtig schön. Vielleicht sollte ich mich einfach nicht so stressen. Oder eben doch - denn auf diese Weise kann ich ja eigentlich nur positiv überrascht werden. Das hat auch was!

21+5:

Na toll, jetzt musste ich doch glatt heulen, weil meine Mutter mir per Email erzählt hat, dass sie für Noah eine Stoff-Giraffe gekauft hat. Also wirklich, ich schäme mich ja für mich selbst, aber das fand ich irgendwie so rührend. Vor allem, weil sie geschrieben hat "Ich habe für *Noah* eine Stoff-Giraffe gekauft..." - Dieses "für Noah", also dass sie meinen Bauchzwerg schon beim Namen genannt hat, fand ich so bewegend, weil es mir wieder so deutlich gemacht hat, dass da ein neues Familienmitglied in mir heranwächst. Und das sich alle auf ihn freuen. Und dass sie auch seinen Namen akzeptieren. Einfach, dass es immer realer wird...

Unser Baby hat einen Namen - und eine Stoff-Giraffe. - Wie könnte man darüber nicht vor Freude weinen?!


## *23. Woche:*

Vorwarnung der Online-Experten: Kribbeln, schwere Beine, Krampfadern, Wadenkrämpfe und Hämorrhoiden sind die nächsten möglichen Quälgeister meiner Schwangerschaft. Bei Bedarf würde der Arzt eine geeignete Therapie, zum Beispiel Magnesium bei Wadenkrämpfen und Kompressionsstrümpfe bei Krampfadern verschreiben. Zur Vermeidung wird folgendes empfohlen: viel Bewegung, heiß-kalte Wechselduschen, Beine oft hochlagern, niemals mit überkreuzten Beinen sitzen, Stützstrumpfhosen und möglichst flache Schuhe tragen. Juckende oder schmerzende Hämorriden hätten dieselbe Ursache wie Krampfadern und verschwänden meist nach der Geburt wieder. Vorbeugen könne frau durch ballaststoffreiche

Ernährung und viel Flüssigkeitszufuhr. Sollte das nicht helfen, könne der Frauenarzt eine beruhigende Salbe verschreiben. Lauwarme Bäder mit Kamille oder Eichenrindenextrakt seien ebenfalls juckreizlindernd.

Beim Autofahren soll ich darauf achten, dass die Sicherheitsgurte nicht über den Bauch geführt werden, sondern unter- und oberhalb.

Der obere Rand der Gebärmutter erreicht nun schon fast den Rippenbogen. Stechende Schmerzen würden in den nächsten Wochen immer häufiger auftreten. Dazu käme Sodbrennen, wenn das Baby auch noch gegen den Magen tritt. Auch im Becken seien die Auswirkungen der enormen Raumforderung oft schmerzhaft spürbar. Der Halteapparat der Gebärmutter, die Mutterbänder, würde vom zunehmenden Gewicht stark gedehnt. Ich soll weiterhin zwischendurch mehr Pausen einlegen und versuchen, möglichst wenige Arbeiten im Stehen zu erledigen.

Das Verdauungssystem meines Kindes arbeitet schon und kann Nährstoffe im Darm aufnehmen. Die Lungen sind dagegen noch sehr unreif. Erst am Ende des 8. Monats könnten sie ihre Funktion erfüllen. Frühgeborene hätten deshalb vor allem Schwierigkeiten mit der Atmung. Das Baby kann jetzt recht komplizierte Handbewegungen ausführen und unverwechselbare Fingerabdrücke hinterlassen. Wenn es jetzt zur Welt kommen würde, hätte es, mit der richtigen Versorgung, gute Chancen zu überleben (ungefähr 85 Prozent). Die Fortschritte in Wissenschaft und Technologie machten es möglich, dass ein Baby ab der 24. Woche notfalls außerhalb des Mutterleibes weiter wachsen könne.

## 22+0:

Meine Hebamme Hilke war wieder da. Der zukünftige Papi hatte frei, um sie auch endlich kennen zu lernen. Wir haben stundenlang geschwatzt und Tee getrunken, und letztendlich hat sie mit ihrem elektronischen Hörrohr Noahs Herztöne für alle hörbar gemacht. Es war wunderschön zu hören, wie das Herz unseres Babys munter klopfte.

Sogar die Hunde waren vollkommen fasziniert von den Geräuschen. Ich glaube, sie sahen ihre Theorie irgendwie bestätigt, dass da "was im Busch ist". Ich bin mir zwar nicht sicher, in wie weit sie verstehen können, dass ich quasi trächtig bin, aber ich glaube schon, dass sie ahnen, dass ich ihnen bald einen Welpen ins Nest lege.

Hilke hat mich vorgewarnt, es wäre wahrscheinlich, dass sich mein Verhältnis zu den Hunden über kurz oder lang verschlechtern würde, da Mütter meistens aus hygienischen Gründen und aus Angst, dem Baby könne etwas zustoßen, Haustiere zumindest zeitweise als störend empfinden. Ich muss sagen, dass ich mir das aber gar nicht vorstellen kann, da ich unsere Hunde wirklich liebe und wirklich keinerlei Angst habe - zumindest bisher -, dass die Hunde dem Baby etwas tun könnten. Ich habe ja nun schon häufiger gesehen, wie lieb und vorsichtig sie mit Zoe und Asbjörn umgehen. Außerdem habe ich nicht vor, Eifersucht aufkommen zu lassen.

Ich hoffe nun wirklich inständig, dass Hilke Unrecht hat. Ich möchte auf gar keinen Fall meine Hunde als störend empfinden und zurückweisen - das würde ihnen das Herz brechen, und mir auch. Aber wie gesagt: Ich denke nicht, dass das passieren wird!

22+2:

Mit einem hatte Hilke aber tatsächlich recht: Ich bin viel pingeliger geworden, was die Sauberkeit angeht. Zwar bin ich noch nicht wirklich pedantisch, aber ich putze deutlich mehr und vor allem gründlicher als bisher. Naja, solange das keine krankhaften Ausmaße annimmt, sehe ich das eher positiv. Da mein Putzwillen bisher eher schwächer ausgeprägt war als vielleicht nötig, kann es hier niemandem schaden, wenn ich häufiger mal zu Besen oder Putzlappen greife. Heute waren jedenfalls die Fenster dran.


22+4:

Heute konnte der stolze Vater Klein-Noah das erste Mal deutlich spüren, als er seine Hand auf meinen Bauch gelegt hat. Endlich! Bisher war es irgendwie immer so, dass Noah mucksmäuschenstill und regungslos war, sobald eine andere Hand als meine, speziell aber die väterliche sich auch nur meinem Bauch genähert hat. Ich glaube, es reichte schon, wenn er meine Stimme gehört hat, wenn ich meinem Mann gesagt habe, er solle mal fühlen. Oder es lag daran, dass ich irgendwie vor Spannung und Konzentration die Luft angehalten oder zumindest meine Atmung verändert habe, weil ich wollte, dass der Papi seinen Sohn endlich auch spüren kann.

Manchmal hatte ich schon das Gefühl, mein kritischer Ehemann denkt, ich würde mir die Bewegungen nur einbilden, weil er nie was gemerkt hat. Oder dass er beleidigt war, dass ich immer etwas merke und er nie. Ich wollte nicht, dass er sich ausgeschlossen fühlt.

Heute jedenfalls lagen wir gemütlich im Bett und haben auf dem Laptop eine Babysendung via Internet angeschaut. Der Vater in spe hat schon fast geschlafen, da hat Noah voll aufgedreht - und der Papa hat ein paar Boxer direkt in seine Handfläche bekommen. Ich bin so glücklich!


22+5:

Gerade dachte ich, ich traue meinen Ohren nicht: Ich hatte zum ersten Mal meine Umstands-Latzhose an, und als mein liebevoller Mann mich erblickte, sagte er doch glatt, ich sähe entzückend aus! *Entzückend!* Und das aus dem Munde eines Mannes... Unvorstellbar. Dass ich "süß" aussehe oder "hübsch", das habe ich ja von meinem Mann und auch von anderen Personen schon häufiger gehört, aber "entzückend" ist in etwa das letzte Wort, dass ich jemals aus dem Mund meines Mannes erwartet hätte. Ich meine, ich finde es schön, dass er mich entzückend findet und es mir auch noch sagt. Aber die Wortwahl an sich ist einfach so ungewöhnlich, dass ich mich fast erschrocken habe.

Da kann man es mal wieder sehen, Babys wecken das Beste in ihren Eltern: Ich kriege einen Putzfimmel und finde Gefallen am Kochen. Und mein Mann benutzt Worte wie "entzückend"! Was wohl noch alles passiert, womit ich niemals gerechnet hätte?

22+6:

Eben habe ich mit meiner Mutter telefoniert, und - ich mag es kaum realisieren - sie hat mir gestanden, dass sie sowohl bei meiner Geburt, als auch bei der Entbindung meines Bruders einen Dammschnitt bekommen hat.

Oh Gott! Das bedeutet doch bestimmt, dass ich auch einen Dammschnitt brauchen werde. Ich will keinen Dammschnitt! Habe ich nicht klar und deutlich gesagt, dass ich keinen Dammschnitt möchte? Wieso erzählt sie mir so etwas Schreckliches? - Naja, wahrscheinlich, weil ich gefragt habe und sagte, sie soll bitte ehrlich sein. Aber: Warum erzählt sie mir das? Wäre das nicht der geeignete Zeitpunkt für eine Notlüge gewesen? Hätte sie mir nicht nach Noahs Geburt erzählen können, dass sie *zwei* Dammschnitte bekommen hat? Nein, sie sagt mir das vorher. Und dazu noch am Telefon...

Und dann hat sie mir noch erzählt, dass sie bei beiden Geburten einen Einlauf bekommen hat und die ganze Zeit in den Wehen... - naja, also dass ich und mein Bruder nicht das einzige waren, was an diesem Tag das Licht das Welt erblickt hat... Ich kann mich gar nicht entscheiden, was ich schlimmer finde: Dammschnitt oder Stuhlgang während der Geburt.

Wieso offenbaren die Leute einem solche Geschichten eigentlich immer erst, wenn man bereits schwanger ist und nicht mehr zurück kann? Wahrscheinlich ist genau das der Grund: Man kann nicht mehr zurück. Würden alle Frauen, die bereits schwanger waren und entbunden haben, jenen Frauen, die alles noch vor sich haben, immer die ganze Wahrheit vorher erzählen, dann wäre die Menschheit wohl längst ausgestorben.

Ab heute verstehe ich die Frauen, die einen Wunsch-Kaiserschnitt machen lassen ein bisschen besser. Allerdings fällt mir dazu nur die Leidensgeschichte meiner Schwägerin Sarah ein: Sie hatte einen Kaiserschnitt, allerdings nicht auf Wunsch, sondern weil sich Zoe in Becken-Endlage befand. Und ihre Narbe war danach wochenlang entzündet. Sie hatte sogar eine Gebärmutterentzündung, weil Keime von außen in die Wunde gewandert sind oder weil die Ärzte nicht steril gearbeitet haben oder warum auch immer. Jedenfalls hat ihr *das* vorher auch niemand erzählt. Keiner hat ihr gesagt, dass ein Kaiserschnitt eben auch kein Spaziergang ist.

Herrje: Menschen können auf dem Mond herumspazieren - gibt es denn keine Möglichkeit, einer Frau eine angenehme, schmerzfreie Geburt ohne totale Erniedrigung zu ermöglichen?


## *24. Woche:*

Der Kopfdurchmesser meines Babys hat jetzt rund 6,1 cm erreicht. Vom Scheitel bis zur Sohle ist der kleine Knirps nun rund 26 cm groß. Er wiegt ca. 500 Gramm, vergleichbar mit zwei Stück Butter. Die Augen sind zwar noch geschlossen, aber es wachsen schon die Wimpern. Die Augenbrauen zeichnen sich ab, die geschlossenen Lieder verbergen schon die Augenfarbe meines Kindes. Dieses hat nun seinen eigenen Schlaf- und Wachrhythmus gefunden. Der könne allerdings nach der Geburt für die ein oder andere Nachtschicht sorgen.

Falls ich unter Müdigkeit und Kopfschmerzen leide, soll ich die zusätzliche Einnahme von Mineralstoffen wie Eisen, Magnesium und Calcium beim Arzt ansprechen.

Wenn bei einer Vorsorgeuntersuchung ein zu hoher Blutdruck oder Eiweiß im Urin festgestellt werde, würde ich ab jetzt etwas gründlicher überwacht. Beide Befunde können ein Anzeichen für eine Präeklampsie sein, die nicht nur das Wachstum des Kindes beeinträchtige, sondern unbehandelt auch in eine für mich lebensgefährliche Eklampsie, also Schwangerschaftsvergiftung, übergehen könne. In den meisten Fällen könne man durch Ruhe und kleine Umstellungen in der Ernährung die Situation in den Griff bekommen.

Ab der 24. Woche wird mein Frauenarzt laut Internet bei jeder Vorsorgeuntersuchung den Hämoglobinwert im Blut bestimmen – das sei nur ein kleiner Pieks in den Finger, aber damit werde festgestellt, ob ich genug rote Blutzellen habe, um mein Baby optimal mit Sauerstoff zu versorgen. Falls der Hb-Wert zu niedrig sei, liege wahrscheinlich ein Eisenmangel vor. In der 24.bis 27. Woche werde auch der Antikörper-Suchtest wiederholt. Dabei gehe es nicht nur um Blutgruppen-Antikörper, sondern auch um frische Antikörper nach Infektionen.

Auch wenn man mir weismachen wolle, dass die Bauchform Rückschlüsse auf das Geschlecht meines Kindes zuließe: Darüber soll ich nur lachen! Wie sich ein schwangerer Bauch vorwölbe, hänge allein von der Form und Stellung des Beckens, der Stärke der Bauchmuskulatur und des Bindegewebes sowie der Krümmung der Wirbelsäule ab. Daher soll ich nun noch konsequenter auf meine Haltung achten, um weniger Rückenschmerzen zu bekommen.

Es gäbe aber auch durchaus Positives zu bemerken: Meine Haut sei wahrscheinlicher reiner und glatter als vorher, die Haare dick und glänzend, die Fingernägel brächen nicht mehr so leicht ab. Allerdings könne ein verstärkter Juckreiz, vor allem auf der Bauchhaut, durch die immer stärkere Dehnung der Haut, natürlich lästig sein. Daher soll ich die Haut noch stärker pflegen. Es könnte laut World Wide Web sein, dass ich nun lichtempfindlich sei und meine Augen sich trocken anfühlen. Auch das sei ein absolut typisches Symptom während der Schwangerschaft. Um diese Beschwerden zu lindern, könnte ich Augentropfen verwenden, die die mangelnde Feuchtigkeit ausgleichen. Auch Zahnfleischbluten könne weiterhin ein Problem darstellen. Das sei ein weit verbreitetes Problem während der Schwangerschaft, genauso wie Nasenbluten. Durch die Schwangerschaftshormone könnten die Kauleisten anschwellen und sich entzünden. Das führe zu einer andauernden Blutung, besonders wenn ich beim Zähneputzen Druck darauf ausübte. Dagegen soll ich weiterhin regelmäßig, aber sanft putzen und spülen.

23+0:

Mein Sohnemann strampelt, dass sich die Bauchdecke biegt... Ich finde das so süß. Und so spannend. Und so unglaublich! Ich könnte stundenlang nur regungslos da liegen und meinen Bauch anstarren, wenn er so wabert und zuckt und wackelt und sich ausbeult - manchmal mache ich das auch.

Wahrscheinlich ist das auch der Grund, warum ich zu nichts mehr komme. Nein, eigentlich stimmt das nicht: Momentan ist es eigentlich wieder viel besser geworden, was meine Produktivität angeht. Natürlich ist es nicht mit dem zu vergleichen, was ich alles schaffe, wenn ich nicht schwanger bin. Aber im Vergleich zu den vergangenen Wochen, in denen ich teilweise vor Müdigkeit oder Schmerzen oder Trägheit nur liegen konnte, bin ich fit wie ein Turnschuh. Ein voluminöser Turnschuh eben...

Überhaupt geht es mir momentan relativ gut. Seit etwa einer Woche habe ich kaum mehr Beschwerden. Ab und zu leichtes Ziehen im Unterleib oder ganz leichte Rückenschmerzen. Aber eigentlich nur Lappalien im Vergleich zu der Zeit davor. Ich glaube auch, Noah hat sich irgendwie gedreht, denn seit einigen Tagen bekomme ich wieder besser Luft und kann mich deutlich unbeschwerter bücken, und dass obwohl der Bauch immer größer wird.

Auch psychisch bin ich recht entspannt, was sich sicherlich wiederum positiv auf mein körperliches Befinden auswirkt. - Ich bin in der 24. Woche und somit bewegen wir uns langsam in einer Dimension, wo man als Schwangere langsam aufatmen kann, was Risiken angeht. Natürlich ist man nie ganz sicher, dass nicht doch noch etwas schiefgeht, aber die Chancen, dass alles weiterhin gut läuft, werden jeden Tag größer. In etwa einem Monat können wir schon fast sagen, dass wir auf der sicheren Seite sind.

23+1:

Heute Abend haben wir den nächsten FA-Termin. Mal sehen, ob der künftige Vater es dieses Mal planmäßig schafft, Videoaufnahmen vom Ultraschall zu machen. Das wäre zu schön. Eben war der Schornsteinfeger bei uns - wenn das kein gutes Omen für den Arzttermin ist!


23+2:

Noah geht es gut. Er ist jetzt etwa 30 Zentimeter lang von Kopf bis Sohle und wiegt etwa 600 bis 700 Gramm. Leider hatte ich etwas Eiweiß im Urin, und mein Blutdruck war bei 135/85. Außerdem meinte der Doc, ich hätte Wassereinlagerungen. Ich weiß zwar nicht, wie er das Wasser festgestellt haben will, denn er hat nur kurz auf meinen Arm gedrückt, und der Fleck ging in weniger als einer Sekunde wieder weg. Mein Ehering sitzt nach wie vor locker am Finger, und ich habe bisher nicht das Gefühl, das ich Wassereinlagerungen habe. Wenn überhaupt, dann vielleicht in den Beinen. Und zwar minimal. Die Kombination der etwas erhöhten Werte in Bezug auf Eiweiß-Blutdruck-Wasser machen mir nun doch etwas Sorgen. Immerhin sind genau das die Anzeichen für eine Schwangerschaftsvergiftung. Sicher mache ich mir die Sorgen ganz umsonst, denn wäre auch nur der kleinste Verdacht auf Gestose gegeben, oder hätte er irgendwelche Zweifel, dass etwas nicht stimmen könnte, dann hätte mein Arzt doch ganz bestimmt etwas gesagt und mich bald wieder sehen wollen. Er hat den nächsten Termin erst in sechs Wochen angesetzt, also scheint er doch ganz sicher zu sein, dass es mir und dem Baby gut geht. Trotzdem habe ich jetzt ein ganz blödes Gefühl. Eigentlich fühle ich mich gerade so gut wie selten zuvor in der ganzen Schwangerschaft - und dann verbreiten die Sprechstundenhilfen und der Frauenarzt so schlechte Stimmung. Eigentlich geht man doch mit Sorgen zum Arzt und wird dort beruhigt - nicht andersherum!

Der Arzt hat mir jedenfalls geraten, ich solle jetzt mehr Eiweiß essen und Brennnesseltee trinken. Ich esse aber doch schon richtig viel Eiweiß, mehr geht eigentlich nicht.
Ich glaube, ich trinke einfach noch viel mehr Wasser, damit die Nieren ordentlich durchgespült und Gifte besser abtransportiert werden können. Und Gurkensalat werde ich wieder häufiger essen, denn Gurke soll ja auch entgiften.


23+3:

Ich grüble immer noch über den Frauenarzt-Termin. Ich ernähre mich doch gesund und eiweißhaltig. Das Problem scheint ja auch nicht, dass ich zu wenig Eiweiß aufnehme, sondern jetzt welches verliere - das zeigt ja eigentlich, dass irgendwo der Wurm drin ist (wenn bisher auch vielleicht nur ein kleiner). Ich würde ja lieber die Ursache beheben als nur die Wirkung. - Wenn mein Auto Benzin verliert, dann kann ich natürlich auch umso mehr nachtanken, deshalb bleibt das Leck ja vorhanden und wird womöglich größer. Das verstärkte Nachtanken löst ja nicht das eigentliche Problem des Verlustes von Benzin (oder Eiweiß!).

Ich denke und hoffe wirklich, dass mein Arzt so kompetent ist, dass er mich früher wieder hinbestellt hätte, wenn es etwas Schlimmes sein könnte. Blut wurde mir ja auch noch einmal abgenommen für einen zweiten Antikörpersuchtest und ein Blutbild. - Da müsste man ja mit Sicherheit etwas finden, wenn etwas im Argen wäre. Dann würde die Praxis mich bestimmt anrufen.

# November

23+5:

Wir waren im Baumarkt, und ich habe mir verschiedene Babyzimmer-Tapeten angesehen. Das war irgendwie komisch, wie ich so durch die Gänge gewandelt bin mit meinem eindeutig dicker werdenden Babybauch. Dabei ist mir eingefallen, wie ich vor einigen Monaten im gleichen Baumarkt eine Schwangere mit ähnlich dickem Bauch gesehen habe, die sich Sachen angesehen hat. Wie neidisch war ich damals auf sie. Und wie glücklich bin ich jetzt mit meinem kleinen Schatz in meinem Bauch - und wie ängstlich, dass die Ergebnisse beim Frauenarzt etwas Schlimmeres bedeuten könnten. Für mich oder für mein Baby.

Es war sehr befremdlich, aber irgendwie auch ganz natürlich, wie emotional so ein Baumarktbesuch sein kann. So viele Gefühle, Gedanken und Erinnerungen vom letzten Jahr zwischen Rollen von Tapeten, Farbeimern, Pinseln und Bordüren.

Irgendwie sind Noah und ich uns dort noch näher gekommen.

*25. Woche:*

Meine Organe werden laut Internet durch das schnell wachsende Baby aus ihrer eigentlichen Lage verdrängt. Die Atmung kann mühsamer werden, und auch der Gang zum Klo wird öfter nötig. Durch die Gewichtszunahme und -verlagerung kann es immer häufiger zu Rücken- oder Ischias-Schmerzen kommen. Ein Vollbad könne herrlich entspannend und schmerzlindernd sein und sei auch in der Schwangerschaft durchaus erlaubt. Ich soll nur nicht ganz so heiß baden und niemals, wenn ich alleine zu Hause bin. Zu leicht könnte ich Kreislaufprobleme bekommen, und dann sei es gut, wenn mir jemand helfen könne. Auch milde Saunagänge seien weiterhin erlaubt. Die Benutzung von Sonnenbank oder Solarium sei für mein Kind nicht schädlicher als für mich selbst, allerdings entstünden während der Schwangerschaft dadurch leichter Pigmentflecken.

Schon jetzt soll ich in Ruhe klären, wie und bei wem mein Baby krankenversichert sein wird. Wären die Partner in verschiedenen Krankenkassen versichert, müssten diese sich für eine entscheiden.

Mein Baby kann schon riechen, schmecken und sehen. Es empfindet Druck, Schmerz und Kälte. Auf starke Reize aus der Außenwelt reagiert es mit einem schnelleren Pulsschlag und heftigen Bewegungen. Das Kind wird ab jetzt deutlich pummeliger, denn es legt Fettdepots unter der Haut an. Dadurch verschwinden die kleinen Falten und Runzeln und seine Haut wird glatt und prall. Bei jedem Vorsorgetermin wird mein Arzt laut Expertenwissen nun meinen Blutdruck messen und eine Reihe von Urintests machen. Wenn Zucker im Urin ist, deutet die auf einen Schwangerschaftsdiabetes hin. Meine Finger, Handgelenke und Hände könnten sich nun schmerzhaft und taub anfühlen, da das Gewebe in im Körper anschwellen könnte. Die Nerven würden dadurch gequetscht, und dieser Druck äußere sich in einem plötzlichen oder brennenden Schmerz. Eine Bandage könne dagegen helfen oder auch die Einnahme von Vitamin B6.

Mein Bauchbewohner wächst und wächst, seit der letzten Woche hat er etwa 100 Gramm zugenommen. Seine Haut ist noch dünn und empfindlich, aber sein Körper füllt den Uterus und meinen Bauch immer mehr aus. Mein Kleines könnte bereits eine Schwäche für Süßigkeiten haben. Die Geschmacksknospen dafür sind vorhanden - und eine Naschkatze zu sein, sei tatsächlich Teil der Entwicklung.

24+0:

Hilke war da. Als ich ihr von dem Arztbesuch erzählt hatte, hatte sie sofort versprochen, schnell vorbeizukommen. Sie hat nochmal Blutdruck gemessen und eine Urinprobe genommen. Der Blutdruck war nur minimal erhöht, und sie hat kein Eiweiß festgestellt. Allerdings hat *sie* mich auch freundlicherweise darauf hingewiesen, dass man nur den Mittelstrahl nimmt, da im Vorurin *immer* irgendwelche Giftstoffe zu finden seien. Wie nett, dass die Damen in der Frauenarzt-Praxis das nicht erwähnt haben. Woher hätte ich es denn wissen sollen?

Jedenfalls hat Hilke erstmal Entwarnung bezüglich einer Schwangerschaftsvergiftung gegeben. Sie war so lieb und konnte mich wirklich beruhigen! Trotzdem soll ich jetzt meine Ernährung komplett umstellen, denn gewisse Tendenzen hätte ich ja schon.

Nun soll ich weitestgehend auf tierische Fette (auch Milch und Eier), Schokolade, Kaffee, Süßgetränke und ähnliches verzichten, muss ganz viel ekeligen Kräutertee ohne

Zucker trinken und soll viel Müsli und ähnliches Vogelfutter essen: Hirse (was ist das überhaupt?!), Rosinen, viel Gemüse, Nüsse und Samen... Und dann noch diese ganzen Pillen: Schüssler-Salze, Folio, Vitamin-Zusätze, Magnesium... Außerdem soll ich mich schonen, viel liegen und mich nur gemäßigt bewegen. Das macht keinen Spaß! Ich sage nur eines: Schwangerschaft ist keine Krankheit! - Das ich nicht lache! Naja, so lange ist es ja nicht mehr, und es ist ja für einen guten Zweck. Und zum Glück geht es wenigstens Noah gut, und ich habe nichts wirklich Dramatisches, was mich beunruhigen müsste. Ich habe nur Tendenzen, die man halt rechtzeitig behandeln und im Auge behalten muss. Und das tun wir ja nun.

Hilke sagt, sie sei sehr zuversichtlich, das alles weiterhin gut läuft, da wir ja jetzt bei den kleinsten Anzeichen schon etwas dagegen tun. - Trotzdem ist das alles schon irgendwie blöd. Ich bin auch wieder so schlapp und habe oft Bauchweh und Magenprobleme. - Aber dagegen wird die Ernährungsumstellung bestimmt bald helfen. So ein Ärger, dass ich nun so kurz vor Weihnachten keine Schokolade mehr essen soll. Ich könnte ständig Lebkuchen in mich hineinstopfen, auch wenn ich das normalerweise nicht vor dem 1. Dezember tue. Bisher hatte ich auch immer noch die Disziplin, mich zu beherrschen. Aber ob ich es dieses Jahr in schwangerem Zustand auch noch einen Monat aushalte und gar ganz darauf verzichten kann, weiß ich noch nicht.

Und da schwärmen die Menschen immer von den Gelüsten und ungezügelten Fressorgien in der Schwangerschaft. - Von wegen Gelüste: Schokoladenverbot ist ja wohl die schlimmste Strafe, die man einer Frau generell und einer Schwangeren insbesondere auferlegen kann - und dann auch noch in der Vorweihnachtszeit... Folter ist das!

Im Übrigen meinte Hilke, ich sei "sehr schwanger" - physisch und psychisch. Was auch immer das nun ganz genau bedeutet.


24+1:
Irgendwie habe ich immer noch keinen Plan, welchen Kinderwagen ich will - und schon gar nicht, woher ich ihn bekommen soll. Langsam muss ich da wohl mal intensiver drüber nachdenken und mich zumindest grob für ein Modell entscheiden. Und eigentlich möchte ich den Wagen vorher im Laden ausprobieren. Oder kann ich wohl auch einen im Internet oder Katalog bestellen, der meine Must-Haves an Kriterien erfüllt? Eine Liste, was er haben und können muss, habe ich immerhin schon erstellt. Im absoluten Zweifelsfall könnte man ihn ja umtauschen. Mein lieber Ehemann zeigt nicht die geringste Spur von Interesse an einem Kinderwagen, und noch weniger versteht er meine Unruhe und aufkeimende Ungeduld diesbezüglich. Er hat offensichtlich alle Zeit der Welt. Oder eben auch nicht, denn zum Kinderwagen Probefahren hat er irgendwie nie Zeit. Alles andere ist immer wichtiger! Ich verstehe das nicht. Was könnte wichtiger sein? Ich habe langsam das Gefühl, wir werden nie mehr Zeit finden, um Kinderwagen irgendwo im Laden anzugucken.

Naja, es kann ja nicht so schwer sein, ein solches Gefährt zu finden. Was einige Frauen da für ein Theater von machen, habe ich noch nie begriffen.

24+3:

Heute hatten wir Besuch von unseren Freunden Denise und Ben. Da wir wegen Zeitmangel länger keinen Besuch aus unserem Freundeskreis hatten, war es umso netter. - Noch netter wurde es allerdings, als Denise plötzlich aus heiterem Himmel fragte, ob sie denn Weihnachten meine Pferde versorgen solle, damit wir in Ruhe zu meiner Familie fahren könnten. Sie fragte einfach so, ohne dass ich das Thema angesprochen hatte, ohne dass ich auch nur daran gedacht hätte. Nie hätte ich mich getraut, sie darum zu bitten. Fast hätte ich wieder weinen müssen, so dankbar war ich ihr. Schon jetzt hat sie mir damit das allerschönste Weihnachtsgeschenk gemacht!


24+4:

Ich müsste so unglaublich viel im Garten machen - dort sieht alles aus wie Kraut und Rüben. Aber ich weiß nicht wie. Ich kann mich nur noch so schwer bücken, weil der Bauch im Weg ist. Der Mann an meiner Seite findet natürlich, es gibt momentan nichts Unwichtigeres als den Garten (und den Kinderwagen natürlich!). Ich kann es auch nachvollziehen, dass er seine wenige Zeit jetzt in der Kälte nicht mit Unkrautjäten verbringen will. Aber mir wäre es so wichtig, dass dort wenigstens noch ein wenig Ordnung einkehrt, bevor der Winter richtig kommt.

Zudem mache ich mir langsam massiv Gedanken über Weihnachten und die Weihnachtsgeschenke. Das ist dieses Jahr schwieriger als je zu vor. Ich bin mit meinen Gedanken auch ständig beim Thema Baby. Wie soll man sich da denn auf Weihnachten konzentrieren (und ohne

Weihnachtskekse natürlich, denn die darf ich ja nicht essen!)?

Wir werden Heiligabend dank Denise also wie immer zu meinen Eltern fahren und dort feiern. Ich hoffe, dass meine Schwangerschaft so verläuft, dass das auch problemlos möglich sein wird. Mir graust es zwar schon wieder vor der Fahrt, aber da muss ich einfach durch. Wenn alle Stricke reißen und ich nicht mehr "transportabel" bin, dann kommen meine Eltern und mein Bruder zu uns. Das würde zwar sehr chaotisch, weil wir ja (noch) kein (fertiges) Gästezimmer haben, schon gar nicht zwei - aber vielleicht sind wir ja bis dahin oben im Dachgeschoss auch schon entsprechend weit. Besser wäre es aber, wir könnten planmäßig dorthin fahren.

Am ersten Feiertag fahren wir dann zu meinem Schwiegervater und von dort nach Hause. Am zweiten Feiertag muss mein fleißiger Göttergatte arbeiten - und dann irgendwann werden wohl noch seine Mutter, Omi und Geschwister zu Besuch kommen. Ich finde Weihnachten diesbezüglich immer sehr stressig. Gerade, wenn alle so weit auseinander wohnen und man quasi nur eine Liste abarbeitet, um alle wenigstens mal kurz zu sehen. Natürlich freue ich mich auch darauf, aber irgendwie habe ich dieses Jahr etwas Angst.

Denn eines trübt meine Vorweihnachtsfreude in diesem Jahr besonders: Meine Oma Marianne ist seit diesem Jahr im Altersheim und hat sehr abgebaut. Es wird also das erste Weihnachten ohne meine Oma (sie hat vorher bei meinen Eltern gewohnt). Ich weiß noch gar nicht, wie das werden soll. Mir schießen schon die Tränen in die Augen, wenn ich nur daran denke. Ich meine, einerseits ist es alles so schön, weil das Baby unterwegs ist. Und auf der anderen Seite ist meine Oma schon auf dem Abstellgleis. Das ist so schwer für mich und funktioniert irgendwie nur über Verdrängung. Wir werden sie also natürlich besuchen (müssen), wenn wir da sind. Und davor habe ich eine Riesenpanik, weil ich nicht weiß, was ich sagen, machen oder denken soll. Ich möchte auch nicht vor ihr weinen. Und wenn sie dann wieder so komisch ist wie die letzten Male, als wir sie besucht haben, dann ist sicher meine ganze Weihnachtslaune ruiniert.

- Mann, klinge ich egoistisch, aber das alles ist so schwer. Einerseits steht es für mich fest, dass wir sie natürlich besuchen. Aber anderseits weiß ich nicht, wie ich das schaffen soll. Und ich will mir damit nicht alles "verderben". Ich möchte sie am liebsten so in Erinnerung behalten wie sie früher war. Das ist sehr egoistisch und feige, aber ich kann einfach nichts dagegen tun.

Weihnachten ist also dieses Jahr für mich eine echte Herausforderung. Erstmal weiß ich nicht, wie es mir gehen wird; und dann die Oma-Sache. Aber es wird sowieso alles so kommen wie es kommt. Bis dahin werde ich es einfach weiterhin verdrängen.

24+6:

Ich habe einen so süßen Kapuzenanzug für Noah ersteigert! Ich liebe das Internet!

Was mich ebenfalls freut: Oben ist jetzt die komplette Heizung angeschlossen und läuft reibungslos! Das ist einfach wundervoll, denn jetzt kommen eigentlich nur noch "schöne" Arbeiten, bei denen man schnell sieht, dass es voran geht: Wände aufstellen, Fußböden legen, im Bad Fliesen legen. Natürlich ist das immer noch viel Arbeit, aber das Schlimmste (Klempnerarbeiten, Fenster einbauen) ist geschafft! - Und dann geht es bald los mit verputzen, tapezieren, streichen - und einrichten! Ich kann es kaum erwarten, endlich das Kinderzimmer einzurichten und mir endlich mal einen genauen Überblick zu verschaffen, was ich nun alles schon habe, und was wir noch brauchen. Solange das alles in Kisten ist, verliert man ja total den Überblick!

Gestern habe ich mal wieder nach Kinderwagen geguckt und wurde erneut völlig überflutet von den ganzen Angeboten. Mein momentaner Favorit ist aus einem Katalog. Ein Traum in hellblau, braun und beige. Leider hat er aber keine Schwenkräder und auch keinen Schwenkschieber, den man benötigt, um quasi die Fahrtrichtung des Babys zu ändern. Dafür ist das Gefährt aber unschlagbar günstig. Und so chic!

## 26. Woche:

Laut Internet hat mein Kind noch genügend Platz in der Gebärmutter, um ausgiebig zu strampeln und zu turnen. Dabei stoßen immer wieder Füße, Hände, Rücken und Kopf an die Gebärmutterwand - so entdeckt das Baby seinen Tastsinn.

Das Baby misst nun vom Kopf bis zum Steiß etwa 19 Zentimeter, bis zum Fuß rund 30 Zentimeter. Es bringt ungefähr 650 Gramm auf die Waage. Nach der ewigen Müdigkeit zu Beginn der Schwangerschaft beginne nun bei vielen die Schlaflosigkeit als eine weitere unangenehme Begleiterscheinung. Hinzu könnten Krämpfe kommen, eine durch die Dicke des Bauches verursachte, unbequeme Lage und daraus resultierende andere kleinere Beschwerden. Auch Ängste vor der bevorstehenden Geburt könnten mich wach halten. Schwangeren würden außerdem besonders intensive Träume nachgesagt. Das zweite Drittel meiner Schwangerschaft neigt sich dem Ende zu, und die Experten rechnen mit einer bisherigen Gewichtszunahme meinerseits von etwa sechs Kilogramm, wovon mein Baby etwa ein Kilo wiege, der Rest gehe aufs Konto von wachsendem Busen sowie der erhöhten Flüssigkeits- und Blutmenge im Körper.

Gegen Schlaflosigkeit helfen würden zum Beispiel beruhigende Kräutertees (Baldrian, Melisse, Hopfen), ein warmes Bad mit Melisse- oder Baldrianölzusatz oder Aromatherapie (Lavendel, Rosmarin, Geranien, Sandelholz). Mit mehreren Kissen könne ich vielleicht eine bequeme Schlafposition finden. Und wenn alles nicht helfe, soll ich es als Vorbereitung auf die Zeit mit dem Neugeborenen sehen, wenn schlaflose Nächte ganz normal sein würden. Wichtig sei allerdings, dass ich schon jetzt möglichst nicht auf dem Rücken schlafe, denn je größer mein Kind werde, umso mehr drücke es auf die große Hohlvene, was den Strom des Blutes zum Herzen behindere und zu Schwindel, Herzrasen, Luftnot und Übelkeit führen könne. Am besten sei im letzten Drittel der Schwangerschaft die linke Seitenlage. Diese Schlafposition sei gut fürs Kind, denn Blut und Nährstoffe flössen in optimaler Weise in die Plazenta. Sie erleichtere auch die Arbeit der Nieren, Schadstoffe aus dem Körper zu filtern, was wiederum das Anschwellen von Knöcheln, Füßen und Händen verringere.

Je größer mein Baby werde, umso weniger Fruchtwasserpolster habe es um sich herum. Die Bewegungsmöglichkeiten würden immer mehr eingeschränkt, aber es dürfe nicht zu einer plötzlichen Verminderung der Kindsbewegungen kommen. Da ich sicherlich inzwischen schon ein gutes Gefühl für mein Ungeborenes entwickelt hätte, würde ich aber merken, wenn es auf einmal nicht mehr so regelmäßig herumturne. Nachschauen lassen brauche ich aber nur, wenn sich das Baby länger als acht Stunden nicht mehr bewegt habe. Da es jetzt sehr schnell wachse und sich sein Gehirn in diesem Stadium stark entwickle, sei die Ernährung nun besonders wichtig. Ich soll weiterhin auf eine ausgewogene Kost achten, die vor allem viel Gemüse beinhaltet. Ballaststoffreiche Lebensmittel wie Vollkornbrot, Linsen und Naturreis seien reich an Vitamin B und könnten Verstopfung vorbeugen.

25+0:

Mir scheint, ich habe momentan irgendwie etwas die Kontrolle über meine Kontrolle verloren. Ständig muss ich grundlos heulen. Gestern schon wieder: Der Wasserschlauch war gefroren, und ich konnte den Pferden kein Wasser geben. Das hat mich fertig gemacht. Na gut, es war nicht *völlig* grundlos, aber kein Grund einen Wasserfall zu erzeugen (mit dem ich im Zweifelsfall auch das Pferdewasser hätte auffüllen können). Und vorgestern beim Kochen: Ohne den Ansatz eines Grundes musste ich losflennen. Peinlich, echt! Das ist total anstrengend, wenn man so leicht aus der Fassung zu bringen ist, das kenne ich sonst nicht von mir (jedenfalls nicht *so* extrem).

Dass ich nun doch noch ein Hormon-Opfer geworden bin, ist jedenfalls erst seit ein paar Tagen der Fall. Ich hatte schon triumphiert, dass mir das nicht passiert. Natürlich habe ich herablassend über andere Schwangere gelächelt, die ihre Gefühle nicht mehr im Griff hatten. Ich habe nicht mal im Traum daran geglaubt, dass es das gibt, diese Unkontrollierbarkeit der Stimmung. Danke also für den Beweis.

Noah ist seit gestern überaus aktiv – er wird sicher später Tänzer oder Kickboxer - die ganze Nacht lang hat er gefeiert und herum geturnt! Und mein Bauch ist so groß geworden. Ich staune jeden Tag.

Ich werde heute versuchen, meinen fleißigen Gatten eine oder zwei Stunden von seiner Arbeit loszureißen, um mit ihm in einige Babyläden zu fahren, um wenigstens mal eine direkte Vorstellung von verschiedenen Kinderwagen zu bekommen. Es gibt hier zwar nur wenige kleine Läden, die überwiegend Second Hand-Ware anbieten, aber zumindest könnte ich mir dort einmal verschiedene Modelle ansehen. Dann kann ich nämlich endlich einen bestellen. Langsam wird die Zeit doch irgendwie schon knapp. Es sind nur noch etwa 100 Tage bis zur Geburt, vielleicht weniger. Und ganz zum Schluss habe ich dafür bestimmt keine Nerven mehr. Ich finde, das ist wirklich eine Wissenschaft für sich, so einen Kinderwagen auszusuchen - auf was man da alles achten muss; das hätte ich nie gedacht. Und die Flut der Modelle und Anbieter ist einfach riesig! Wie soll eine arme, hilflose und ohnehin völlig desorientierte Schwangere da noch den Überblick behalten?

Ich weiß auch einfach nicht, ob ich nun unbedingt Schwenkräder brauche oder nicht. Diese sind meist deutlich kleiner als die bei feststehenden Modellen. Natürlich habe ich auch darüber viel im Internet gelesen. Über dieses Thema gehen die Meinungen ja total auseinander: Die einen lieben sie, die anderen hassen sie.

Ich brauche den Kinderwagen ja hauptsächlich hier bei uns auf dem Hof und mal für einen Spaziergang. Ich denke, Schwenkräder sind eher etwas für Leute, die in der Stadt wohnen und täglich damit durch enge Gassen und Supermärkte manövrieren müssen. Ich werde ja quasi nur geradeaus fahren. Klar wäre es nett, welche zu haben, aber *muss* es sein?! Oder wäre es unserem unwegsamen Gelände vielleicht sogar eher ein Nachteil?

Auch weiß ich nicht, ob eine Softtragetasche ausreicht, oder ob Hartschalen vielleicht nicht doch deutlich besser oder gar unabdingbar sind, weil aus orthopädischer Sicht deutlich gesünder. All das müsste ich einmal direkt in einem Geschäft ausprobieren...


25+1:

Natürlich hatten gestern Nachmittag alle Babygeschäfte geschlossen. Davon einmal abgesehen hätte der ehrenwerte Mann an meiner Seite aber auch ohnehin mal wieder keine Zeit gehabt, herumzufahren, um Kinderwagen anzusehen. Wozu auch? Es ist ja noch *ewig* hin bis das Baby kommt.

Ich habe nun in einem älteren Katalog einen Kinderwagen entdeckt, der große Räder hat, die aber schwenkbar und feststellbar sind - das wäre natürlich das Optimum! Die meisten Schwenkräder sind mir nämlich eindeutig viel zu klein. Die eignen sich nicht für Wald, Feld und Flur. Groß, schwenkbar und feststellbar - das wäre traumhaft! Aber der kostet natürlich auch gleich das Doppelte (hat allerdings auch eine Hartschale).

Nun muss ich mal mit meiner Schwiegermutter abklären, wie teuer der Wagen denn sein darf. Denn auch, wenn ich nicht *unbedingt* Schwenkräder brauche, nett wäre es ja schon.


25+2, morgens:

Ich habe heute Nacht von Kinderwagen geträumt! Soweit ist es schon gekommen!

Obwohl ich mehrfach aufgewacht bin, habe ich nach jedem Einschlafen weiter von Schwenkrädern, Hartschalen, Softtaschen, Schwenkschiebern und Gummireifen geträumt. Wie tief bin ich gesunken?


25+2, nachmittags:

Im Grunde bin ich recht zuversichtlich, was die Baby-Ausstattung angeht, denn eigentlich haben wir schon einiges zusammen: Neben diversen Kartons mit Klamotten haben wird schon Stillkissen, Flaschen, Decken, Schnuller, Schlafsäcke, Kapuzenhandtücher, Wickeltasche, Milchpumpe, Thermometer, Flaschenbürste und ein Spieluhr-Mobile. Von einer Freundin kriege ich noch einen kompletten Karton voll mit Erstausstattung für Jungen geliehen. Des Weiteren bekommen wir von der Verwandtschaft Kinderzimmermöbel, Kinderwagen, Babybettchen und Autoschale. Die haben wir also theoretisch auch schon und müssen sie nur abholen. Ich denke, wir sind gut in der Zeit. Die paar Kleinigkeiten, die noch fehlen wie Sterilisator, Fläschchenwärmer und Heizstrahler für den Wickeltisch sind doch sicher schnell besorgt.

25+3, morgens:

Die letzte Nacht war ziemlich anstrengend: Noahs Bewegungsdrang hat ganz neue Dimensionen erreicht. Er hat mich an Stellen getreten und geboxt, bei denen ich mich frage, wie er da eigentlich hingekommen ist. Auch die Intensität ist eine ganz neue. Das lustige Kribbeln vom Anfang war *das* nicht mehr. Ich würde noch nicht sagen, dass es wirklich schmerzhaft war, aber doch sehr unangenehm und auf jeden Fall stark genug, um mich vom Schlafen abzuhalten.

Zwischendurch habe ich wüste Sachen geträumt: Von meinem ersten Schwangerschaftsstreifen, der eines Morgens knallrot auf meiner rechten Hüfte prangte, und vom nächsten Frauenarzt-Termin, bei dem mein Arzt verwirrt verkündete: "Oh, ich habe mich geirrt: Sie bekommen doch ein Mädchen!"

25+3, vormittags:

Wir werden niemals rechtzeitig mit allem fertig werden! Ich habe nochmal genau die Baby-Ausstattungsliste unter die Lupe genommen. Und außer ein paar Kleinigkeiten und Kleidungsstücken haben wir doch im Grunde noch rein gar nichts. *Theoretisch* haben wir zwar bereits Kinderwagen, Kinderzimmermöbel und Babybettchen, aber ganz praktisch beurteilt, haben wir noch nicht einmal einen fertigen Raum, in den wir auch nur eines dieser theoretisch vorhandenen Teile stellen könnten. Oh, Gott! Unser Kind wird in einer Schreibtischschublade schlafen müssen. Die Babyklamotten werde ich bestimmt in einer alten Apfelsinenkiste verstauen müssen. Und anstatt eines Kinderwagens wird eine Schubkarre als Transportmittel dienen müssen...

Wie konnten wir nur denken, dass wir in ein paar Monaten alles fertig bekommen könnten? Wir sind so dumm!


25+4:

Ich bin sozusagen zur Erleuchtung gekommen: Die Suche nach einem Kinderwagen ist wie die Suche nach dem Traummann! Man sucht und sucht, setzt sich völlig unter Druck und kann an nichts anderes mehr denken. Man denkt, ich muss ihn (Mann oder Kinderwagen) finden, was soll ich ohne ihn machen. Man hat genaue Vorstellungen wie *er* sein soll, wie er auszusehen hat, was er können soll - und eigentlich weiß man es doch auch nicht. Man denkt, Schwenkräder (oder braune Augen) seien das Non-Plus-Ultra, und ohne sie könne es eben nicht der richtige sein. Aber vielleicht sind sie genau das, was man nicht braucht, und man weiß es nur nicht. Vielleicht zählen Werte, von denen man noch gar nichts ahnt. Wie oft hat frau sich verliebt, nur um nach kurzem festzustellen, dass der scheinbare Mister Right (oder Traum-Kinderwagen) nur ein Schuss in den Ofen war - und dann will man ihn auf keinen Fall mehr haben. Und kaum hört man auf zu suchen, da steht man plötzlich vor seinem Traummann. Ist doch so!

Ich werde es in Bezug auf den Kinderwagen ab jetzt genauso machen: Ich werde die intensive, stressige Suche einfach aufgeben, zumindest vorerst. Wer weiß, vielleicht steht der richtige Kinderwagen plötzlich genauso unerwartet und überraschend vor mir wie damals mein Traummann, der sich jetzt mein Ehemann nennt, als ich am wenigsten damit gerechnet hätte.

25+5:

Ich war mit meiner Freundin Inken in einem Babyladen, um mir doch noch einige Kinderwagen anzusehen (ganz unverbindlich und ohne Stress natürlich). Schlauer bin ich jetzt selbstverständlich auch nicht. Nur eines ist klar: Viele Kinderwagen kosten mehr als einige der Autos, die wir früher gekauft haben. Allerdings hatten die einen Motor. Sehr bemerkenswert!

Ebenfalls bemerkenswert fand ich die Tatsache, dass man Stunden für eine eigentlich recht kurze Fahrtstrecke braucht, wenn man einen Säugling und einen Dreijährigen dabei hat. Ich weiß nicht, wie oft wir anhalten mussten, weil das Baby geschrien hat, weil es Hunger hatte oder einfach zu seiner Mama wollte. Oder der kleine Große musste pinkeln.

Erstaunlich war es allerdings, dass wir überhaupt heil hin und her gekommen sind, denn eigentlich hatte Inken ihre Augen durchaus weniger Zeit auf der Straße als im Rückspiegel in Richtung der Knirpse. Ständig hat der Große irgendetwas fallen gelassen, das sie dann wieder – wohlbemerkt in voller Fahrt - aus dem Fußraum hinter meinem Sitz geangelt hat, während sie mental voll konzentriert auf den wimmernden Säugling war. Telefonieren konnte sie zu allem Überfluss auch noch spielend nebenbei - und sich auch noch mit mir unterhalten.

Während ich schon langsam latente Schweißausbrüche und Angstzustände entwickelte, schien sie die Ruhe selbst. Nichts von dem ganzen Terror schien sie auch nur im Mindesten zu beeindrucken oder zu beunruhigen oder gar zu nerven.

Ich bin gespannt, ob ich später auch so ruhig bleiben kann. Ich kann schon kaum Autofahren und mich dabei unterhalten, geschweige denn etwas am Autoradio einstellen oder telefonieren. Unvorstellbar wie ich dabei auch noch zwei plärrende Kinder beruhigen können soll.

Dass Frauen angeblich stereo-gen sind, habe ich ja schon häufiger gehört, aber Mütter müssen ja mindestens vier Ohren und acht Hände haben. Und Nerven wie Drahtseile. Ich sehe, hier gibt es noch Entwicklungsbedarf meinerseits.

25+6:

Mein kleiner Bruder hat sich doch tatsächlich erdreistet, mir zu verbieten, irgendwelche Babysachen zu kaufen! Als würde ich jeden Tag nichts anderes tun. Und selbst wenn... Unfassbar! Er meinte, gerade vor Weihnachten sollte ich das nicht tun, weil ich dann ja allen die Freude verderbe, wenn ich die Sachen kaufe, die andere uns schenken könnten. Ich kaufe ja eigentlich auch nichts, außer hier und da mal einen Strampler. - Und Strampler kann man doch wohl gar nicht genug haben. Irgendwas möchte ich doch auch mal kaufen.

Ich freue mich ja, dass alle Bekannten und Verwandten so scharf darauf sind, alles Erdenkliche für unser Kind zu kaufen, aber ein paar Teile lasse ich mir nun wirklich nicht nehmen. Außerdem ist es bei speziellen Babysachen schwierig, die als Überraschung zu verschenken, denn die braucht man nur einmal. Da muss schon etwas Absprache stattfinden, sonst habe ich nachher irgendwas dreimal und andere Sachen fehlen. Und einige Sachen *muss* ich selber aussuchen, weil ich da etwas Bestimmtes haben will. Mein Bruder hat mich auch gefragt, ob ich eine Babyparty veranstalten (lassen) möchte. Das würde ich in der Tat sehr gerne. Normalerweise wird die ja wohl für die Mama organisiert und abgehalten, wenn sie aus dem Krankenhaus mit Baby nach Hause kommt. Das dürfte in unserem Fall aber etwas schwierig werden wegen der Distanz und Unplanbarkeit. Wer soll das schon für mich machen? Außerdem möchte ich nur so kurz wie möglich nach der Entbindung im Krankenhaus bleiben, höchstens über Nacht. Natürlich nur, wenn alles glatt läuft - und davon gehen wir ja aus. Also werden wir wohl nach der Geburt einen Termin machen, wenn alles etwas planbarer ist (wenn denn das Leben mit Kind überhaupt jemals wieder planbar sein wird).

*27. Woche:*

De Internet-Experten wissen: Die Haut des Babys verliert zunehmend ihre unzähligen Falten und beginnt sich zu glätten. In diesem Stadium fange das Kind an, seine Körpertemperatur langsam selbst zu regeln. Stimmen, Geräusche und auch meine Gefühle bleiben ihm angeblich nicht verborgen. So auch mein Stress, der sich direkt auf das Baby übertrage und es beispielsweise unruhig mache oder aufrege. Ich würde es an seinen Tritten und Hieben deutlich spüren. (Demnach wäre ich ja im Dauerstress!)

Mein Baby sei schon gut proportioniert und sehe nun fast wie ein Neugeborenes aus, vor allem, weil es jetzt die Augen meist geöffnet habe. Durch die Bauchdecke schimmere ein warmes rötliches Licht.

Die meisten Kinder lägen in dieser Phase zwischendurch immer noch ab und zu mit dem Kopf nach oben und dem Steißbein nach unten. Ich würde an den Kindsbewegungen merken, wo die Füßchen liegen. In den nächsten Wochen werde sich das ändern. Dann würde ich den festen Druck des Köpfchens auf meiner Harnblase und die Fußtritte gegen meinen Rippenbogen spüren.

Das Baby wiegt nun um die 900 Gramm und misst etwa 37 Zentimeter vom Kopf bis zur Sohle. Einige Experten vermuten, dass Babys in der 28. Woche anfangen zu träumen. Wovon, wisse aber niemand genau. (Aber ich weiß es: Sie träumen von Salami. Genau wie ihre Mütter!)

26+0:

Mein Bauch ist wirklich so unfassbar groß. Ich kann es gar nicht fassen, *wie* riesig er bereits ist. Und ich frage mich täglich, wohin das noch führen soll. Dabei habe ich generell noch nicht allzu viel zugenommen, eben eigentlich nur Babybauch. (Das rede ich mir zumindest ein.)

Meine Hebamme war heute wieder zur Kontrolle da: Ich hatte keinen Eiweiß mehr im Urin. Welch ein Glücksgefühl! Da lohnen sich meine Ernährungs-Qualen wenigstens.


26+5:

Mein Bauch wird immer dicker - und ich immer nutzloser. Ich habe inzwischen das Gefühl, ich kann gar nichts mehr. Alles tut mir weh, und alles fällt mir so unendlich schwer. Mein Frauenarzt, den ich inzwischen nur noch Dr. Verla nenne, hat mir eine weitere Dosiserhöhung eben jenes Magnesiumpräparates verordnet. Aber es hilft alles nichts!

Jetzt muss mein armer Mann schon morgens vor der Arbeit einen Teil der Pferdearbeit für mich machen, weil ich es einfach nicht mehr packe. Ich bin deprimiert.


## *28. Woche:*

Mein Kind trinkt laut Experten mehr und mehr Fruchtwasser. Fast die gesamte Flüssigkeit durchläuft den Verdauungsapparat, wird von den Nieren gefiltert und wieder ausgeschieden - bis zu einem halben Liter Urin landet so täglich im Fruchtwasser! (Igitt!)

Ich nehme schnell zu (woher wollen die das denn wissen? Was für eine fiese Unterstellung! - Frechheit, sowas zu behaupten!). Nicht nur das Kind wächst, sondern auch die Plazenta und die Fruchtblase drücken auf die Waage. Fettpolster würden sich bei mir einnisten - ein natürliches Reservedepot, dem ich nicht entrinnen könne (Danke für die aufmunternden Worte!).

Die meisten Schwangeren hätten mittlerweile einen niedrigen Hämoglobinwert im Blut. Das zeige, dass nun ihre Eisenvorräte im Körper aufgebraucht sind und Eisen in Tablettenform zugeführt werden muss, damit sich die Sauerstoffversorgung des Kindes nicht verschlechtert.

Inzwischen ist auch die Lungenreifung beim Baby weiter fortgeschritten. In der Gebärmutter hat das Kind jetzt nicht mehr viel Platz. Das Köpfchen liegt in vielen Fällen schon unten. Langsam verschwindet die dünne Schicht aus Lanugohaaren.

Ich bin auf der Zielgeraden! Das letzte Drittel beginnt üblicherweise in der 29. Woche und dauert bis zur 40. Woche, manchmal etwas darüber hinaus. 42 Wochen seien das Maximum, danach werde normalerweise die Geburt eingeleitet. (Sehr beruhigend...) Die meisten Frauen nähmen im letzten Drittel durchschnittlich fünf Kilo zu (Auch das ist sehr beruhigend.). Bei den Vorsorgeuntersuchungen wird jetzt ein CTG geschrieben. Damit werden die Herztöne des Babys und eventuell auftretende Wehen aufgezeichnet. Im CTG kann man erkennen, wie es dem Baby geht. Jeweils etwa 20 Minuten dauert so eine Sitzung.

Auch wenn ich es nicht glauben wolle: Studien haben gezeigt, dass der Erfolg von Müttern beim Stillen stark von der Einstellung des Partners abhängt. Falls wir zum ersten Mal Eltern würden, sei es Zeit, dass sich auch der Vater mit dem Stillen vertraut mache, damit er mich nach der Geburt entsprechend unterstützen könne. Frauen brauchten mehr Fürsorge in den ersten Wochen nach der Entbindung - die Männer sollten sich darauf einstellen, mehr im Haushalt zu helfen.


27+1:

Ich komme mir vor wie die letzte Memme, aber ich kann mich kaum mehr bewegen – Magnesium hin oder her. Jeder Schritt tut weh, vor allem von den Leisten ausgehend - und der Rücken - und der Bauch. Ich kann nur noch winzigste Trippelschritte machen - wie eine Oma. Bücken oder auf einem Bein stehen geht eigentlich gar nicht mehr. Die geringste Krümmung schmerzt. Ich könnte heulen vor Wut! Und es wird jeden Tag schlimmer! Wenn ich liege, geht es einigermaßen, aber sogar sitzen tut weh. Ich kann doch jetzt nicht noch drei Monate nur liegen...

Zum Glück muss ich ja nicht zur Arbeit, und ich habe (zum Glück) auch noch kein Kind, das immer etwas will. Aber die ganzen Tiere wollen versorgt werden - und der Haushalt macht sich auch nicht von alleine. Dass mein Mann mir so viel hilft, ist wirklich eine große Erleichterung, aber im Grunde würde ich alles gerne alleine machen können. Ich verabscheue meinen Zustand, aber es geht mir einfach wirklich schlecht. Ich bin so verzweifelt, dass man scheinbar nichts gegen die Schmerzen und das allgemeine Unwohlsein machen kann, sondern einfach Pech hat, wenn es einen so doll erwischt. Das ist so unfair. Ich habe eben mit meiner Hebamme gesprochen. Sie meinte ganz klar: Bettruhe ist das einzige, das hilft. Das sind ja tolle Nachrichten. Morgen kommt sie, um mir etwas Homöopathisches zu geben.

# Dezember

27+2:

Heute geht es mir etwas besser als gestern. Ich habe ein homöopathisches Wundermittel von Hilke bekommen: Pulsatilla-Globoli. Ich weiß nicht, ob es geholfen hat. Vielleicht ist es nur Zufall, denn meistens geht es mir mal einen Tag besser, den nächsten wieder schlechter. Nächste Woche will Hilke eine Reiki-Sitzung mit mir abhalten. Ich bin gespannt, ob das etwas hilft. Ich bin inzwischen offen für alles, was auch nur die geringste Chance hat, mir zu helfen.

Eigentlich hätte ich heute Abend zum Stammtisch meines Reitvereines gewollt. Natürlich habe ich abgesagt, da ich mich dem ganzen nicht gewachsen fühle. Einerseits bin ich froh, Zuhause geblieben zu sein, andererseits habe ich das Gefühl, all meine sozialen Kontakte brechen so langsam aber sicher zusammen. Hoffentlich kann ich später wieder in die Gesellschaft zurückkehren, ohne überall als aussätzige Ex-Schwangere und neurotische Hypochondra zu gelten.

27+4:

Heute ist der 1. Advent, und ich habe die Weihnachtsdekoration angebracht und Plätzchen gebacken. Wie eine richtige Mutti kam ich mir vor (und ich weiß nicht, ob ich das schön oder beunruhigend finden soll) - so häuslich und fürsorglich. Wer hätte das gedacht, dass ich eine Mutti werden kann?! - Ich jedenfalls nicht.

Es wird das letzte Weihnachtsfest zu zweit werden. Danach sind wir eine richtige Familie. Ich kann es mir irgendwie immer noch nicht richtig vorstellen.

27+5:

Mir geht es wieder schlechter. Alles tut weh, und ich kann wieder nur liegen. Dazu kommt noch, dass meine Hebamme eben hier war und der Blutdruck wieder ziemlich schlecht ist. Dazu habe ich inzwischen ziemlich starke Wassereinlagerungen an Beinen und Händen - und wieder Eiweiß im Urin. Also hat Hilke wieder Gestose-Alarm geschlagen. Ich sollte sofort meinen Frauenarzt-Termin auf morgen vorverlegen. Eigentlich sollte ich erst in zehn Tagen wieder hin. Hilke war gar nicht glücklich. Die Werte sind schlechter als letztes Mal. Zu allem Überfluss habe ich seit etwa einer Woche auch noch so ein kleines Ekzem an der Hand. Sie meint, das könnte am entgleisenden Stoffwechsel liegen. - Sehr beruhigend.

Nun bin ich mal wieder gespannt und etwas ängstlich, was Dr. Verla morgen sagt. Ich kann doch nicht mehr viel tun. Ich liege herum und knabbere meine Spezialernährung. Wenn es trotzdem eine Schwangerschaftsvergiftung wird, hilft nur noch beten, dass ich möglichst lange durchhalte, ohne dass meine Nieren versagen.

Auweija, das klingt ganz schön tragisch. Wie konnte das passieren? Es ist doch eine geplante Schwangerschaft mit unserem Wunschkind. Ich bin normalerweise ein kerniger

Mensch, den nichts so schnell umhaut. Wieso nimmt mich diese Schwangerschaft bloß so mit? Ich kann es einfach nicht fassen. Ich hatte es mir alles so schön und irgendwie romantisch vorgestellt - und nun ist es eigentlich ein einziges Drama mit ungewissem Ausgang.

Im Fernsehen sieht man immer nur all die überglücklich strahlenden Schwangeren mit ihren prallen glänzendpolierten Babybäuchen, die quietsch-fidel und munter durch die herbstlichen Wälder spazieren oder gar joggen, in Babyläden stöbern oder in bester Laune Babyzimmer renovieren und einrichten. Im Hinblick auf solche vorgelebten Trugbilder muss man sich ja vorkommen, als wäre man komplett unfähig, wenn es einem nicht so glänzend geht wie den Damen im TV.

Schwangerschaften werden einfach in der Öffentlichkeit völlig falsch dargestellt. Es ist ja nicht so, dass ich es nicht gewagt hätte, hätte ich gewusst, was auf mich zukommt. Aber ein wenig realistische Darstellung im Vorfeld wäre schon nett gewesen. - Ja, jetzt im Nachhinein höre ich von überall "Das hatte ich auch!" oder "Kommt mir bekannt vor!". Warum sagen die Leute einem das erst jetzt, wo man nicht mehr zurück kann (nicht das ich das wollte!)?

Irgendwie komme ich mir betrogen vor: Als hätte ich einen 5-Sterne-Luxus-Urlaub in einer Wellness-Oase gebucht und hätte nun einen Adventure-Trip ohne vorgegeben Plan angetreten, bei dem man nie weiß, was einen hinter dem nächsten Busch erwartet. Hätte ich vorher die Wahl gehabt, hätte ich vielleicht ja sogar freiwillig den Abenteuer-Trip gebucht, aber ich hätte gewusst, worauf ich mich einlasse und wäre nicht mit völlig blau-äugig, naiven Vorstellungen an diese Reise herangegangen.

Zum Glück hat mein lieber Mann es geschafft, ab übermorgen eine Woche Urlaub zu bekommen. Ich freue mich riesig. Dann kann er mich bewachen, mir helfen - und ist einfach da.


27+6:

Der Termin bei Dr. Verla war ganz Ok. Zumindest dem Baby scheint es weiterhin sehr gut zu gehen - und das ist das wichtigste! Die Plazenta ist noch in Ordnung, die Versorgung damit erstmal weiterhin gewährleistet. Dafür hatte ich nun auch noch Zucker im Urin. Ich muss nun bei meinem Hausarzt einen Glukosetoleranz-Test auf Schwangerschafts-Diabetes durchführen lassen. Der Zucker kann aber auch nur Zufall gewesen sein, weil ich vorher einige Kekse gegessen habe. (Kleine Sünden werden eben sofort bestraft. Wie konnte ich denken, dass mein kleines kücheninternes Vergehen unentdeckt bliebe?)

Gestose hat Dr. Verla nicht ausgeschlossen, aber noch ist es keine. Eiweiß war wohl etwas weniger im Urin als letztes Mal. Der Doc sagte, man sieht, dass ich mich an meine (vielmehr an seine!) Diät halte. Immerhin!

Der Muttermund ist normal zu und fest - zum Glück. Ich hatte echt Angst, dass der schon etwas aufgegangen sein oder sich verkürzt haben könnte. Meine aktuellen Schmerzen am Muttermund beziehungsweise Gebärmutterhals scheinen davon zu kommen, dass Noah ordentlich dagegen tritt. - Na warte, der Bursche soll mal rauskommen!

Die anderen Schmerzen schiebt der Doc rein auf den Dehnungsschmerz. Die Rückenschmerzen seien normal. Naja, ich finde es nicht normal, aber Ok. Er hat schon mehr Frauen gesehen. Ich soll noch mehr Magnesium nehmen, allerdings vertrage ich das langsam nicht mehr in so großen Mengen. Aber gut, ich probiere es jetzt noch mal.

Was wohl in der letzten Zeit auch recht schmerzhaft war, ist die Tatsache, dass Noah sich gedreht hat. Er liegt momentan mit dem Kopf nach oben. Für die Drehung hat er mich wohl ordentlich dehnen müssen. Fazit: Dem Baby geht es gut, mir eben nicht.

Allerdings kann ich alle Schmerzen viel besser ertragen, wenn ich weiß, dass sie nur *mein* Problem sind. Solange ich nicht sicher war, ob es dem Baby schlecht gehen oder vielleicht sogar der Muttermund irgendwie auf sein könnte, waren die Schmerzen viel schlimmer zu ertragen. So sind die Schmerzen wenigstens irgendwie ungefährlich und einfach mein Pech! Damit komme ich klar. Die anderen Werte muss man halt im Auge behalten und hoffen, dass sie nicht schlimmer werden. Nächste Woche soll ich aber trotzdem nochmal hin. Da wird dann auch das 1.CTG gemacht. Bis dahin bleibe ich tapfer und sage mir immer wieder: Schwangerschaft ist keine Krankheit!

## *29. Woche:*

Laut Internet ist ein halbes Kilo mehr auf der Waage allein in dieser Woche keine Seltenheit! Mein Bauch dehnt sich mehr und mehr, mein Nabel könne langsam anfangen, sich nach außen zu wölben. Es wird mir empfohlen, kürzer zu treten (noch kürzer?) und größere Anstrengungen zu vermeiden (Als ob eine Schwangerschaft an sich nicht Anstrengung genug wäre).

An den Fußgelenken könne ich jetzt immer öfter Schwellungen durch Wassereinlagerungen bemerken, und die Beine würden gegen Abend schwerer und dicker (bei mir beginnt demnach der Abend bereits um 8 Uhr morgens), die Schuhe passten nicht mehr und der Ring gehe nicht mehr vom Finger.

Die Lungen des Babys reifen weiter, es wiegt jetzt knapp 1,2 Kilo und misst vom Kopf bis zu den Zehen etwa 39 Zentimeter. Babys Kopf wird immer größer, und das Gehirn wächst zu dieser Zeit sehr schnell. Angeblich werde ich meinen Arzt oder meine Hebamme in dieser Zeit häufiger sehen (noch häufiger?). Die Internet-Experten vermuten, dass ich vermutlich zwischen zwei Gefühlen schwanke:

1. "Ich bin schon ewig schwanger, wann ist das endlich vorbei?" und

2. "Hilfe, ich bin auf das alles noch nicht vorbereitet".

Ich soll mir diesbezüglich keine Sorgen machen, da ich angeblich nicht die einzige bin, der es so geht. Das würde ich feststellen, wenn ich Erfahrungen mit anderen werdenden Müttern im Geburtsvorbereitungskurs austausche.

Die werdenden Väter sorgten sich zu diesem Zeitpunkt vermutlich darüber, ob sie es durchstehen, wenn sie ihre Partnerin bei der Entbindung leiden sehen. Sie würden sich fragen, wie hilfreich sie tatsächlich sein können. Es sei gut, wenn sich auch der werdende Vater über die verschiedenen Phasen einer Geburt informiere. Ich soll sicherstellen, dass auch mein Partner weiß, was zu tun ist, wenn nicht alles nach Plan läuft. Unter Umständen braucht das Baby Hilfe, um auf die Welt zu kommen. Daher sollen ich und mein Mann uns über die Möglichkeiten der Geburtshilfen sowie über den Kaiserschnitt informieren.

28+2:

Eben saß, beziehungsweise lag, ich geschlagene drei Stunden bei meinem Hausarzt zum Glukose-Toleranztest, um mich auf Schwangerschafts-Diabetes testen zu lassen. Die endgültigen Laborergebnisse kommen zwar erst in einigen Tagen, aber die Praxistests waren schon mal ganz gut. Es sieht nicht nach Diabetes aus. Was für ein Glück - das hätte mir aber auch noch gefehlt in meiner Sammlung. Aber es war echt anstrengend, dort drei Stunden auf so einer schmalen Pritsche zu liegen und nichts zu tun. (Naja, im Grunde passiert auch nicht mehr, wenn ich Zuhause bin.) Es wurde sechsmal Blut abgenommen: Dreimal aus dem Ohr und dreimal aus dem Arm - und das mir mit meiner Nadel-Phobie! Aber so schlimm war es eigentlich gar nicht - und nun habe ich das wenigstens überstanden.

Das schlimmste aber war, dass ich vor dem Test nicht frühstücken durfte. Ich hatte schon vor dem Aufwachen einen Bärenhunger und war gegen Ende der Zeit beim Arzt schon ganz zittrig. Glücklicherweise hatte ich eine sehr nette Betreuung durch die Arzthelferin. Zum Schluss hat sie mir sogar einen Kakao gemacht und Kekse gegeben. Die war wirklich lieb! Gegen Mittag habe ich dann

Zuhause endlich frühstücken können. Noch nie war Frühstück so schön!

Unser Dachbodenausbau geht weiter gut voran. Das Badezimmer ist komplett fertig gefliest. Nur der Boden muss noch verfugt werden, Silikon gespritzt und Übergangsleisten angebracht, Kloschüssel und Waschbecken installiert und der Unterschrank reingestellt werden - dann ist es komplett fertig

Noahs Zimmer nimmt auch schon Formen an: Die Gestelle für die Wände stehen, und die Dämmung ist zu etwa 80 Prozent angebracht. Morgen folgen Dampfsperre und Rigipsplatten. Dann fehlen nur noch Boden und Decke, verputzen und streichen. Es geht voran. Das ist alles so spannend! Und ich werde immer ungeduldiger.

28+4:

Ich habe noch immer ziemlich starke Schmerzen, aber irgendwie habe ich mich nun daran gewöhnt und kämpfe nicht mehr dagegen an. Dann mache ich eben nicht so viel wie ich möchte. Ich kann es nicht ändern. Hauptsache meinem kleinen Noah geht es gut. Und der strampelt jetzt mit neuen ungeahnten Kräften.

Ich sitze nun also die meiste Zeit neben meinem hart arbeitenden Ehemann und gucke zu, wie er den Dachboden ausbaut. Was soll ich auch sonst machen (außer neues Leben erschaffen)?! Aber dann sind wir wenigstens zusammen. Es ist so schön, wenn er hier ist!

In Noahs Zimmer stehen nun alle Wände und müssen nur noch verputzt werden.

Heute war die Taufe unserer kleinen Nichte Zoe. Leider konnten wir nicht hinfahren. Das hätte ich einfach nicht gepackt. Es wären etwa fünf Stunden Autofahrt an einem Tag gewesen. Dann noch der ganze Trubel und die Feier, all die Bekannten und Verwandten. Schade irgendwie. Eigentlich wäre ich gerne dabei gewesen, aber wie gesagt: Mein Sozialleben bröckelt an allen Ecken und Enden. Zum Glück haben die meisten Leute Verständnis (oder tun zumindest so).

Immerhin hat der fleißige Handwerker dafür heute wieder einiges im Dachgeschoss geschafft, das entschädigt mich etwas und beruhig mein schlechtes Gewissen gegenüber Sarah und Zoe. Irgendwie müssen wir ja auch an uns denken.

Ich kann gar nicht fassen, dass in zwei Wochen bereits Weihnachten ist! Momentan rast die Zeit an mir vorbei: Die ersten 20 Wochen vergingen *gar nicht* - und jetzt ist plötzlich Weihnachten, dann ist schon Januar - und dann Februar. Und dann kommt Noah auch schon bald. Wahnsinn!

Richtig vorstellen kann ich es mir allerdings noch immer nicht. Wie das wohl werden wird? Wie wird er aussehen? Wie werde ich zurechtkommen mit meiner neuen Rolle als Mutter? Werden wir rechtzeitig fertig mit allem? - Ich muss es mir immer wieder sagen und kann es doch nicht richtig begreifen: Die letzten Wochen zu zweit sind angebrochen. Danach sind wir tatsächlich Eltern. Für immer. Aber ich freue mich darauf, auch wenn ich keine Ahnung habe, wie es sein wird!

28+5:

Ich habe schweren Herzens endlich mein Bauchnabel-Piercing entfernt. Es hat nun einfach zu doll von innen dagegen gedrückt. Er sieht schon ulkig aus jetzt, dieser "nackte" ungeschmückte Kugelbauch. Immerhin trage ich dieses Piercing seit etwa zehn Jahren. Dass der Bauch immer dicker und runder wird, sieht in meinen Augen weniger ungewöhnlich aus als die Tatsache, dass der Nabel nun kahl und frei in der Mitte meiner Kugel prangt. Ohnehin ist der Bauchnabel nur noch ganz flach und irgendwie riesig geworden. Sonst war er immer ganz klein, runzelig und tief - wie eine Rosine von innen. Jetzt gleicht er eher dem Ende einer strammen Bockwurst, nur, dass er noch nicht nach außen geploppt ist. Aber wahrscheinlich kommt das auch noch.


*30. Woche:*

Das Internet berichtet folgendes: Die Haut des Ungeborenen wandelt ihre Farbe von rot zu rosa. Der kleine Körper wird runder, dank der Fettablagerungen, die nun bis zu acht Prozent seines Gewichtes ausmachen können. Nach der Geburt regulieren diese Energiepolster die Körpertemperatur des Neugeborenen.

Der obere Rand der Gebärmutter hat den Rippenbogen erreicht. Wenn mein Baby sich bewegt, vor allem aber wenn es tritt, könne das ganz schön schmerzhaft sein. (Das wäre mir nie aufgefallen...) Die meisten Schwangeren merken nun (jetzt erst???) an vielen kleinen Beschwerden, was sie mit sich herumschleppen müssen: Kurzatmigkeit, Sodbrennen, Schlaflosigkeit und Schmerzen durch überdehnte Bänder oder Nervenreizungen und schwere Beine (Willkommen in meiner Welt!) Die Angst vor der Geburt weiche langsam der Ungeduld, diese Phase endlich geschafft zu haben.

Seltsame rhythmische Bewegungen, die sich wie ein Pochen im Bauch anfühlten, kämen von Babys Schluckauf und seien völlig normal. Das Baby habe dann vielleicht zu hastig Fruchtwasser geschluckt. Manchmal könne man das Zucken sogar durch die Bauchdecke von außen beobachten. Die Lungen des Babys und der Verdauungstrakt sind nun fast vollständig ausgebildet. Auch wenn das Ungeborene bald nicht mehr größer wird (es misst jetzt circa 40 Zentimeter vom Scheitel bis zu den Zehen), wird es bis zur Geburt weiterhin Gewicht zulegen. Nun wird mein Baby seine Augen immer häufiger öffnen und schließen. Es kann Hell von Dunkel unterscheiden oder auch einer Lichtquelle folgen. Wenn ich einen Lichtstrahl auf meinen Bauch richten würde, könne es sein, dass mein Baby seinen Kopf dreht, um dem Licht zu folgen oder sogar nach der Lichtquelle greift. Es wird derzeit von circa einem Liter Fruchtwasser umgeben. Das Volumen verringere sich allerdings im Laufe der Schwangerschaft, wenn das Baby größer wird und nicht mehr so viel Platz im Uterus hat. Ich soll mir keine Sorgen machen, wenn ich atemlos bin und mich fühle, als bekäme ich nicht genügend Luft. Der Grund dafür sei lediglich die wachsende Gebärmutter, die gegen das Zwerchfell drückt. Das Licht am Ende dieses Tunnels sei jedoch nah: Ab der 34. Woche werde sich der Kopf des Babys in mein Becken senken, um in die Startposition für die Geburt zu gelangen. (Dann habe ich ja noch Hoffnung!) Dadurch werde essen und atmen für mich wieder viel einfacher, weil mein Zwerchfell entlastet wird.

Mein Appetit nimmt laut Experten jetzt kräftig zu, (das kann ich bestätigen!) um dem Wachstumsspurt des Babys im dritten Trimester gerecht zu werden. Aber ich soll darauf achten, dass ich nicht schwach werde und zu viel (zu viel ist natürlich Definitionssache!) Kuchen, Süßigkeiten und Fast Food esse. Falls ich nicht sowieso ein Fitnessprogramm entwickelt hätte, sei nun ein guter Zeitpunkt, einige Übungen in die tägliche Routine aufzunehmen, damit sich mein Körper für die Geburt strecken und dehnen kann. (Soll das ein Witz sein? Ich bin froh, dass ich morgens überhaupt noch aus dem Bett komme!) Ich soll einen Yoga-Kurs für Schwangere besuchen, mich bewegen und all die Dinge tun, für die ich vermutlich keine Zeit mehr habe, wenn das Baby erst einmal auf der Welt ist...


29+0:

Mein Mann muss ab heute wieder zur Arbeit. Darüber bin ich natürlich etwas traurig. Dazu habe ich scheinbar eine Symphysenlockerung und liege eigentlich nur noch. Jede Bewegung ist eine Qual. Nachts wache ich auf, weil meine Hüfte so laut knackt. Ich muss mir morgen unbedingt so einen orthopädischen Gürtel von Dr. Verla verschreiben lassen. Zum Stützen, damit ich nicht auseinanderfalle. Das macht doch wirklich langsam keinen Spaß mehr.

Aber Noah tobt und spielt verrückt - wenigstens scheint es ihm (zu) gut zu gehen. Er dreht sich ständig, mal liegt der Kopf oben in meinen Rippen, mal unten im Becken. Dieses Rotieren scheint auch ziemliche Schmerzen auszulösen, aber meine Güte - was soll's? Ich bin trotzdem glücklich. Und ich habe es ja so gewollt (naja, nicht *ganz* so). Immerhin könnte alles schlimmer sein. Hauptsache die anderen Werte werden nicht mehr schlechter. Mehr will ich nicht!

29+1, mittags:

Heute geht es mir mal wieder einigermaßen gut (bisher). Da kommt gleich wieder Hoffnung auf, dass es vielleicht ab jetzt besser wird. Aber das hatte ich schon ein paar Mal - und dann ging es mir nach einer kurzen Pause noch schlechter. Naja, ich hoffe trotzdem weiter. Und vielleicht bekomme ich ja auch schnell den Symphysen-Gürtel, und vielleicht hilft der dann sogar. Aber schade ist es schon. Ich würde zwar nicht so weit gehen und die Schwangerschaft insgesamt verteufeln, auch wenn ich bisher nur eine Handvoll Tage der gesamten Zeit keine Schmerzen oder Sorgen hatte. Trotzdem gab es so viele Momente voller Glück, Freude und Wunder - das ist es ja schon irgendwie wert. Aber ohne all die Strapazen wäre es natürlich noch um einiges schöner gewesen. Vor allem, weil ich einfach nicht damit gerechnet hatte, dass es mich so umhaut.

Zu meinen Eltern wollen wir Weihnachten trotzdem. Da müsste schon etwas ganz Gravierendes passieren, damit wir plötzlich hier bleiben. Vorgestern, als es mir so besonders schlecht ging und ich eigentlich nur geheult habe, da hatte ich schon Zweifel, ob ich es schaffen werde, überhaupt wegzufahren. Aber gestern und heute bin ich schon wieder optimistischer. Ich *muss* einfach fit genug sein. Wenn wir Heiligabend hier alleine sitzen, werde ich eine mittelschwere Krise bekommen. Weihnachten ist *mein* heiliges Fest. Jedes Jahr. Ich könnte das nicht verkraften ohne meine Familie zu feiern. Und dann noch zu wissen, dass alle anderen dann auch schlecht gelaunt sind - und es wäre meine "Schuld". Meine Mutter würde nur heulen, wenn wir nicht kommen (und ich auch). Es muss einfach alles klappen!

Ich bin sehr gespannt, was der Frauenarzt-Termin heute wieder für Überraschungen bringt. Dr. Verla müsste eigentlich heute das dritte große Screening machen. Vielleicht kriegen wir dann mal wieder ein Bild. Wäre doch toll, so ein schönes Ultraschall-Bild vom Gesicht - das könnten wir gut zu Weihnachten verschenken. Und dann ist heute das erste CTG. Vielleicht können wir auch noch schnell einen Blick in den Kreißsaal werfen, denn die Frauenarztpraxis ist ja in dem Krankenhaus, in dem ich auch entbinden möchte - und hoffentlich, hoffentlich sind meine Werte (Blutdruck, Eiweiß) heute Ok, wenigstens nicht schlechter.


29+1, abends:

Der Frauenarzt-Termin war überraschend gut: Das CTG war in Ordnung, ich hatte keinen Eiweiß mehr im Urin, der Blutdruck war wie immer 140/90 (etwas zu hoch, aber nicht gestiegen und nicht dramatisch), zugenommen habe ich nicht mehr, eher etwas abgenommen (wichtig wegen Wassereinlagerungen). Alles sehr beruhigend!

Beim Ultraschall war auch alles super. Noah ist jetzt ca. 1,5 Kilogramm schwer und etwa 41 Zentimeter lang! Mein großer kleiner Junge! Ein Ultraschall-Bild vom Kopf haben wir zwar bekommen, aber man kann eigentlich gar nichts darauf erkennen. Schade.

So einen Gürtel wollte Dr. Verla mir allerdings nicht gönnen. Da hat er doch glatt gesagt, wenn ich immer noch Schmerzen habe, dann soll ich eben ab jetzt sechs statt drei Magnesium nehmen. Ich kann doch nicht unbegrenzt Magnesium einnehmen! Was kommt denn als nächstes? Vor allem ist die Symphyse doch gar kein Muskel sondern ein Knorpel, und darauf wirkt Magnesium überhaupt nicht, soviel ich weiß.

Ich glaube inzwischen, der Doc hält mich für eine übersensible Heulsuse und Hypochondra. Jedenfalls könne nur ein Orthopäde eine Symphysenlockerung diagnostizieren und einen solchen Gürtel verschreiben. Außerdem müsste ich dann wahrscheinlich per Kaiserschnitt entbinden. Zum Schluss sagte er noch: "Frohe Weihnachten, und *bleiben* Sie gesund!" Ich fand das ziemlich provokativ (möglicherweise bin ich ja doch etwas übersensibel), nach dem Motto: „Sie *sind* ja gesund, vollkommen. Sie haben rein gar nichts. Schwangerschaft ist keine Krankheit."

Es ist ja schön, wenn er alles so positiv sieht - Optimismus ist Klasse -, aber ich fühle mich trotzdem etwas von ihm im Stich gelassen und irgendwie nicht ernst genommen. Ich finde schon, dass er meine Schmerzen ernst nehmen sollte. Er geht ja einfach überhaupt nicht darauf ein. Durch sein Verdrängen meiner Schmerzen kann er sie jedenfalls nicht beseitigen.

Aber sein allerbester Tipp war folgender: "Ziehen Sie einfach einen Gürtel von Ihrem Mann an, wenn Sie denken, ein Gürtel würde Ihnen helfen. Dann merken Sie ja, ob es besser wird!" Dazu fiel mir nichts mehr zu sagen ein. Das war doch der blanke Hohn! - Also manchmal fällt es mir schon schwer, Respekt vor dem Herrn Halbgott in Weiß zu bewahren und ihn nicht einfach einmal ungehemmt anzuschreien!

Hilke meinte übrigens eben am Telefon, natürlich könne mein Gynäkologe mir den Gürtel verschreiben, und ein Kaiserschnitt wäre auch nicht unbedingt nötig bei einer Symphysenlockerung. Das sei ja schließlich eine typische Schwangerschaftskrankheit (wohlgemerkt *Krankheit*!), also sein Wirkungsfeld. Zum Glück hat meine Freundin Inken so einen Gürtel, weil sie auch eine Symphysenlockerung in beiden Schwangerschaften hatte. Den leiht sie mir jetzt erstmal, dann kann ich sehen, ob er mir hilft.

Ich hab auch wirklich überhaupt kein Bedürfnis, jetzt auch noch zum Orthopäden zu gehen. Ich will nicht jeden Tag bei einem anderen Arzt verbringen müssen. Davon geht es mir auch nicht besser. Montag kommt Hilke wieder.

Aber so unzufrieden ich mit Dr. Verla auch bin, umso glücklicher bin ich, dass es meinem kleinen Baby gut geht und meine Werte eher besser waren als schlechter.

29+2:

Was ist nur aus mir geworden?

Da bin ich doch heute Nachmittage beinahe zwei Stunden auf der Couch eingeschlafen. Und das, obwohl Schlafen am hellichten Tage zu meinen absoluten Tabus gehört. Ich halte da gar nichts von, sich so gehen zu lassen und den halben Tag zu verschlafen. Naja, mich überrascht langsam gar nichts mehr. All meine Vorsätze sind irgendwie hinfällig.

Das einzige, das ich zu meiner Verteidigung sagen möchte ist, dass ich heute bereits seit 5 Uhr wach bin. (Dies allerdings nur, weil ich so einen wahnsinnigen Hunger und Appetit hatte, dass ich mir bereits um 6 Uhr zwei Toastbrote mit Truthahn-Paprika-Aufschnitt einverleiben *musste* - und zwar im Bett! Danach habe ich vier Folgen meiner Lieblings- Babysendung geguckt.) Wer kann einem denn bei einem derartig anstrengenden Start in den Tag ein kleines Mittagsschläfchen versagen?

Es ist nicht mehr sehr lange hin bis zur Geburt, und ich werde immer aufgeregter

29+3:

Meine Schwiegermutter war zum vorweihnachtlichen Besuch bei uns, um uns unsere Geschenke vorbeizubringen. Geschenke ist in diesem Zusammenhang aber nicht der richtige Begriff sondern weit untertrieben, denn dabei denkt man an einige Päckchen und Tütchen. Meine Schwiegermutter kam aber mit einem völlig überladenen Kombi angebraust, aus dem sie kistenweise ihre Mitbringsel lud.

Bevor sie jedoch ihre Präsente in unserem Wohnzimmer verteilte, bis man kaum noch einen Fuß vor den anderen setzen konnte, versicherte sie mir - untermalt von einem entzückten Quieken und Gurren - wie gut ich doch aussehen würde und dass ich ja kein Gramm zugenommen hätte (richtig: kein Gramm, aber mittlerweile zehn Kilogramm!). Auch ihrem stolzen Sohn sagte sie mehrfach, wie gut seine Frau doch aussähe. Was blieb ihm anderes übrig, als den Komplimenten seiner Mutter zuzustimmen?

Nachdem wir jedenfalls ein vorzügliches Essen genossen hatten, dass uns meine Schwieger-Omi mitgeschickt hatte - Rinderbraten mit Kartoffeln, Rotkohl und viel Soße - begannen wir mit der vorgezogenen Bescherung: Es war schlichtweg unfassbar, welche Unmengen niedlichster Dinge wir da auspackten - winzige Söckchen, Lätzchen und Spieluhren. Dazu gesellten sich (selbstverständlich überwiegend völlig überteuerte) Sets der schönsten Babykleidung, passende Schühchen und andere nützliche und süße Dinge. Am Ende war es mir schon fast peinlich, welche Fülle an Geschenken uns wieder einmal zugedacht wurde. Ein richtig schlechtes Gewissen hatte ich.

Aber meine liebe Schwiegermutter freute sich mindestens so über meine verzückten Begeisterungsrufe während des Auspackens wie ich mich über die Geschenke. Der künftige Papa freute sich natürlich auch, aber wie Männer so sind, brach er natürlich nicht bei jedem einzelnen Strampler oder Spucktuch in jene helle Begeisterungsstürme aus wie ich. Er sagte, er werde sich erst so richtig darüber freuen, wenn er dann seinen Sprössling in den einzelnen Kleidungsstücken sehen werde. Darum überließ er das Auspackern der Tausendschaften an Paketen auch überwiegend mir.

29+4:

Geschenke einpacken war ja schon immer schön, aber mindestens genauso anstrengend. Schwanger Geschenke für unsere Großfamilie einzupacken ist wirklich eine körperliche und mentale Höchstleistung. So komme ich doch noch zu meinem mir empfohlenen Fitnessprogramm!

29+5:

Während eines unschuldigen, beinahe belanglosen Telefonats mit meiner Mutter mischte sich heute aus dem Hintergrund mein Vater ins Gespräch ein und murmelte etwas, dass sinngemäß so bei mir ankam: "Und? Hat sie sich mal wieder etwas eingekriegt?!"

Das hat mir fast die Sprache verschlagen. Ich habe natürlich sofort nachgefragt, wie er das denn wohl meinen würde, und ob er mich, seine einzige Tochter, die mühsam Tag für Tag sein Enkelkind austrägt, etwa für eine selbstmitleidige Mimose halte.

Daraufhin übergab meine Mutter wortlos den Hörer an meinen Vater, weil sie sich da nicht zwischenhängen wollte. Als ich also meinen Erzeuger dann direkt an der Muschel hatte, hörte ich ihn sagen: "Deine letzten Emails klangen immer so schwermütig. Das hat mich traurig gemacht!" Nun platzte mir aber doch der Kragen, und ich schrie ihn an, was er denn meinte, wie traurig es *mich* machen würde, dass ich ständig Schmerzen habe und mich kaum noch rühren kann. Dazu fiel ihm doch tatsächlich ein zu sagen, ich solle doch mal an meiner Einstellung und an meiner Moral arbeiten und mich nicht so hängen lassen. Ich schrie weiter: "Ich arbeite jeden Tag an meiner Moral, sonst würde ich ja nur noch dasitzen und heulen." Im Hinblick auf mein Gezeter meinte er völlig nüchtern: "Na, das ist dir ja schon gut gelungen!"

Damit war unser Gespräch beendet, ebenso wie meine gute Laune, die ich bis dahin noch gehabt hatte. Niemand versteht es, mich so zielsicher und vor allem so schnell von Null auf Hundert zu bringen wie mein Vater. Ich hätte heulen können vor Wut.

Anstatt ein paar lieber aufmunternder Worte besaß er doch tatsächlich auch noch die Nerven, mir Vorwürfe wegen meiner Moral zu machen. Ich mache *ihn* traurig? Pah!

Ich lasse mich doch nun wirklich nicht hängen! - Oder etwa doch?

## 31. Woche:

Aus dem Internet: Das Baby schluckt weiterhin Fruchtwasser, das von Nieren, Darm und Magen verarbeitet wird, und das seinen Geschmack höchstwahrscheinlich je nach Ernährung der Mutter verändert. Das Kind entdeckt seinen Geschmackssinn und wiegt nun etwa 1.300 Gramm.

Wahrscheinlich hätte ich jetzt schon Kontraktionen gehabt vermuten die Experten – sogenannte Vorwehen oder Übungswehen (Kann ich nicht mit Sicherheit sagen, abstreiten will ich es aber nicht.). Sie seien etwas unangenehm und fühlten sich so an, als ob sich ein breites Gummiband um den Bauch legt und dann wieder locker wird, aber sie seien nicht schmerzhaft. Im Gegensatz zu den späteren, richtigen Geburtswehen werde der Muttermund dadurch noch nicht geöffnet. Sogar vier bis fünf Vorwehen in der Stunde seien jetzt noch kein Grund, in die Klinik zu fahren. Sie seien eher ein Zeichen dafür, dass ich mir ein bisschen mehr Ruhe gönnen sollte. Ich soll mich möglichst viel entspannen, solange ich es noch kann. In diesem Monat hätte ich vermutlich 1,8 kg zugenommen. (Kein Kommentar!) Da das Baby vor der Geburt noch einen Wachstumsspurt einlege, sei es im letzten Drittel der Schwangerschaft normal, wenn ich pro Woche etwa ein halbes Kilo zunehme. Eventuell könnten sich meine Schlafgewohnheiten verändert haben. (Ja, richtig: Ich schlafe nicht mehr!) Der Bedarf des Babys an Nährstoffen sei währen des letzten Wachstumsschubs vor der Geburt am größten (Mein Bedarf an Schokolade und Sahnetorten ebenso!).


30+0:

Im Rahmen unserer letzten Einkaufstour vor Weihnachten habe ich meinem Mann durch einen unschuldig wirkenden, aber doch durchdachten Plan in einen Babyladen schleusen können, damit er endlich einmal einen Blick auf die verschiedenen Kinderwagen werfen konnte. Bevor er noch merkte, wohin die Reise ging, fuhren wir schon auf den Parkplatz des entsprechenden Geschäftes. Unser Aufenthalt in dem Geschäft war allerdings ähnlich kurz und knapp wie sein Urteil über die Kinderwagen. "Schwenkräder brauchen wir nicht, Hartschale oder Softtragetasche ist mir egal!"

- Schön, dass ich nun seinen aufrichtig interessierten Rat und sein überaus qualifiziertes Urteil zu meinen tage- und wochenlangen Recherchen hinzufügen kann. Sind Männer eigentlich so dermaßen uninteressiert, oder sind sie schlicht und einfach realistisch und pragmatisch? Das würde aber (wieder einmal) bedeuten, dass ich eindeutig ständig zu hysterisch bin und die Dinge unnötig kompliziert mache.

Diesen Gedanken werde ich nicht zu Ende denken!


30+2:

Ich glaube, ich bin bis auf ein paar Kleinigkeiten soweit fertig mit allen Weihnachtsvorbereitungen. Zum Glück geht es mir in den letzten Tagen recht gut. Ich hoffe wirklich sehr, dass es Weihnachten so bleibt! Als Folge meines unerwarteten Wohlbefindens konnte ich mich demzufolge gestern nicht mehr bremsen: Ich habe den ganzen Dachboden und alle Kartons durchwühlt, weil ich jetzt endlich Gewissheit brauchte, wie komplett meine Baby-Erstausstattung ist.

Überraschenderweise habe ich scheinbar inzwischen tatsächlich alle nötigen Kleidungsstücke in allen erdenklichen Formen, Farben und Größen, die sämtliche Baby-Erstausstattungslisten aus Büchern, Zeitschriften und dem Internet empfehlen - sogar noch mehr. Einiges kommt sicher jetzt an Weihnachten noch dazu - und dann sicher auch noch etliches zur Geburt. Aber der Grundstock ist definitiv vorhanden - und das, obwohl ich doch höchstens eine Handvoll Teile selber gekauft habe.

Diese Inventur hat mich doch sehr beruhigt! Zwar habe ich immer noch keinen Platz, wo ich all die schönen Dinge einräumen könnte, sollte unser Baby sich jetzt entschließen, Hotel Mama frühzeitig zu verlassen, aber das passiert ja schließlich nicht. Alles wird termingerecht fertig, und Noah wird ebenfalls termingerecht entbunden. Jawohl. Ganz bestimmt. Hoffentlich. - Meine Freundin Christin hat mich allerdings wieder etwas in Unruhe versetzt, als sie vollkommen schockiert aufschrie, als ich ihr am Telefon erzählte, dass wir ja nun bald nur noch den Kinderwagen und einige Kleinigkeiten bräuchten: "Oh mein Gott, ihr habt immer noch keinen Kinderwagen?! Ich dachte den hättet ihr schon lange!" Streng und etwas ungnädig wies sie mich noch darauf hin, dass - gerade zur Weihnachtszeit - die Kinderwagenhersteller wochen-, wenn nicht sogar monatelange Lieferfristen hätten, ob ich mir darüber im Klaren sei. Ich war mir vor allem über eines im Klaren: Ich werde mich nicht mehr länger wegen eines albernen Kinderwagens verrückt machen (lassen). Sollte das Modell (welches denn auch immer), das ich im Januar endlich auszuwählen und zu kaufen gedenke, zu dem Zeitpunkt nicht lieferbar sein, dann werde ich eben ein anderes nehmen. Basta!

Folgende Teile habe ich schon: Kinderzimmermöbel, Wickelauflage, Babybettausstattung, Decke für Kinderwagen, Babyschale für das Auto

Außerdem: 34 Bodys, 39 Strampler, 32 Oberteile, 26 Hosen, vier Strumpfhosen, zehn Schlafanzüge, drei Winter-Overalls, drei Jäckchen, zwei Schneeanzüge, acht Schlafsäcke, einen Strampelsack, einen Thermo-Schlafsack, drei Kuscheldecken (1x mit Kapuze), 22 Lätzchen, 16 Halstücher, zehn Mützchen, einen Schal, fünf Paar Handschuhe, vier Paar Schühchen, 30 Paar Socken

Für die Mahlzeiten: Stillkissen, Fläschchenbürste, manuelle Handpumpe, sechs Spucktücher, Fläschchenwärmer / Babykostwärmer, Flaschen-Desinfizierer

Für die Pflege: Bade-Thermometer, Handschuh-Waschlappen, Haarbürste und Kamm, Nagelschere, drei Kapuzenhandtücher, Schnuller-Thermometer

Für das Kinderzimmer: Musik-Mobile, Teddy-Spieluhr, Spieluhr-Dose, Storch-Mobile, Schnuffeltuch, wasserdichte Bettauflage / Matratzenschoner, Wickeltisch-Heizstrahler, Krabbeldecke mit Spielbogen, Krabbeldecke mit Knisterecken, Lammfell, Moskitonetz für den Kinderwagen, Schnuller, diverse Kuscheltiere

Nicht schlecht, oder?

30+3:

Ich habe seit längerem einmal wieder mit meiner Freundin Denise telefoniert, um mit ihr die letzten Details bezüglich der weihnachtlichen Pferdeversorgung abzuklären, die sie ja glücklicherweise angeboten hat zu übernehmen. Aus dem Hintergrund fragte ihr Freund, mit wem sie denn telefoniere. Ganz ungeniert (und unbarmherzig) antwortete sie: "Mit der Kugel!" - Reizend!

Natürlich hat Denise mich auch gefragt, wie es mir denn so geht (wie ich diese Frage inzwischen hasse!). Meine neue Standardantwort lautet: "Wenn ich die Schmerzen nicht mitzähle, geht es mir ganz gut!" Daraufhin sagte sie - voller seelischer Leichtigkeit: "Naja, wenn man bedenkt, dass meine Tante den ganzen Tag nur gekotzt hat, als sie schwanger war, bist du doch eigentlich ganz gut dran, denn du musst ja gar nicht spucken!"

Ich fühlte mich sofort an meine laut meines überaus verständnisvollen Vaters aufrecht zu erhaltende Moral erinnert. Ich erwarte ja wirklich von niemandem grenzenloses Mitleid. Aber sind denn etwas Mitgefühl und ein paar aufmunternde Worte wirklich zu viel verlangt?

Moral hin oder her. Das war eindeutig ein weiterer Hinweis darauf, dass ich mich nicht so anstellen soll. Ach, was sind die Leute grausam und gefühlskalt mit uns werdenden Muttertieren, die immerhin dafür sorgen, dass die Menschheit nicht aussterben muss.

30+4:

Die letzten Geschenke sind verpackt, das Auto ist beinahe fertig eingeladen, die Pferdeversorgung ist geklärt. Mir geht es einigermaßen gut, ich bin guter Dinge, dass ich die Fahrt morgen überlebe. Ich werde mich mit niemandem streiten. Meine Moral ist ganz weit oben auf. Weihnachten kann kommen!

30+5, Heiligabend:

Mein Bruder hat mich zur Begrüßung mehrere Male stürmisch umarmt und sich total gefreut (die anderen natürlich auch). Er hat mir versichert, dass er stolz auf mich ist und liebevoll meinen Bauch getätschelt. Er hatte sogar Glück, und Noah war so gnädig in dem Moment in meinem Bauch herumzuspringen, als mein Bruder seine Hand darauf liegen hatte. Somit ist er doch tatsächlich in den Genuss einiger spürbarer Kindsbewegungen gekommen, was mehr ist, als die meisten anderen von sich behaupten können.

Eine überaus interessante Feststellung hat mein Bruder mir dann auch noch mitgeteilt: Er fand doch tatsächlich, ich hätte meinen typisch "weiblichen Duft" verloren und würde jetzt "nur noch nach Mutti" riechen.

Ich war mir nicht ganz sicher, ob ich lachen oder weinen sollte, entschied mich aber zumindest für den Moment fürs Lachen. Wenn ich allerdings genau darüber nachdenke, könnte ich ebenso gut heulen: Hoffentlich ist der Duft nicht das einzige Attribut meiner Weiblichkeit, dass ich langfristig eingebüßt habe (neben meinem Sexleben, meiner Figur, meiner gesamten Lebensweise).

Oh mein Gott: Ich sehe nicht nur so aus, ich rieche sogar schon nach Mutti!


30+6:

Wir sind wieder Zuhause. Ich lebe, die Tiere leben, alles war gut, und jetzt ist alles vorbei. Schade und schön auf einmal! Unsere Weihnachtsbesuche waren alle problemlos und wirklich schön: Ich habe die langen Autofahrten dank komplizierter Sitztechniken ziemlich gut überstanden, der Besuch bei meiner Oma war zwar anstrengend, aber nicht annähernd so schlimm wie ich es mir vorgestellt hatte. Zwar ist sie mit keinem Wort auf meine Schwangerschaft oder die bevorstehende Geburt ihres Urenkels eingegangen, aber vielleicht wäre das auch zu viel verlangt gewesen. Ich glaube, sie kann das gar nicht richtig realisieren. Wenigstens hat keiner geheult. Das ist die Hauptsache!

Sowohl Heiligabend bei meinen Eltern als auch der Besuch bei meiner Schwieger-Familie gestern waren wunderschön. Das Essen war überall göttlich, wir haben schöne Geschenke bekommen, und keiner hat sich gestritten (sogar mein Vater und ich sind nicht aneinander geraten, was normalerweise eine Selbstverständlichkeit ist und eigentlich zur Tradition gehört). Alles war richtig harmonisch. So ein Babybauch scheint also auch den Zweck eines Schutzschildes gegen familiäre Weihnachtsstreitigkeiten zu sein.

Trotzdem bin ich froh, dass jetzt alles vorbei ist. Wieder ist eine Etappe geschafft. Nun können wir uns quasi wieder auf das Wesentliche konzentrieren: Auf den Endspurt nämlich! Nun gehen die letzten Wochen der Schwangerschaft los, und die letzten Wochen in Bezug auf den Dachbodenausbau. Langsam wird es ernst...

*32. Woche:*

Es wird langsam eng in Gebärmutterhausen. Mein Kind bewegt sich laut Internet weniger und beschäftigt sich dafür mehr damit, eine bequeme Lage zu finden. - Noah bewegt sich allerdings heftiger denn je und macht ganz und gar nicht den Anschein, als wolle er sich für eine endgültige Lage entscheiden: Mal liegt der Kopf oben unter (eher *in*) meinem Rippenbogen, mal unten auf meiner Blase. Die Fäuste und Füße und sämtliche anderen "Kleinteile" spüre ich über den Tag (und vor allem in der Nacht) an allen möglichen (und unmöglichen) Stellen. Er scheint unentschlossen, was die bequemste Lage für ihn ist. Für mich ist es inzwischen egal wie er liegt: Alles ist unbequem für mich!

In Vorbereitung auf die Geburt könne sich die Gebärmutter zusammenziehen. Die Kontraktionen würden etwa 20 Sekunden dauern, und es könne sein, dass ich nichts davon spüre. Dafür würde vielleicht mein Becken schmerzen, da es sich gedehnt hat. (Ach, tatsächlich?) Ab jetzt fänden die Vorsorgeuntersuchungen alle 14 Tage statt.

Nun muss ich mich nach Aussage des Internets spätestens darum kümmern, dass alles vorhanden ist, was mein Baby in der ersten Zeit braucht. Shopping sei angesagt! (Juhu: Shopping auf Rezept sozusagen!) Glücklicherweise müsse gar nicht so viel angeschafft werden (das habe ich überlesen!), denn Babys würden sehr schnell aus allem heraus wachsen. Außer Windeln (zwischen sechs und zehn Stück pro Tag) bräuchte ich eine Wickelkommode oder wenigstens eine Wickelunterlage (habe ich), Feuchttücher, Wundschutzcreme, Babyshampoo und Körperlotion (brauche ich noch). Eine Baby-Badewanne (brauche ich noch), vor allem ein Modell, das man auf die große Badewanne aufsetzen kann, sei sehr praktisch und schone den Rücken. Die Ausstattung des Babybettchens sollte wegen der daraus resultierenden Erstickungsgefahr nicht zu üppig sein. Babys bräuchten noch kein Kissen. Eine Decke, ein Lammfell zum Kuscheln (hab ich) oder vielleicht ein Schlafsack (hab ich) seien für den Anfang genug (Naja, und die 10.000 anderen Dinge auf meiner Liste eben).

Weiterhin verrät das Internet: 90 Prozent aller Kinder liegen jetzt schon mit dem Kopf nach unten. (Natürlich! - Alle außer meines!)

In dieser Woche werde ein Bluttest auf Hepatitis B (Gelbsucht) durchgeführt. Schwangere, die sich vielleicht sogar unbemerkt einmal mit dem Hepatitis-Virus angesteckt hätten, könnten so entdeckt werden. Während der Schwangerschaft sei das noch kein Risiko, aber bei der Geburt könne sich das Baby infizieren und schwer erkranken. (Sehr interessant. Davon habe ich noch nie gehört. Mein nächster Vorsorgetermin ist erst in gut zwei Wochen. Aber im Notfall würde dagegen sicher Magnesium helfen, wenn ich meinen Frauenarzt danach frage.)

Bauchzwergs Kopfhaar sei schon recht dicht (das wage ich zu bezweifeln - bei den Genen!), und bei manchen Kindern sei sogar im Ultraschall ein Haarschopf zu sehen (wir können froh sein, wenn man bei unserem Kind jemals einen Haarschopf sehen wird!). Die meisten Kinder nehmen ab jetzt wohl zwischen 150 und 200 Gramm pro Woche zu. Mein Baby wiegt jetzt ungefähr 1,7 Kilo und ist vom Scheitel bis zum Zeh circa 42 Zentimeter lang. Ich könnte Rückenschmerzen haben (Tatsächlich? Danke für den Hinweis. Alles nur eine Frage von Moral und Magnesium!) und soll spätestens jetzt auf flache Schuhe umsteigen, außerdem soll ich nichts Schweres mehr tragen (aber immerhin muss ich mich selber tragen). Meine Hebamme könne mir ein Schwangerschaftskorsett verpassen (Ich sage nur: orthopädischer Stützgürtel!). Das sei zwar nicht sehr sexy, aber es unterstütze den Rücken und könne hilfreich sein, wenn es jetzt für mich unangenehm sei, mich zu bewegen.

31+3:

Mein Liebster hat einen neuen Namen für mich erdacht. Nachdem er neulich bereits meinte, ich sähe ja aus wie eine Fußballspielerin - die den Ball verschluckt hat -, entsprang seinem liebenden Hirn heute Morgen beim Streicheln meines Bauches eine ganz neue Schöpfung: Kugelfisch! Entzückend...


31+4:

Es ist doch erstaunlich, wie bescheiden die Wünsche und Sehnsüchte einer Schwangeren sein können: Ich zum Beispiel träume (neben einer möglichst schnellen und schmerzfreien Geburt eines gesunden Kindes) davon, endlich wieder eine meiner normalen Jeanshosen anziehen zu können oder den Reißverschluss meines Mantels zu zubekommen. Weitere Wünsche: Ein Brötchen mit Zwiebelmett oder Räucherlachs, ein Toastbrot mit Salami, Tiramisu, Sex... (nicht zwingend in dieser Reinfolge!).

Ansonsten bin ich wunschlos glücklich. Ist das nicht schön?


31+5, Silvester:

Normalerweise bin ich zu Silvester immer merkwürdig sentimental und melancholisch. Aber heute nicht: Ich vermisse zum ersten Mal nicht, dass ich Silvester nicht mit meinen Eltern feiere oder zu einer großen Party bei Freunden gehe. Ich bin zufrieden!

Und das, obwohl mein fleißiger Ehemann heute den ganzen Tag arbeiten muss. Er wird erst gegen 21 Uhr nach Hause kommen. Silvester fällt also quasi aus. Und obwohl ich mich sonst regelmäßig zum Jahresende ungeheuer einsam und alleine gefühlt habe, ist es dieses Jahr ganz anders. Ich brauche zum ersten Mal niemand anderen für meinen Jahreswechsel. Ich habe jetzt meine eigene Familie.

Alle früher gekannten Sehnsüchte nach einer ominösen Erfüllung unbekannter Art sind verschwunden. Ich habe alles, was ich brauche - zumindest an existenziellen Dingen (außer Mettbrötchen und Tiramisu natürlich!).

Ich freue mich einfach darauf, wenn mein Mann nach Hause kommt und wir gemeinsam unser letztes Jahr zu zweit beschließen - gemütlich vor dem Fernseher bei einer unsinnigen Silvester-Show. Wir werden Raclette essen und kein bisschen die wilden Partys vermissen, die wir heute alle verpassen.

Es heißt heute das letzte Mal für uns: "Dinner for two"...

# Januar

**31+6:**

Um etwa 0.30 Uhr lagen wir friedlich schnarchend in unserem Bett, vollgefressen und glücklich. Zuvor hatten wir von unserem Garten aus einen wunderbaren Ausblick auf die Feuerwerke der umliegenden Dörfer. Die Nacht war kalt und klar, und wir konnten - eng aneinander gekuschelt - jede Rakete sehen, die im Umkreis gestartet wurde.

Was wird das neue Jahr uns wohl alles Neues bringen, von dem wir jetzt noch rein gar nichts ahnen?

*33. Woche:*

Das Baby wiegt nun circa 1,9 kg und ist ungefähr 44 Zentimeter groß. Ich soll es vermeiden, mein zusätzliches Gewicht dadurch auszugleichen, dass ich mich nach hinten lehne: Die Perspektive ändere sich und somit auch der Schwerpunkt. So könne es passieren, dass ich mich häufiger stoße oder stolpere. Zu den mir schon bekannten Vorwehen kämen jetzt auch Senkwehen dazu, die in den nächsten Wochen dafür sorgten, dass das Baby sich mit seinem Köpfchen fest in den Knochen des kleinen Beckens einstelle. Es rutsche sozusagen in seine Startposition für die Geburt. Wenn es sich noch nicht gedreht habe und der Kopf noch immer nicht unten liege, wie das bei etwa zehn Prozent der Kinder der Fall sei, befinde es sich in der Beckenendlage (Steißlage), seltener in einer

Schräg- oder Querlage. Das Kind habe dann medizinisch gesehen eine ungünstigere Geburtslage, denn es sei besser, wenn der größte, härteste Teil des Kindes, also der Kopf, vorausgehe. Es könne zwar immer noch sein, dass das Baby sich von alleine dreht, aber vielleicht könne der Frauenarzt auch versuchen, es von außen zu drehen. Lasse sich das Baby bis zur 38. Woche nicht mehr in die Schädellage bringen, könne ein Kaiserschnitt nötig werden. Der Schädel des Babys sei noch immer sehr biegsam und die Schädeldecke noch nicht geschlossen, unter anderem, damit es sich besser durch den relativ engen Geburtskanal zwängen kann.

32+1:

Dem Zwerg scheint es nach wie vor bestens zu gehen: Er ist weiterhin sehr aktiv und schlägt Purzelbäume. Ich bin so gespannt, ob er "draußen" auch so fidel sein wird. Aber er hat ganz oft Schluckauf, ab und zu dreimal am Tag. Ich frage mich, ob das noch normal ist und ob man anhand dessen Rückschlüsse auf sein späteres Trinkverhalten ziehen kann?! Wenn er an der Brust auch so hastig trinkt, das kann ja nicht gesund sein. Hoffentlich wird er kein Spuckbaby!

32+2:

Es ist kaum zu glauben: Das Unglaubliche ist wahr geworden! Das Unmögliche ist geschafft! Die untreffbare Entscheidung ist getroffen: Mein Kinderwagen ist bestellt!

Ich bin ganz aus dem Häuschen deswegen - und ungeheuer erleichtert: Meine Schwiegermutter ist gerade in dem Babygroßhandel, der meinen Wunschkinderwagen führt und hat ihn dort für mich ausprobiert (Ja, ich vertraue ihr da voll und ganz. Immerhin hat sie vier Kinder großgezogen!) - und bestellt. Nächste Woche wird er mir geliefert. Ich freu mich so! Endlich haben wir dieses Thema auch von der Liste. (Sollte er uns nun wider Erwarten doch gar nicht gefallen, was ich für unmöglich halte, dann können wir ihn ja wieder zurückschicken).

Ich hatte nämlich auch nicht im geringsten Lust, einen ganzen Tag zu opfern, um in die nächste Großstadt zu fahren. Und die Zeit wird sowieso knapp: Nächsten Samstag fängt mein Geburtsvorbereitungskurs an (endlich!), das bedeutet, dass ab jetzt jeder Samstag ausgebucht ist. Wie und wann hätten wir da noch durch die Weltgeschichte fahren und Kinderwagen anschauen sollen? Von dem Aufwand und Stress mal abgesehen. Und der beschäftigte zukünftige Vater hat sowieso genug um die Ohren. So sparen wir also Zeit, Geld und Nerven. Ich bin begeistert!

In etwa einer Stunde kommt mein Liebster von der Arbeit, dann fahren wir in den Baumarkt und kaufen Laminat und die Farben für unser Kinderzimmer. Die Tür hat er gestern schon eingebaut. Jedenfalls scheint das Zimmer tatsächlich dieses Wochenende fertig zu werden. - Ich fasse es kaum: Mein Kinderwagen ist bestellt, und das Kinderzimmer steht kurz vor der Vollendung! - Zwei Dinge, von denen ich schon nicht mehr glauben konnte, dass sie jemals passieren. Ich bin in richtig feierlicher Stimmung. Langsam fügt sich alles. Es fehlen nur noch ganz wenige Dinge, immer mehr Sachen kommen zusammen, die Räume werden fertig... Bald ist alles bereit für Noahs Ankunft auf dieser Welt!


32+5:

Das Kinderzimmer ist fertig gestrichen, und der Laminatboden liegt auch. Mann, sieht das toll aus! Jetzt fehlen nur noch ein paar Kleinigkeiten wie Fußleisten, Fensterleisten und eine Leiste zwischen Decke und Wand sowie Lampen und Steckdosen. Vielleicht kaufen wir noch eine Bordüre für den Übergang zwischen Blau und Vanille an der Wand. Ende der Woche holt mein Mann die Möbel!

Ich habe eine Skizze von dem Zimmer gemacht und aus Papier kleine Modellmöbel ausgeschnitten - nun schiebe ich im Modell alles von links nach rechts und kann mich nicht entscheiden, wie alles stehen soll. Ob ich vielleicht noch den Apothekerschrank aus dem Esszimmer mit hochnehme? - Der ist ebenfalls Kiefer gelaugt und würde super zu den restlichen Möbeln passen. Und einen Sessel zum Stillen möchte ich auch unbedingt aufstellen. Das wird schon eng, denn so riesig ist das Zimmer ja auch nicht: Knappe elf Quadratmeter. Aber eigentlich müsste alles reinpassen. Wahrscheinlich kann ich es erst wirklich entscheiden, wenn die Möbel hier sind. Auf dem Papier ist ja alles blanke Theorie.

Jedenfalls würde ich nun am liebsten sofort anfangen, alle Babyklamotten noch einmal durchzuwaschen. Dann könnte ich am Wochenende schon einräumen. Oder ob ich lieber noch eine Woche warten und das Zimmer auslüften lassen soll? Allerdings stinkt die Farbe schon gar nicht mehr so sehr, und in die Schränke wird der Geruch ja wohl nicht ziehen, oder? Andererseits könnte ich auch noch ein paar Tage länger warten, bis es definitiv nicht mehr nach Farbe riecht.

Herrje, ich bin einfach so aufgeregt und ungeduldig! Mein Nestbautrieb will unbedingt befriedigt werden. Vielleicht fange ich einfach schon einmal an zu waschen und lasse die Sachen dann im Wohnzimmer liegen, bis das Kinderzimmer eindeutig geruchsneutral ist.

Dabei frage ich mich eines: Muss ich überhaupt wirklich *alles* noch einmal waschen wie es in sämtlichen Büchern, Zeitschriften und Internetforen empfohlen wird? Viele Sachen stehen sauber verpackt in Kartons auf dem Dachboden und riechen auch ganz frisch gewaschen. Müssen die wirklich nochmal in die Maschine?

Und gibt es wohl spezielle Tricks beim Einräumen der Schränke? Wie und wonach werden denn überhaupt die einzelnen Teile sortiert? Nach Größe? Oder legt man alle Strampler usw. in verschiedenen Größen zusammen, alle Bodys, Hosen, Oberteile? Lassen sich diese Mini-Teile überhaupt gut stapeln, oder sollte ich lieber Kisten besorgen, die man im Schrank stapeln kann, damit nicht alles durcheinander fliegt?

Meine Güte - wie kann ein so banales Thema so viele Fragen aufwerfen?

### *34. Woche:*

Laut Internet ist es jetzt überaus wichtig, genügend Kalzium über die Nahrung aufzunehmen, denn das Baby habe einen höheren Kalziumspiegel im Blut als die werdende Mama. Es benötige diese Unmengen für das Wachstum seiner Knochen. Die Plazenta zapfe dabei meine Reserven an. Das Kind nehme sich quasi, was es brauche, aber es solle ja auch noch etwas für mich übrigbleiben. Bei einem Mangel an Kalzium komme es zu Schwäche, Skelettschmerzen, Kribbeln, Zahnfleischentzündungen und Haarausfall, außerdem bestehe ein erhöhtes Risiko für eine Präeklampsie. Das Baby wiegt nun rund 2 Kilo und ist etwa 41 Zentimeter lang.

Ende dieser Woche beginnt der Mutterschutz. (Endlich wird anerkannt, dass werdende Mütter eine schützenswerte Spezies sind!) In den sechs Wochen vor der Geburt dürfe ich zwar arbeiten, wenn ich dies ausdrücklich wolle, aber eigentlich sei diese Zeit dazu gedacht, sich auf die Geburt und die Zeit danach vorzubereiten. Ich soll die letzten Wochen genießen und Kraft sammeln für die anstrengende Aufgabe, die vor mir liegt. Mir wird nahegelegt, einen Vorrat an allen Grundnahrungsmitteln und anderen notwendigen Dingen von Konservendosen bis hin zu Klopapier anzulegen, solange einkaufen noch nicht zur Qual geworden ist. Außerdem empfehle es sich, ein paar Extra-Portionen vorzukochen und einzufrieren. Ich würde mich in den ersten Wochen nach der Geburt darüber freuen, insbesondere wenn ich stillen wolle. Auch eine Liste mit allen wichtigen Telefonnummern, wie z.B. Arzt, Hebamme und Entbindungsstation sei eine hilfreiche Idee. Auch bereits vorhandenen Kinder und Haustiere müssten natürlich gut untergebracht beziehungsweise betreut werden. Ich könne dem Geburtstermin entspannter entgegensehen, wenn ich all diese Dinge bereits im Vorfeld organisiert hätte. Der Mutterschutz gelte noch bis acht Wochen nach der Geburt.

Für den Fall, dass mein Baby jetzt ungeduldig werde, sollten die letzten Vorbereitungen getroffen sein: Das Kinderzimmer sollte zumindest mit dem Nötigsten ausgestattet und die Kliniktasche gepackt sein. Zusätzlich zu allem, was ich sonst auf eine Kurzreise mitnehmen würde, sei ein vorn zu knöpfender Pyjama oder ein Nachthemd beim Stillen sehr praktisch, außerdem Wechselkleidung, ein Still-BH, Stilleinlagen, die stärksten Binden, die ich bekommen könne (eventuell würden diese aber auch vom Krankenhaus gestellt) und natürlich Babykleidung, Windeln, Babypflegeprodukte und etwas zum Warmhalten (z.B. eine Decke) für den Nachhauseweg. Für die Formalitäten soll ich Personalausweis, Mutterpass, Familienstammbuch oder Heiratsurkunde (bzw. für Ledige die eigene Geburtsurkunde) und Chipkarte der Krankenversicherung einpacken.

Bei jeder zehnten Schwangeren reiße die Fruchtblase schon ein, bevor die Wehen einsetzten. Dieser sogenannte vorzeitige Blasensprung stelle ein Infektionsrisiko dar. Deshalb werde in diesem Fall normalerweise innerhalb von 24 Stunden die Geburt eingeleitet, sollten die Wehen nicht von alleine beginnen.

33+0:

Ich habe die ersten beiden Maschinen mit Babykleidung gewaschen und aufgehängt. Was für ein Gefühl! Es macht einen Riesenspaß, alles vorzubereiten – und doch kann ich es mir noch immer nicht vorstellen, dass all diese süßen Sachen bald an meinem noch süßeren Sohn noch viel niedlicher aussehen werden als ohnehin schon auf dem Wäscheständer.

Ich habe heute ein merkwürdiges Gefühl im Unterleib: Ab und zu ein schmerzhafter Druck nach unten. - Ob das Senkwehen sind? Oder drückt nur das Köpfchen so doll? Es beunruhigt mich nicht, aber ich wüsste gerne, was das ist.


33+1:

Juhu! Mein Kinderwagen wurde heute geliefert! Und: Ich liebe ihn! So ein tolles Teil. Ich glaube nicht, dass ich damit je unzufrieden sein werde. Nun frage ich mich allerdings, was ich alles in die Softtragetasche, die man oben schließen kann, hineinpacken soll. Von meiner lieben Schwieger-Omi bekommen wir diese spezielle dicke Decke für Kinderwagen, die aussieht wie ein Kopfkissen. Außerdem habe ich einen Thermoschlafsack, ein Lammfell, wasserundurchlässige Schoner, Spucktücher, Moltontücher... Natürlich passt das da nicht alles rein, oder wenn, dann passt kein Baby mehr dazu, aber was nehme ich denn jetzt am besten in welcher Kombination? Meine Güte: Was man sich als angehenden Mutter für merkwürdige Fragen stellt. Und vor allem: Kaum hat sich eine Frage geklärt, taucht auch mindestens schon die nächste auf. Unfassbar!


33+2:

Endlich sind auch die Kinderzimmermöbel da! Es ist ja schöner als Weihnachten!

Mein tüchtiger Mann hat sie heute nach der Arbeit von den Bekannten der Freunde meiner Eltern abgeholt. Ein bisschen nass sind sie beim Transport leider geworden – denn natürlich musste es ausgerechnet heute aus Eimern gießen. Die Tropfen lagen aber scheinbar nur so oben auf und sind nicht eingezogen. Ich habe gleich alles frottiert, somit ist kein wirklicher Schaden entstanden. Alles ist schon wieder ganz trocken und unbeschadet. Nass abgewischt hätte ich sie ja ohnehin.

33+3:

Ich war heute zum ersten Mal beim Geburtsvorbereitungskurs. - Es war ganz Ok, aber etwas wirklich Neues habe ich zumindest heute noch nicht gelernt. Aber das wird sich sicher nächstes Mal ändern! Ich kann ja unmöglich schon alles wissen.

Ich habe jetzt schon etwa sechs Maschinen Babywäsche gewaschen. Etwa drei bis vier Waschmaschinen fehlen noch. Wahnsinn! Unser Wohnzimmer sieht aus wie ein Babymarkt: Alles liegt, hängt und steht voll mit Klamotten. Der Kinderwagen steht auch im Wohnzimmer zum Auslüften, die Babybettmatratze liegt auf dem Sofa, weil oben das Kinderzimmer noch nicht fertig ist, im Esszimmer steht ein Kindersitz mit Riesen-Teddy drin. Wenn wir nicht schon dabei wären, müssten wir spätestens jetzt beginnen, anzubauen. Braucht man wirklich all diese Sachen?

Die Hunde sind schon ganz verunsichert - vor allem wegen der Gerüche, die die Babykleidung verströmt: Den typischen Babyduft. Irgendwie riecht das ganze Haus schon nach Baby, und die Hunde merken ganz eindeutig, dass irgendwas im Busch ist.

Langsam geht alles in die Endphase: Der Kinderwagen ist da, die Möbel sind da, und die Babywäsche ist bald fertig gewaschen... Leider ist die Bordüre fürs Kinderzimmer noch nicht gekommen, die ich im Internet bestellt habe, aber trotzdem kann ich nächste Woche endlich anfangen einzuräumen! Jipieeehhhh!

33+5, vormittags:

Letzte Nacht habe ich so dermaßen schlecht geschlafen: Von halb zehn bis halb eins ungefähr, dann musste ich Pipi. Dann konnte ich nicht mehr einschlafen. Ich bin dann um 2.30 Uhr wieder aufgestanden, weil ich schon wieder musste und habe ich mich dann ins Wohnzimmer auf die Couch gelegt, weil ich Angst hatte, dass ich mit meinem Hin- und Her-Gewälze meinen Mann aufwecke. Auf der Couch habe ich dann ca. von 4 bis 4.30 Uhr geschlafen. Dann musste ich wieder. Danach bin ich doch wieder ins Bett gegangen, um bei meinem Liebsten zu sein, wenn er aufwacht. Um kurz nach 5 Uhr ist dieser aufgestanden. Um 6 Uhr ist er zur Arbeit gefahren. Dann habe ich es doch tatsächlich noch geschafft, bis 8 Uhr zu schlafen - immerhin. Schlaflose Nächte sind doch das anstrengendste überhaupt! Anscheinend übe ich schon mal für den Ernstfall. In der Nacht davor hatte ich auch schon zwei Stunden Wachphase von 1.30 bis 3.30 Uhr. Ich bin nun also etwas gerädert, aber versuche den Tag durchzuhalten, damit ich vielleicht heute Nacht besser schlafen kann.

Im Kinderzimmer fehlen jetzt nur noch ein paar Kleinigkeiten. Die Möbel stehen an ihrem Platz. Die sehen so schön aus (selbst der böse guckende Schrank), wenn auch völlig ungewohnt. Ich denke, ich werde gleich schon mal etwas dekorieren und den Schrank einräumen. Im Wohnzimmer türmen sich nach wie vor die immer noch wachsenden Berge mit Babykleidung, aber nun habe ich bald alles durchgewaschen. Noch bin ich total unschlüssig, wie ich alles einräumen soll. Aber wahrscheinlich werde ich sowieso alles 100mal hin und her räumen.


33+5, abends:

Ich habe jetzt den Schrank so eingeräumt: Oben Bodys, dann Strampler, Pullis, Hosen - alles nach Größe: 50/56 vorne, 62/68 hinten - aber eben in einem Fach, auf verschiedenen Stapeln. Eine Kleiderstange gibt es noch für die Schneeanzüge, Jacken und dickere Overalls. In einem Fach sind Schlafsäcke und -anzüge, und in ein Fach habe ich kleine Kästen gestellt, jeweils für Lätzchen, Mützchen, Halstücher usw.

Ich bin äußerst zufrieden damit. In der Wickelkommode habe ich in den Schubladen Socken und Kleinkram und in den Fächern Bettwäsche, Handtücher und Decken, außerdem Windeln und Stilleinlagen.

Es hat über zwei Stunden gedauert, alles hoch zu schleppen und zusammenzulegen. Nun bin ich ganz schön kaputt von so viel Stehen und Treppensteigen. Aber es hat so einen Spaß gemacht, und jetzt ist alles fast fertig. Vor allem aber sind die Sachen endlich aus dem Wohnzimmer verschwunden, und es ist endlich wieder Platz auf der

Couch. Für mich. Und zwar jetzt. Ich muss dringend meinen überstrapazierten Rücken zu ausruhen.

## 35. Woche:

Eine grün-schwarze, klebrige Masse füllt die Gedärme meines Kindes, das Kindspech. Es besteht aus Rückständen von Zellen und Fett aus dem Fruchtwasser, Lanugohaaren, Schleim und Gallenflüssigkeit. Nach der Geburt wird die Masse vom Kind ausgeschieden. Die meisten Kinder drehen sich laut Internetexperten spätestens jetzt in ihre endgültige Geburtslage. Das Baby füllt jetzt den gesamten Bauchraum aus. Gleich unterhalb des Busens beuge sich diese enorme Kugel vor und drücke die Lungen zusammen, sodass ich kaum noch Luft bekäme. Die Gebärmutter drücke außerdem gegen die Rippen, was äußerst schmerzhaft sein könne. Da helfe es nur, ganz gerade zu sitzen oder mich nach oben zu strecken. Vermehrte Senkwehen führten allerdings in den nächsten Wochen zum Tiefertreten des kindlichen Köpfchens in das kleine Becken, woraufhin ich auf einmal wieder besser Luft bekommen würde. Auch das Sodbrennen lasse nun etwas nach. Übelkeit könne jetzt gegen Ende der Schwangerschaft auf einmal wieder zum Problem werden. Kleine aber häufigere Mahlzeiten würden dagegen helfen.

Lange Autofahrten würden jetzt sehr beschwerlich. Ich soll also lieber keine Fahrten mehr einplanen, die länger als eine Stunde dauern, denn im Sitzen sei die Durchblutung des Beckens deutlich vermindert. Den Sicherheitsgurt soll ich über der Hüfte (unterhalb des Bauches) und zwischen den Brüsten (oberhalb des Bauches) anlegen, sonst könne mein Baby bei einem Aufprall verletzt werden. Manche Fachleute raten sogar dazu, ein Kissen zwischen unterem Gurt und Hüften zu befestigen.

Mein Baby wiegt jetzt ungefähr 2,4 kg und misst circa 46 Zentimeter vom Kopf bis zu den Zehen. Es hat nun ein voll entwickeltes Paar Nieren und die Leber kann bereits körperliche Abfallprodukte verarbeiten. In meiner Gebärmutter befindet sich nun weniger Fruchtwasser und mehr Baby, das inzwischen das Tausendfache seiner ursprünglichen Größe erreicht hat. Die Experten vermuten, dass ich zwischen 11 und 13,6 Kilo zugenommen und meine Gewichtszunahme nun ihren Höchstpunkt erreicht habe. Auch mein Bauchnabel sei gewachsen und stehe vor.

Es könne sein, dass mein Arzt mich von nun an bis zur Geburt wöchentlich sehen möchte.

Sei ich besorgt gewesen, mein Baby könne zu früh geboren werden, dann könne ich jetzt aufatmen, da die meisten Babys ab der 35. Schwangerschaftswoche gesund und munter auf die Welt kämen. Die Lungen meines Babys dürften nun voll entwickelt und funktionsfähig sein. Sollten im Fall des Falles doch Atmungsprobleme auftauchen, so ließen sich diese leicht behandeln.

Der große Tag ist nicht mehr weit! Wenn ich mich noch nicht dafür entschieden hätte, in welchem Krankenhaus ich entbinden will, soll ich das nun schleunigst nachholen. Es helfe und entspanne die gesamte Situation, wenn ich vorher wisse, wo ich entbinden möchte. Über folgende Punkte soll ich mich informieren: Was brauche ich für die Anmeldung. Wo befindet sich die Entbindungsstation? Wo bekomme ich innerhalb des Krankenhauses etwas zu essen oder zu trinken?

34+1:

Der Baby-Kleiderschrank ist nun also auch eingeräumt. Nun muss ich nur noch meine Kliniktasche packen, dann ist tatsächlich alles fertig. (Naja, bis auf zwei Zimmer auf dem Dachboden, aber die haben ja nicht unmittelbar mit dem Baby zu tun.)

Nun habe ich keine Projekte und Ablenkungsmanöver mehr vor mir, die mir den Blick für die überwältigende Tatsache vernebeln: In ein paar Wochen bin ich Mutter! - Noch immer ist sie sehr schockierend, diese Vorstellung. Und auch immer noch überraschend. Natürlich freue ich mich, aber nach wie vor habe ich auch mächtig Muffensausen, wie das alles werden wird.

Heute bin ich erstmal gespannt auf unseren nächsten Frauenarzt-Termin. Der langsam ebenfalls aufgeregte Vater meines Kindes sagt immer: "Bestimmt muss das Baby gleich geholt werden!" - Ich finde, der Gute soll mal die Füße still halten! So ein ungeduldiger Kerl! Ein paar Wochen wird er nun wohl doch noch aushalten. Das Baby soll nicht geholt werden, schon gar nicht heute oder morgen oder nächste Woche. Wie kann man nur so ungeduldig sein?!

Zum Glück habe ich die letzten Nächte wieder besser geschlafen, aber ich bin irgendwie ganz schlapp und etwas atemlos und zittrig und werde mich gleich etwas hinlegen.

34+2, morgens:

Das Date mit Dr. Verla gestern war recht erfreulich. Natürlich wurde das Baby nicht geholt! Warum auch? Das CTG war gut, ich hatte keine Wehen, aber viele Kindsbewegungen (Noah hat ständig gegen den Schallkopf getreten). Der Muttermund ist noch zu, und das tollste war: Ich hatte zum ersten Mal seit Monaten kein Eiweiß oder Zucker oder sonst etwas Auffälliges im Urin!

Mein Blutdruck war wie immer (etwas zu hoch), die Plazenta ist nach wie vor in Ordnung, und es ist immer noch zu 95% ein Junge. Er wiegt nach Aussagen meines Arztes jetzt schon etwa 2,6 Kilogramm (so viel wie unsere Nichte Zoe bei ihrer Geburt!) und ist etwa 47 Zentimeter lang. Was für ein Riesenbaby! - Mein ins Geheime persönlich gesetztes Wunschgewicht meines Kindes bei der Geburt von höchstens 3,2 Kilogramm kann ich wohl definitiv abschreiben. Wenn der mal nicht die 4-Kilogramm-Marke sprengt. - Alleine bei dem Gedanken daran, dass so ein großes Baby jenen kleinen Ausgang zwischen meinen Beinen passieren muss, wird mir Angst und Bange.

Das einzige, dass Dr. Verla bemängelt hat, war meine Gewichtszunahme in den letzten fünf Wochen: Er hat doch tatsächlich zur Begrüßung ausgerufen: "Sehe ich richtig, Frau Haertl?!" Nun gut, zugegeben – ich habe etwa fünf bis sechs Kilogramm zugelegt, aber das meiste davon sind Wassereinlagerungen! Dann war immerhin auch noch Weihnachten dazwischen. Und nicht zu vergessen: Alleine das Baby hat in dieser Zeit etwa ein Kilogramm zugenommen.

Ich soll nun Reis- und Ananastage als diätische Maßnahme machen, um zu entwässern. Allerdings habe ich das doch schon vor Monaten recherchiert: Man soll auf gar keinen Fall richtige Entwässerungskuren in der Schwangerschaft machen, da man dadurch eine Gestose sehr zuverlässig herbeiführen kann. Das müsste er doch wissen!

Ich werde nun wieder etwas mehr Brennnessel-Tee trinken, aber einen ganzen Tag nur Reis oder nur Ananas essen - sicher nicht! Dadurch würde ich laut Herrn Doktor angeblich zwei bis drei Kilogramm an einem Tag verlieren. (Die Nährstoffe, die ich ebenfalls ausschwämmen und verlieren würde, hat er allerdings nicht erwähnt.) - Und am nächsten Tag sehe ich mich dann schon alles Greifbare in mich hineinfressen, weil ich einen Tag "Entzug" hatte. - Nein, nein, nein! Ich esse nun wirklich nicht unnormal viel (schon gar nicht für eine Hochschwangere!) - und das Wasser geht ja nach der Entbindung auch schnell wieder weg. Es ist zwar natürlich total lästig und unangenehm, aber ich mache da jetzt keine heiklen Experimente.


34+2, abends:

Gestern lag Noah noch mit dem Kopf in meinem Becken. Aber ich habe irgendwie den Verdacht, dass er sich heute Nacht gedreht hat: Der Schluckauf eben war definitiv zu weit oben für eine Scheitel-Steiß-Lage. Der Wicht, der! Naja, vielleicht hatte er ja auch nur einen Krampf im Fuß, und ich habe mich getäuscht. Hoffentlich! - Nicht, dass er jetzt wieder in Beckenendlage liegt und nachher nicht mehr zurückkommt, der dicke Mops. Ich möchte doch keinen Kaiserschnitt! (Obwohl mir der Gedanke zunehmend sympathischer wird, weil ich zugegebenermaßen mit Noahs zunehmendem Gewicht eine ebenso wachsende Angst vor der Geburt habe...)

34+3:

Die Wassereinlagerungen scheinen nun auch mein Gehirn erreicht zu haben! Irgendwie habe ich das Gefühl, ich verblöde zunehmend: Ich kann mich schwer auf etwas konzentrieren oder einem Gespräch folgen, geschweige denn komplizierte Zusammenhänge erfassen oder logisch nachdenken. Außerdem bin ich total verwirrt und vergesslich. Das beste Beispiel: Heute beim Geburtsvorbereitungskurs habe ich verzweifelt meine Wollsocken gesucht – in meiner Tasche. Keine Spur davon. Irgendwann fiel mein Blick eher zufällig auf meine Füße: An einem Fuß prangte über meiner normalen Socke ein Wollstrumpf, der andere war nur mit einer Socke bestückt. Die zweite Wollsocke hatte ich tatsächlich Zuhause vergessen und bin mit nur einer Wollsocke bekleidet aus dem Haus marschiert. So etwas ist mir noch nie passiert! Wenigstens habe ich die Schuhe nicht vergessen.

Auch die im Geburtsvorbereitungskurs praktizierte "Lazy-Frosch-Lage", bei der man den Hintern in die Luft streckt wie ein paarungswilliger Affe und den Kopf gleichzeitig nach unten beugt, konnte mein Hirnschmalz scheinbar nicht wieder in die gewohnten Bahnen lenken, denn nach dem Kurs habe ich zum ersten Mal in meinem Leben meinen Autoschlüssel gesucht (der dort war, wo er hingehört: in meiner Jackentasche) – das muss man sich einmal vorstellen. Dabei mache ich mich seit Jahren über meine Schwiegermutter lustig, die bei jeder Gelegenheit ihre Schlüssel verlegt und völlig kopflos täglich mindestens ein- bis zweimal danach auf die Suche geht.

Zudem habe ich neulich eine ganze Waschmaschine normaler Buntwäsche auf 70 Grad gewaschen, was mir auch noch nie passiert ist. Ich habe schlichtweg vergessen, vorher die Temperatur zu kontrollieren, was ich sonst immer tue.

Wo soll diese zunehmende Verblödung bloß noch enden? In der Stillzeit soll es ja angeblich noch wesentlich schlimmer werden. Ist denn das überhaupt noch möglich?

34+4:

Mir ist ein neuer passender Spitzname für mich eingefallen, als ich mich letzte Nacht nur noch mit Mühe und Not aus dem Bett hieven konnte: Wasserbüffel. - Jawohl, das bin ich – ein dicker, fetter, aufgedunsener Wasserbüffel – mit Demenz!

34+5:

Meine Kliniktasche ist so gut wie vollständig gepackt. Auch einen Geburtsplan habe ich heute auf Anraten meiner Hebamme geschrieben und fein säuberlich ausgedruckt: Ich wünsche mir eine möglichst natürliche und sanfte Geburt ohne Eingriffe von außen. Ich möchte mein Baby nach der Geburt nicht unnötig weggeben, und ich möchte keine Silbernitrat-Augentropfen gegen Tripper sowie keine Vitamin-D-Tropfen. Hilke hat mir geraten diesen Plan in meinen Mutterpass zu legen, damit sowohl Hebammen als auch Ärzte ihn während der Geburt auf jeden Fall finden und damit auch nach meinen Wünschen handeln können, selbst wenn ich unter der Geburt nicht in der Lage wäre, meine Wünsche noch klar zu artikulieren. Mit diesem Plan fühle ich mich sicher und gut vorbereitet. Alles ist unter Kontrolle, nichts kann schiefgehen!

## 36. Woche:

Das Baby hat laut Internet noch kein eigenes Immunsystem. Es bekommt seine Antikörper über mich und ist damit gegen alles geschützt, wogegen auch ich Abwehrstoffe aufgebaut habe, zum Beispiel gegen Röteln oder Mumps. Außerdem nimmt das Baby nun noch kräftig an Gewicht zu: Ein halbes Pfund pro Woche ist jetzt durchaus möglich. Es ist so kuschlig eng in meinem Bauch, dass es sich kaum noch merklich bewegen kann. (Da kann ich das Gegenteil behaupten!)

Ich habe laut Internet jetzt das Gefühl, dass ich aus allen Nähten platze. Mein Uterus ist nun tausendmal (!) größer als normal und reicht bis unter meine Rippen. Wahrscheinlich habe ich zwischen 11,5 und 13,5 Kilogramm zugenommen, was völlig normal sei (dann sind 15 Kilogramm sicherlich auch noch in Ordnung, oder?). Allerdings würde ich bis zum errechneten Entbindungstag sogar noch mehr zunehmen. (Damit ist leider zu rechnen, vor allem, weil ich mich ja den fiesen Entwässerungskuren meines Frauenarztes verweigere!)

Angeblich hat scheinbar jede Schwangere Angst, den Wehen-Beginn zu verpassen und dann eine Geburt im Auto oder Taxi zu erleben. Ich soll ganz ruhig bleiben, denn das sei wirklich sehr, sehr selten! Allerdings sei bis heute nicht ganz klar, wie der Geburtsbeginn gesteuert wird. Sicher sei aber, dass das Ungeborene selbst daran beteiligt ist, indem es mittels eines Hormons ein Signal an die Gebärmutter abgibt.

Laut Online-Experten gibt es drei deutliche Zeichen dafür, dass sehr bald mit dem Geburtstermin gerechnet werden kann:

1. der Abgang des eventuell blutigen Schleimpfropfs, weil der Muttermund sich etwas geweitet hat,
2. das Platzen der Fruchtblase (mit mehr oder weniger starkem Auslaufen von Fruchtwasser) und
3. echte Geburtswehen (im Gegensatz zu den Vorwehen).

Das Luftholen soll mir nun wieder etwas leichter fallen, weil durch die Senkwehen das Baby ein wenig nach unten gerutscht sei. Der Kopf sitze jetzt fest unten im kleinen Becken, bereit für die Geburt. Dadurch werde die Muskulatur des Beckenbodens nun noch mehr belastet. Mehrmals täglich Beckenbodengymnastik in Form von Anspannungsübungen sollen einer späteren Blasenschwäche vorbeugen und mir die Geburt erleichtern.

Hebammen empfehlen darüber hinaus die Damm-Massage in den letzten Wochen vor der Geburt. Es sei zwar nicht erwiesen, dass dadurch ein Dammschnitt verhindert werden kann, aber die Wahrscheinlichkeit für einen tiefen Dammriss werde angeblich reduziert.

Das Gehen werde von nun an wahrscheinlich immer unangenehmer. Laut Internet berichten einige Schwangere, sie hätten das Gefühl, ihr Baby falle aus dem Bauch heraus. Die gute Neuigkeit ist, dass am Ende dieser Woche meine Schwangerschaft theoretisch abgeschlossen ist und ich jeden Tag mit der Geburt rechnen kann. Babys, die zwischen der 37. und 42. Woche auf die Welt kommen, gelten als fristgerecht.

Ich soll Still-BHs kaufen.


35+0:

Ich bin in den letzten Tagen extrem schlapp, müde und erschöpft. Ich glaube, ich habe sogar ein paar Wehen! Auch ist mir wieder öfter übel. Außerdem verspüre ich wieder vermehrt Rücken- und Symphysen-Schmerzen, darum liege ich wieder viel auf dem Sofa, obwohl mein geistiger Gemütszustand eher darauf drängt, das Haus gründlich zu putzen, den Garten umzugraben und wer-weiß-was alles in Bewegung zu setzten, bevor das Baby kommt. Die traurige Realität ist aber leider, dass ich bereits Herzrasen und Atemnot bekomme, wenn ich nur ein T-Shirt auf dem Wäscheständer aufhänge oder einmal die Wohnung durchfege.

Ich bin so unsicher, ob ich merken werde, wenn es losgeht. Theoretisch kann es ja jeden Moment soweit sein. Theoretisch. Praktisch kann es natürlich auch noch fünf Wochen dauern – oder noch länger, wenn ich übertrage. Aber irgendwie bin ich so unruhig und etwas beunruhigt. Ich hab ein ganz komisches Gefühl. - Aber sicher ist es nur die wachsende Aufregung, die mich so hinhorchen lässt.

35+1:

Heute Nachmittag und Abend hatte ich ganz schön starke Unterleibsschmerzen (wohlgemerkt nach einer Dröhnung Ananas zum Entwässern!). Es fühlte sich an, als hätte ich meine Periode. Ich bin mir nun ziemlich sicher, dass das Wehen sein müssen. Wahrscheinlich Senkwehen. Das würde ja zu den Informationen aus dem Internet passen.

Jedenfalls musste ich erstmal weinen, als mein armer Mann von der Arbeit kam. - Nicht vor Schmerzen, sondern weil ich plötzlich ziemlich Angst bekommen habe. Vor der Geburt, davor dass ich alleine bin, wenn es losgeht, vor dem Baby an sich, vor allem eigentlich. Der arme Mann hat auch einen Schreck bekommen: Er dachte scheinbar, es geht jeden Moment los, nur weil ich das Wort "Wehen" erwähnt habe.

Zur Sicherheit haben wir schnell noch ein paar Fotos von meinem Bauch gemacht. - Man weiß ja nie, wie lange ich ihn noch habe. Vielleicht ist er schneller verschwunden, als wir damit gerechnet haben...


35+2:

Ich bin mir nun ziemlich sicher, dass die Schmerzen von gestern Senkwehen waren, denn mein Bauch scheint mir heute ein gutes Stück tiefer zu sitzen. Außerdem habe ich das Gefühl, dass ich unter den Rippen einige Zentimeter mehr Platz hin zum Baby habe als gestern.

35+3, mittags:

Heute waren beim Geburtsvorbereitungskurs auch die Männer eingeladen.

Wir haben sehr ulkige Übungen gemacht, zum Beispiel das "Äpfelchen-ausschütteln": Dabei sollten die Männer beherzt von hinten an unseren Allerwertesten packen und wie verrückt daran schütteln, um eventuelle Spannungen zu lösen. Diese Übung sei unter der Geburt äußert entspannend, meinte meine Hebamme Hilke.

Im Kurs war es jedenfalls eher anspannend – zumindest für die Lachmuskeln, weil es doch schon sehr komisch und fast schon ein bisschen vulgär aussah, wie dort sieben Männer in einer Reihe stehend ihre an Tischkanten lehnenden Frauen am Hintern packten und herumschüttelten.

Auch die Übungen zum Beckenkreisen mit und ohne Ball erregten eher unsere Heiterkeit. Allerdings bin ich mir ganz sicher: Das Lachen wird uns allen schon noch vergehen – der einen früher, der anderen später.

Und so, wie es aussieht, werde ich wohl die erste sein, der das dumme Grinsen beim "Äpfelchen-schütteln" oder in der "Lazy-Frosch-Lage" aus dem Gesicht weichen wird. Denn immerhin bin ich unter den Kursteilnehmerinnen mit meiner Schwangerschaft nicht nur am weitesten, sondern Hilke hat beim abschließenden Bauch-Abtasten bestätigt, dass mein Baby sich schon deutlich gesenkt hat und bereits tief mit seinem Kopf in meinem Becken liegt – quasi startklar für die Geburt!

35+3, abends:

Eben hatte ich eine ziemlich starke Wehe, die bestimmt zwei Minuten dauerte und die ich sogar veratmen musste. Mein Bauch war minutenlang so hart, dass ich damit jemanden an der Wand hätte zerquetschen können! Auch der zukünftige Vater ist sich nun ganz sicher, dass das Baby schon bald bei uns sein wird – und zwar außerhalb meines Bauches...

**Februar:**

*37. Woche:*

Die Online-Experten wissen: Meine Plazenta hat mittlerweile eine Größe von 20 bis 25 Zentimetern erreicht, ist drei Zentimeter dick und etwa 500 Gramm schwer. Genügend Fläche also, um den Austausch von Nährstoffen und Abfallstoffen zwischen mir und dem Kind zu gewährleisten. Die Plazenta produziert Hormone, die meine Brüste weiter anschwellen lassen. 80 Liter Blut fließen jetzt täglich hindurch.

Die Schmerzen im unteren Teil meines Bauches lassen sich auf die Gelenke im Becken zurückführen, die langsam nachgeben, um dem Baby eine "freie Fahrt" zu ermöglichen. Das Nachgeben zieht an den Mutterbändern - und das schmerzt. Meine Hüften werden nun angeblich breiter werden (noch breiter?). Erst in etwa einem Jahr werde ich voraussichtlich meine ursprüngliche Form wieder gefunden haben. (Das ist wohl hoffentlich nicht wahr!?). Außerdem könnte ich unter Hitzewallungen leiden.

Die Finger- und Fußnägel meines Kindes gehen schon bis zum Ende der Finger- und Zehenkuppen. Das Kopfhaar kann bis zu fünf Zentimeter lang sein. (Das wage ich zu bezweifeln!) Die Käseschmiere verschwindet.

Das Baby wiegt jetzt etwa drei Kilogramm und ist vom Scheitel bis zu den Zehen ca. 49 Zentimeter lang. Der Kopf ist nun eingebettet in mein Becken - umgeben und geschützt von meinem Beckenknochen. Diese Lage gibt den noch immer wachsenden Beinen und dem Po den nötigen zusätzlichen Platz.

36+0:

Meine Oma Eva und meine Mama waren heute zu Besuch. Was soll ich sagen? - Ich habe alleine eine halbe Schwarzwälder Kirschtorte gegessen! - Zu meiner Verteidigung möchte ich anführen, dass es sich nur um so ein kleines Törtchen aus der Tiefkühltruhe handelte. Und ich habe sie nicht auf einmal gegessen, sondern über den Tag verteilt. Immerhin. Aber eine halbe Torte bleibt irgendwie doch ein halbe Torte. Ich sollte mich schämen...

36+1, mittags:

Meine Mutter bleibt einige Tage bei uns.

Heute haben wir ein kleines Foto-Shooting veranstaltet, um meinen Babybauch glanzvoll für die Nachwelt festzuhalten. Es sind tatsächlich einige schöne Bilder dabei herausgekommen: Ich mit Wecker, mit Söckchen, mit Schühchen, mit Kuscheltier. Sinnierend, nachdenklich, freudig erwartend dreinblickend. Gar nicht so einfach. Aber dafür, dass meine Mutter unseren Fotoapparat nicht kennt, und dafür, dass ich mich momentan eigentlich denkbar unfotogen finde, dafür sind wirklich ein paar schöne Aufnahmen herausgekommen (und ein paar nicht so schöne – Ich sage nur: dicke Beine mit Wassereinlagerungen - aber die muss ja niemand sehen!).

36+1, abends:

Eben waren wir zu Besuch bei Dr. Verla zur nächsten Vorsorgeuntersuchung – mein Mann, meine Mutter und ich. Während des CTGs hatte Noah doch tatsächlich wieder einmal Schluckauf. Das war eines der ulkigsten Geräusche, die ich je gehört habe: Wie ein Roboter mit Schluckauf klang dieses rhythmische, elektronische Klopfen.

Meine Urinprobe war frei von irgendwelchen Nebenstoffen wie Eiweiß oder Zucker, und ich habe nicht weiter zugenommen (trotz der halben Torte gestern!). Im Gegenteil: Ganze 300 Gramm weniger hatte ich auf den Hüften und das obwohl das Baby ja noch weiter zugenommen hat. - Doktor Verla war offensichtlich richtig stolz auf mich (oder auf sich, weil er mit Sicherheit davon ausgegangen ist, dass dieser Erfolg ausschließlich auf seine mir verordneten Reistage zurückzuführen ist!). Außerdem hat er freudestrahlend bestätigt, was Hilke schon angedeutet hat: Dass Noahs Kopf tief und fest in mein Becken abgesackt ist und er nun quasi in Startposition liegt.

Wer hätte das gedacht: Auf der Zielgeraden bin ich nun also nach all den Querelen, Sorgen und schlechten Werten zu einer richtigen Bilderbuch-Schwangeren geworden.

36+2:

Vorhin haben wir eine Comedy-DVD angeschaut, und es grenzt an ein Wunder, dass das Baby jetzt noch nicht auf der Welt ist: Ich musste so lachen, dass ich dachte, gleich platzt die Fruchtblase, oder die Presswehen setzen auf direktem Wege ein. Da merkt man erstmal wie anstrengend und Bauchmuskel-beanspruchend so ein stundenlanger Lachkrampf sein kann!

36+3:

Hilke meinte heute beim Geburtsvorbereitungskurs, ich sähe "fertig" aus (und damit meinte sie nicht meinen Gemütszustand!). Sie wagte zu bezweifeln, dass ich beim nächsten Treffen mit Männern, sprich in zwei Wochen, noch mit dabei sein werde. Ich weiß zwar nicht genau, wie und woran sie mir ansieht, dass ich nun geburtsreif bin, aber immerhin sieht sie täglich viele Schwangere – und das seit Jahren. Sie wird wissen wie legereife Frauen aussehen. Mal schauen, ob sie Recht behält. Immerhin denken eigentlich alle, dass Noah nicht noch vier Wochen auf sich warten lassen wird.

Die Bilder, die Hilke heute zum Thema Stillen gezeigt hat, waren jedenfalls alles andere als erbaulich: Wer hätte schon gedacht, dass das Baby beim Saugen die Brustwarze fast bis in seinen Rachen hineinsaugt? Will ich wirklich stillen?

36+5:

Meine Mutter ist wieder abgereist, hat mir aber angeboten, jederzeit zurückzukommen, sollte ich ihre Hilfe benötigen. Nun bin ich tagsüber wieder ganz alleine und frage mich, was ich tun werde, wenn plötzlich meine Fruchtblase platzt oder die Wehen einsetzen. Wird mein Mann rechtzeitig von der Arbeit, die immerhin über eine Stunde Fahrt von uns entfernt ist, hierher kommen? Oder wird er womöglich zu spät kommen und alles verpassen? Ich will das nicht alleine durchstehen. Inzwischen habe ich richtig Angst vor der Geburt. Ich kann sogar Frauen verstehen, die einen Wunschkaiserschnitt durchführen lassen. Andererseits bin ich aber eigentlich auch optimistisch: Bei den meisten Frauen setzt die Geburt wohl abends, nachts oder am frühen Morgen ein. Dann ist mein Mann ja Zuhause, und ich bin nicht alleine. Zusammen werden wir das schon schaffen. Immerhin ist das meine biologische Vorbestimmung. Ich kann das! (Hoffentlich.)


36+6:

Manchmal werde ich richtig melancholisch, wenn ich darüber nachdenke, dass mein Babybauch bald verschwunden ist. Inzwischen hat sich zwischen dem Bauch und mir eine regelrechte Hassliebe entwickelt. Manchmal stehe ich vor dem Spiegel und bestaune diesen riesigen Bauch und denke, was es doch für ein unvorstellbares Wunder ist, das dort drinnen ein neuer Mensch wohnt. Oder ich liege auf dem Sofa streichel zärtlich den Bauch und das Baby darin und fühle die Bewegungen die von dort drinnen kommen. Oft rührt mich das immer noch zu Tränen.

Manchmal aber verfluche ich diese dicke Kugel auch: Wenn ich wieder einmal kaum meine Socken oder Schuhe anziehen kann, weil der Bauch so dick ist, dass ich nicht mehr an meine Füße herankomme. Oder beim Putzen oder Wäscheaufhängen – da komme ich zum Teil kaum noch an etwas heran, weil meine Arme zu kurz sind, um die schier endlos scheinende Distanz zwischen Zielobjekt und Bauch zu überwinden.

Auch das Schlafen und Aufstehen wird immer schwieriger: Wie ein auf den Rücken gefallener Käfer wache ich nachts auf und kann mich fast nicht mehr aus eigener Kraft auf die Seite rollen. Auf dem Rücken schlafen ist fast unmöglich geworden, weil das Baby mit seinem Gewicht auf meine Aorta drückt und ich keine Luft mehr bekomme. Oder mir wird schlecht. Oder schwindelig. Auf der rechten Seite bekomme ich zunehmend unerträgliches Sodbrennen, außerdem tritt mich das Baby, bis ich mich nach links gedreht habe (in einem aufwendig ausgeklügelten Wendesystem, das sicherlich nur Hochschwangere nachvollziehen bzw. ausführen können). Auf der linken Seite angekommen, habe ich dann Angst, ich könnte das Baby mit meinem Gewicht zerquetschen.

Somit verbringe ich die Nächte oft in einer halb sitzenden, halb liegenden, in jedem Falle aber gänzlich ungemütlichen und rastlosen Position: Zu müde zum Aufstehen, zu genervt zum Schlafen von Sodbrennen, des Gattens Schnarchen und anderen Unannehmlichkeiten. Also wache ich am nächsten Morgen beinahe müder auf als ich abends ins Bett gegangen bin.

Ich werde voraussichtlich überglücklich sein, wenn mein Bauch endlich verschwunden ist. Und todunglücklich über die verlorene Innigkeit mit meinem Baby. Nie wieder werden wir uns so nahe sein!

## 38. Woche:

Das Internet weiß: Mein Baby produziert Kortison, ein Hormon, das die Lungen auf den ersten Atemzug vorbereitet. Denn sofort nach der Geburt ist der Blutkreislauf des Kindes ein anderer und nicht mehr mit meinem verbunden. Eigenständig wird das gesamte Blut des Babys durch die Lunge strömen müssen, um den Austausch von Sauerstoff und Kohlendioxid zu gewährleisten. Falls es jetzt zur Welt käme, würde mein Kind nicht mehr zu den Frühgeburten zählen.

Viele Schwangere würden kurz vor der Geburt ungeheuer aktiv. Sie putzen Wohnung und Fenster, wischen Schränke aus und vielerlei mehr, kurz: sie putzen das "Nest" für den Neuankömmling heraus. Ich soll diesen Nestbautrieb nicht unterdrücken, da er vielleicht tieferliegende Gründe habe.

Ein geplanter Kaiserschnitt würde wahrscheinlich in dieser Woche durchgeführt werden. Falls ich an einer Wassergeburt interessiert sei, die jetzt schon in sehr vielen Entbindungskliniken angeboten werde, solle ich mich jetzt spätestens über die Vor- und Nachteile informieren.

Vor der Geburt hätten viele Frauen regelrechte Alpträume. Ich soll mich davon nicht verrückt machen lassen, das seien keine Vorahnungen, sondern nur ein seelisches Reinemachen. Angeblich sollen Frauen mit intensiven Alpträumen sogar leichtere Geburten haben. Die Angst vor der Geburt sei völlig normal, da so viel Unbekanntes darin liege, auch Unangenehmes, das man in seinen Ausmaßen nicht erfassen könne, beispielsweise die Angst, während der Geburt die Kontrolle zu verlieren, nicht mehr über seinen eigenen Körper bestimmen zu können und anderen so restlos ausgeliefert zu sein. Ich soll mir klar machen, dass der Geburtsschmerz ein natürlicher Teil des Geburtserlebnisses ist – aber ich würde zu jedem Zeitpunkt wissen, wofür ich die Schmerzen ertrage. Diese Einstellung mache es für einige Frauen leichter als eine Zahnarzt-Behandlung ohne Spritze. Auch das Nachgeben, das Mitgehen, das Sich-Öffnen sei für den Ablauf einer Geburt wichtig. Da stehe Körperkontrolle nur im Weg.

Ich sollte mich jetzt in jeder Lage bewusst entspannen können. Denn eine normale, bequeme Körperhaltung gebe es in diesen Wochen nicht mehr. Nach spätestens zehn Minuten tue es wieder irgendwo weh. Das sei kein Wunder, denn die Gebärmutter sei nun zwanzig Mal schwerer als vor der Schwangerschaft. Alle Muskeln, Sehnen und Bänder seien maximal beansprucht. Das mache sich vor allem im Bereich der unteren Wirbelsäule bemerkbar. Außerdem sei die Wirbelsäule durch Wassereinlagerungen in den Bändern auch nicht mehr so stabil, denn die großen und kleinen Gelenke meines Körpers bereiteten sich schon auf die Dehnung bei der Geburt vor. Ich soll darauf achten, den Rücken immer so gerade wie möglich zu halten und das Becken beim Gehen etwas nach vorne zu kippen. Ein Hohlkreuz und der typische Schwangeren-Watschelgang verschlimmerten nur die Rückenschmerzen. Ich soll mir stattdessen lieber eine entspannende Massage gönnen, zum Beispiel durch meinen Mann, der sicherlich froh sei, wenn er aktiv helfen kann. Dazu soll er mit der flachen Hand einen Tennisball über meinen Rücken rollen, das tue so richtig gut.

Falls ich Zuhause entbinden wolle, soll meine Hebamme mir nun die dafür nötige Ausrüstung vorbeibringen. Ansonsten soll ich mich vergewissern, dass nichts in meiner Kliniktasche fehlt. Es sei sinnvoll, bereits Kleidung fürs

Baby herauszusuchen, die ich ihm im Krankenhaus anziehen kann, denn mein Mann könne mit dieser Aufgabe überfordert sein. Bei meinen Wechselklamotten soll ich darauf gefasst sein, dass ich nach der Geburt zwar nicht mehr so einen dicken Bauch haben, aber trotzdem noch nicht gleich wieder in meine alten Kleider passen werde. Das könne noch eine Weile dauern.

37+0:

Sollte Noah nun zur Welt kommen, wäre er kein Frühchen mehr! Was für ein beruhigendes Gefühl. Wer hätte gedacht, dass er so lange in meine Bauch bleiben würde. Was haben alle für eine Panik gemacht – ich inklusive! Und nun ist er schon ein richtig strammer Bursche.

Ich habe noch einmal zaghaft versucht, mit meinem Mann über eine mögliche Hausgeburt zu sprechen. Ich stelle es mir wesentlich entspannter vor, in meiner bekannten Umgebung mein Baby zu bekommen, als in der fremden und sterilen Atmosphäre des Krankenhauses. Außerdem vertraue ich Hilke tausendmal mehr als Dr. Verla. Ich würde viel lieber Zuhause gebären! Mein besorgter Mann aber will nicht einmal im Ansatz darüber nachdenken. Für ihn schein eine Hausgeburt so etwa wie unterlassene Hilfeleistung zu sein. Bestürzte Ausrufe wie „Fahrlässig!", „Gefährlich!" und „Auf keinen Fall!" waren das einzige, das er als Argument anführen konnte. Hat er vielleicht Recht, und ich habe nur eine romantisierte Vorstellung von einer Hausgeburt? Vielleicht sollten wir lieber doch ins Krankenhaus fahren. Aber warum eigentlich? Immerhin wurde mir doch oft genug versichert, dass eine Schwangerschaft keine Krankheit sei.

37+1:

Mein kreativer Mann hat heute Abend den Gipsabdruck von unserem Babybauch gemacht. Das hat wirklich Spaß gemacht (bis auf das Ziepen beim Ablösen trotz sorgfältigstem Eincremen vorher). - Weniger spaßig war mein körperlicher Zustand dann allerdings wenig später: Nach dem leckeren Abendessen fühlte ich mich plötzlich ganz krank und elendig – als bekäme ich meine Tage und eine Magen-Darm-Grippe gleichzeitig. Fiese Unterleibs-Turbulenzen gepaart mit heftigen Tritten aus dem Bauch treiben meine Angstgefühle gegenüber der Geburt wieder um ein gutes Stück voran. - Ich habe keine Lust, ein Kind zu gebären. Ich kann das nicht. Ich will nach Hause zu meiner Mami. Was habe ich mir nur dabei gedacht schwanger zu werden? Ich bin doch noch so klein. Ich hab's mir anders überlegt! - HILFE!


37+2:

Nun ist es offiziell: Ich will nicht mehr schwanger sein! - Ich bin müde und erschöpft und genervt. Mir tut alles weh, und ich kann einfach nicht mehr. Ich will endlich meinen Körper wieder für mich alleine haben. Ich will mich wieder bewegen können (oder auch nur *liegen* können!), wieder essen können, was ich will und wieder ein eigenständiger Mensch sein!

Schöner Babybauch und innige Nähe zum Baby hin oder her – jetzt hab ich endgültig genug gebrütet: Ich spreche hiermit offiziell die Kündigung aus! Der kleine Scheißer soll endlich 'rauskommen!

37+5, 7 Uhr:

Um 4.30 Uhr bin ich mit einem nie zuvor gefühlten Schmerz aufgewacht. Ich habe Wehen!

Als ich daraufhin aufgeregt und etwas verstört den zukünftigen Vater meines sich gerade ankündigenden Kindes aufweckte, stand dieser seelenruhig auf und sagte: „Ach, das wird schon nichts bedeuten..." Kurz darauf ist er zur Arbeit gefahren. - Völlig verdattert blieb ich allein im Bett zurück und fühlte in regelmäßigen Abständen diese unbekannten Wellen meinen Körper erfassen. Ich horchte und fühlte in mich hinein und wusste nicht, ob ich lachen oder weinen sollte – ich entschloss mich für das Naheliegendste: Ich wurde wütend und rief diesen Kerl, der mir das eingebrockt hatte, an, um ihn zu fragen, ob er noch alle Tassen im Schrank hatte, mich hier im Angesicht der Geburt vollkommen alleine und hilflos zurückzulassen. Am anderen Ende meldete sich ein kleinlauter Mann mit zittriger Stimme: „Keine Sorge, Schatz, ich bin schon umgedreht. Ich bringe Brötchen mit. Bin gleich wieder da!" Was für ein Glück! Scheinbar hatte der offensichtlich zumindest kurzeitig unter vollkommener geistiger Umnachtung leidende Erzeuger unsere Babys kurz nach seiner Abfahrt bemerkt, dass er eindeutig auf dem Holzweg war. Eine Art Erkenntnis musste ihn doch noch ereilt und ihm mitgeteilt haben, dass er kurz davor war, Vater zu werden.

8.35 Uhr:

Nachdem unserem Frühstück – und nachdem mein Mann sich 1000mal bei mir für seinen mentalen Aussetzer entschuldigt hat – war eben Hilke da, um den Stand der Dinge zu kontrollieren. Der Muttermund hat sich geöffnet! Es wird definitiv nicht mehr lange dauern, bis Noah das triste Licht dieses Februars erblicken wird. Dabei sind es doch noch zwei Wochen bis zum errechneten Geburtstermin! Aber Hilke hatte keine Zweifel. Sie sagte, ich soll mich in die Badewanne legen und mich entspannen. Und versuchen noch etwas zu schlafen, damit ich Kraft hätte für die nahende Geburt. Dieses Wort, das bisher immer nur wie ein verschwommenes Bild, völlig unverbindlich in ferner Zukunft vor mir gelegen hatte, ohne tatsächlich irgendetwas mit mir zu tun zu haben, prangt nun plötzlich unausweichlich vor mir. Und nirgendwo gibt es ein Schild mit der Aufschrift „Last chance to exit!" Nun wird es ernst. Oh Gott! Ich werde Mutter! Vielleicht schon heute!


16.39 Uhr:

Ich habe gebadet, allerdings habe ich es nicht lange in der Wanne ausgehalten. Danach habe ich mit der Hilfe meines Mannes die Pferde versorgt. Ich habe versucht, ein wenig zu schlafen, was mir aufgrund der regelmäßig durch meinen Körper strömenden Schmerzen nicht gelungen ist. Die Wehen sind aber noch nicht so stark, dass ich ins Krankenhaus fahren möchte. Allerdings fahren wir gleich sowieso in diese Richtung, denn heute ist der nächste Kontrolltermin beim Frauenarzt. Und Dr. Verla hat seine Praxis in der Klinik, in der ich auch entbinden werde. („entbinden"? - Verdammt, ich kriege ein Kind!)

Ich werde meine Kliniktasche gleich mitnehmen, denn sicherlich wird er mich gleich da behalten.

18.12 Uhr:

Wir sind zurück aus dem Krankenhaus. Mein einfühlsamer Arzt hat einen Blick auf meinen Bauch geworfen und gelacht, als ich ihm sagte, dass wohl heute noch mein Kind auf die Welt kommen wird. Er sagte: „Ach, Frau Haertl, es sind noch zwei Wochen bis zur Geburt. Das sind nur Senkwehen! Fahren Sie nach Hause und gehen sie ein bisschen spazieren."

Nach dem CTG sind wir nun also wieder hier. Ich werde nun versuchen etwas zu essen und mir alle zehn Minuten sagen, dass es nur Senkwehen sind. Zum Glück läuft heute Abend unser Lieblingsfilm im TV. Das wird mich sicher ablenken.

20.33 Uhr

Wir werden jetzt spazieren gehen. Ich halte es nicht mehr aus auf dem Sofa zu sitzen. Die Wehen werden stärker und ich bin vollkommen rastlos. Anschließend fahren wir ins Krankenhaus. Das sind nicht nur Senkwehen. Mein Baby will raus!

**Wie es weiter ging…**

Am nächsten Tag um 16.23 Uhr wurde Noah geboren, etwa 36 Stunden nach der ersten Wehe. Die Geburt verlief ein wenig anders, als ich sie mir erträumt hatte. Leider wollte es mit der schnellen harmonischen Spontangeburt nicht so recht klappen. Noah wurde per Kaiserschnitt geholt, nachdem meine Kräfte mich verlassen hatten. Nie werde ich vergessen, wie der Kinderarzt mir dieses kleine schrumpelige Wesen vor die Nase hielt und sagte: „Herzlichen Glückwunsch zu Ihrem Sohn! Mit dem werden Sie bestimmt viel Freude haben!" Vor Erschöpfung, Erleichterung und Freude liefen die Tränen über mein Gesicht und ich hauchte Noah zu: „Da bist du ja endlich!"

Danach wurde ich wieder zugenäht, und Noah wurde hinausgebracht. Als ich endlich aus dem OP geschoben wurde, sah ich im Nebenzimmer meinen Mann sitzen, der nun ein Vater war. Auf seinem nackten Oberkörper hielt er unser winziges Baby. Noah! Unser Kind! 50 Zentimeter groß und 2630 Gramm schwer. Von wegen Riesenbaby, da hatte der Herr Halbgott in Weiß alias Dr. Verla sich wohl an seinem Ultraschall etwas verguckt. Ganz umsonst hatte er mir mit seinen Prognosen von einem großen Kind Angst gemacht. Diese Tatsache hatte sicherlich dazu beigetragen, dass die Geburt mit einem Kaiserschnitt geendet war. Außerdem hatte Noah wohl falsch gelegen und sei mit seinem Kopf nicht durch mein Becken gekommen. Auch die Nabelschnur hätte sich irgendwie verheddert und eine natürliche Geburt behindert. Einige missliche Umstände und auch die Art, wie Dr. Verla während der Geburt mit mir umgegangen war, nachdem er meine Wunschliste für die Geburt im Mutterpass gefunden hatte, hatten all meine Pläne von einer spontanen Geburt ohne Eingriffe von außen vereitelt. Mir wurde gesagt, dass ich das nächste Kind, sofern ich denn noch eines bekommen würde, ebenfalls per Kaiserschnitt zur Welt bringen müsste.

*xxx*

Es ist wieder Februar. In knapp zwei Wochen wird Noah 9 Jahre alt. Viel ist in den vergangenen Jahren passiert. Unser Anfang war nicht so einfach und romantisch, wie ich es in meiner Fantasie stets vor mir gesehen hatte. Ich musste mehrere Tage mit Noah im Krankenhaus bleiben und hatte sehr starkes Heimweh und ebenso starke Schmerzen durch den Kaiserschnitt. Es war kaum auszuhalten. Danach hatte ich lange Probleme mit meiner Narbe. Vor allem psychisch belastete mich der Eingriff sehr. Auch mit dem Stillen klappte es nicht gleich. Erst, als wir vom Krankenhaus nach Hause gekommen waren, konnte ich entspannen: Plötzlich floss die Mich, und plötzlich konnte auch der kleine Noah saugen wie ein Weltmeister. Er besoff sich regelmäßig und wurde – wie sollte es auch anders sein – ein echtes Speikind. „Speikinder sind Gedeihkinder!", tröstete mich Hilke bei jedem ihrer Besuche zur Nachsorge. Und das stimmte, denn Noah wuchs und gedieh. Ein Leichtgewicht ist er allerdings bis heute geblieben. Seine Zierlichkeit machte er von Anfang an durch übertriebene Lebendigkeit wett, die sich vor allem dann äußerte, wenn ich gerade eingeschlafen war. Ich kann mich nicht mehr erinnern, wann er das erste Mal durchschlief – ich tue es bis heute nicht mehr. Mit sieben Monaten stillte er sich innerhalb von wenigen Tagen selber ab, obwohl ich mir doch vorgenommen hatte, ihn mindestens ein Jahr lang mit meiner Milch zu verwöhnen. Es schien von Anfang an so, als habe Noah grundsätzlich vollkommen andere Pläne als ich. Auch heute noch bemerken wir oft, dass wir häufig sehr unterschiedlicher Meinung sind – und doch sind wir uns in vielem so ähnlich!

Als Noah dreieinhalb war, bekam er eine kleine Schwester. Nach nur vier Stunden Wehen kam Mia auf die Welt, ohne Kaiserschnitt. Ganz natürlich. Allerdings mit Hilfe einer PDA, denn die hatte ich dieses Mal dankend angenommen. Nicht noch einmal wollte ich auf Krampf alles alleine schaffen. Wir waren dieses Mal in ein anderes Krankenhaus gefahren, was sich als gute Entscheidung erwies: Der Frauenarzt, der mich und uns dieses Mal begleitete, war das genaue Gegenteil von Dr. Verla: Dr. R. war humorvoll und freundlich, und er strahlte durch seine Art so viel Ruhe und Souveränität aus, dass man sich einfach nur entspannen konnte. Bei einer späteren Visite, bei der Mia bei mir im Bett lag und zufrieden an meiner Brust trank, erklärte Dr. R. seinen jungen Kollegen: „Ha! So kann es aussehen! - Nach einer Sectio beim ersten Kind, hat diese Frau nun spontan entbunden und stillt ihr Kind, wie es sein soll!" Fast klang er ein bisschen stolz bei diesen euphorischen Worten, die auf mich heilende Wirkung hatten. Denn dass ich es bei der ersten Geburt nicht alleine geschafft hatte, mein Kind auf die Welt zu bringen, dass das Stillen anfangs so schwer gefallen war, hatte bis zu diesem Moment schwer an meinem mütterlichen Selbstwertgefühl geknabbert. Was war ich denn nur für eine Frau und Mutter, die es nicht einmal schaffte, ein Baby zu gebären?! Das war sehr schwer, nahezu traumatisch für mich gewesen und hatte mein Mutterglück tief getrübt.

Aber nun war alles gut: Schon die Zeit mit Mia in meinem Bauch war völlig anders gewesen: Ich hatte das Glück gehabt, dieses Mal eine Bilderbuchschwangerschaft zu erleben, denn bis auf die starke Übelkeit zu Beginn, war es mir dieses Mal beinahe die gesamte Zeit sehr gut gegangen, ich war fit und fidel gewesen und ohne besondere Ängste. Die Frauenärztin, die mich in dieser Zeit begleitet hatte, war stets zuversichtlich gewesen, dass ich nicht noch einmal einen Kaiserschnitt würde erleben müssen. Und nun hatte sie Recht behalten. Dazu die Worte von Dr. R. - ich war glücklich. Die kommenden Tage im Krankenhaus konnte ich sogar, ganz anders als nach der ersten Geburt, wider Erwarten regelrecht genießen. Nun war ich doch tatsächlich Mutter zweier wunderschöner, gesunder Kinder. Dass es noch dazu ein Junge und ein Mädchen waren, so wie ich es „bestellt" hatte, vergrößerte mein Glück ins Unermessliche!

*xxx*

Ob ich eine gute Mutter bin? Dass wissen nur meine Kinder! - Ich weiß nur, dass ich jeden Tag mein Bestes gebe (und manchmal auch in der Nacht, wenn eines der Kinder plötzlich sein komplettes Bett vollgespuckt oder schlecht geträumt hat). Ich kann nicht sagen, dass es immer leicht ist, Mutter zu sein. Das hatte ich auch nicht erwartet. Mal fällt es leichter, mal schwerer. Aber beinahe jeden Tag gehe ich an meine Grenzen, manchmal darüber hinaus, wenn es darum geht, es allen recht zu machen, ohne dabei selber auf der Strecke zu bleiben. Frühstück, Schule, Kindergarten, Mittagessen, Hausaufgaben, Freizeitaktivitäten,

Abendbrot, Ins-Bett-Bringen – das ist der alltägliche, immer wiederkehrende Rhythmus. Dazu kommen Zimmeraufräumen, Krankheiten, Arztbesuche, Ärger mit Freunden oder in der Schule, Wackelzähne, Wutanfälle, Alpträume oder verlorengegangene Kuscheltiere. Und ich bringe all das wieder in Ordnung. Ich bin Osterhase, Nikolaus und Weihnachtsmann, Zahnfee, Taxifahrerin und Lehrerin in einem. Ich koche, putze, schimpfe, tröste, schmiere Schulbrote und lese Gute-Nacht-Geschichten vor. Und ich tue all das gerne. Ich glaube, das ist die eigentliche Kunst des Mutterseins: Wir halten alles im Gleichgewicht. Eine schwere Aufgabe, die nicht immer gelingen kann, und die selten honoriert wird. An manchen Tagen gleicht das Leben einem vollkommenen Chaos, und ich denke, ich werde nie wieder die Kontrolle über mein Leben gewinnen. Aber vielleicht ist gerade das die größte Herausforderung der Kinder an uns: zu lernen, dass wir nicht immer alles unter Kontrolle haben müssen. Loslassen, vertrauen, im Hier und Jetzt leben, den Tag genießen ohne zu planen, was morgen kommt. Wenn ich eines seit Noahs Geburt gelernt habe, dann ist es dies: Ich kann mein Leben nicht ins kleinste Detail planen. Ich kann nicht immer die Kontrolle über alles haben. Und das ist auch gar nicht meine Aufgabe!

Manchmal frage ich mich, ob es richtig war, Kinder zu bekommen. Ein bisschen schäme ich mich dann für diesen Gedanken, aber nur ganz kurz, denn die Antwort ist stets die gleiche: Natürlich war es richtig! Noch nie zuvor habe ich so viel über mich gelernt wie in den vergangenen neun Jahren!

Vielleicht wäre alles ohne Kinder einfacher gewesen. Bequemer. Ruhiger. Strukturierter. Aber wie viele Momente des puren Glückes hätte ich dann verpasst? Nie hätte ich gewusst, wie glücklich es macht, wenn eine winzige Hand sich vertrauensvoll in meine legt. Nie hätte ich den einzigartig wohligen Duft von Kinderhaaren eingeatmet, die mich beim Kuscheln in der Nase kitzeln. Nie hätte ich gefühlt, welches Glücksgefühl mich überkommt, wenn Angst, Anspannung und Sorge von mir weichen, weil das Fieberthermometer nach vielen durchwachten Nächten endlich wieder unter 39 Grad anzeigt. Nie hätte ich auch nur das wohlige Gefühl erahnt, dass mich durchflutet, wenn morgens ein kleiner warmer Körper unter meine Bettdecke krabbelt, um mich freudestrahlend aufzuwecken. Und nie hätte ich gewusst, wie glücklich mich ein Kinderlachen machen kann.

Das größte Geschenk aber, dass meine Kinder mir immer wieder machen, ist die Tatsache, dass sie mir jeden Tag, wenn nötig auch jede Minute eine neue Chance geben. Eine Chance, es besser zu machen. Selbst nach einem großen Streit können sie mir sofort vergeben und verzeihen. Sie wollen immer das Beste in mir sehen – egal, wie oft ich scheitere, sie werden es mich nicht wissen lassen. Ich darf es immer wieder versuchen, ein besserer Mensch zu sein, eine bessere Mutter. Ich bekomme so viele Chancen wie ich brauche. Und auch ich habe das Glück, jeden Tag unzählige neue Chancen geben zu dürfen - zu verzeihen, tief durchzuatmen und zu lächeln.

Ich dachte immer, die Eltern erziehen die Kinder. Aber inzwischen denke ich, es ist andersherum. Sie erziehen uns!

Man sagt, Menschen ändern sich nicht. Das mag für normale Menschen gelten, aber nicht für uns, die neues Leben in sich heranwachsen spürten und Kinder zur Welt gebracht haben. Diese Erfahrung geht nicht spurlos an uns vorüber. Wir verwandeln uns – und plötzlich sind wir nicht länger nur Frauen, wird sind Mütter. Und das ändert einfach alles!

**Meine Informations-Quellen:**

www.urbia.de
www.babycenter.de
www.eumom.de